mecklenburger buchverlag

Estelle Faye

ENOCH

La voie des Oracles, II

Gallimard

Née en 1978, Estelle Faye a suivi des cours de théâtre à Paris et à San Francisco. Elle a scénarisé plusieurs courts métrages dont un a été récompensé par le prix France Télévisions au Festival de Cannes. Aujourd'hui, Estelle Faye se consacre à la réalisation et à l'écriture. Elle est l'auteur de plusieurs romans dont *Porcelaine* (prix Elbakin en 2013), *Un éclat de givre* et la trilogie *La voie des Oracles*, dont le premier tome, *Thya*, a reçu, dans la catégorie « Jeunesse », le prix Imaginales et le prix Elbakin en 2015.

À mon cartographe préféré.

PICTES
Mur d'Hadrien
Rhin
FORETS GERMAINES
Sequana
Brog
Paris
GAULE CELTIQUE
Ademantunnum
PLATEAU DES LIGONS
EMPIRE ROMAIN D'OCCIDENT
Varatedo
Burdigala
Doronomia
ALPILLES
GAULE AQUITAINE
ANCIENNE ETRURIE
Salone
Rome
MER TYRRHENIENNE
EMPIRE
CARTHAGE
MARE
NOSTRUM
Rhin
Sequana
MONTE VOSEGO
Brog
GAULE CELTIQUE
Paris
ADEMANTUNNUM
PLATEAU DES LIGONS
EMPIRE ROMAIN
Varatedo
Burdigala
Doronomia
ALPILLES
GAULE AQUITAINE

carte F.Legeron/PVPP 2013

Rhin
FORETS GERMAINES
Sequana
Brog
MONTE VOSEGO
GAULE CELTIQUE
paris
Ademantunnum
PLATEAU DES LIGONS
EMPIRE ROMAIN D'OCCIDENT
Varatedo
Dorononia
Burdigala
GAULE AQUITAINE
ALPILLES
ANCIENNE ETRURIE
Salone
Rome
MER THYREHIENNE
CARTHAGE
Rhin
Sequana
Brog
MONTE VOSEGO
GAULE CELTIQUE
paris
Ademantunnum
PLATEAU DES LIGONS
EMPIRE ROMAIN
Varatedo
Dorononia
Burdigala
ALPILLES
GAULE AQUITAINE

1

La reine des cauchemars

Une chaleur orageuse écrasait la villa d'Aquitania. Dans la chambre de son père, debout dos à la fenêtre, Aedon transpirait à grosses gouttes. Les bras croisés devant son torse, sur sa tunique de soie jaune, il fixait d'un œil peu amène le lit où reposait Gnaeus Sertor. Le vieux général semblait avoir fondu comme une figure de cire. Une auréole jaunâtre s'étalait sur ses draps. Sa respiration rauque, irrégulière, montait haut sous le plafond clair. Ce bruit irritant sciait les nerfs d'Aedon. Depuis des jours, des semaines, le jeune patricien attendait que cela cesse. Que casse ce dernier fil de souffle qui rattachait Sertor à la vie.

Aedon aurait volontiers précipité la fin de son père. Par charité chrétienne, songea-t-il avec un rictus cynique. Mais le vieux général n'était jamais seul. Nuit et jour, ses anciens aides de camp se relayaient à son chevet. Et un médecin grec soupçonneux surveillait le peu d'aliments que le blessé avalait.

Aedon jeta un coup d'œil au-dehors. Dans la nuit, les forêts élevaient des murailles d'ombre qui coupaient la villa du reste du monde. Aedon écrasa d'une claque un moustique précoce qui bourdonnait à son oreille. En ce début d'été, on pressentait déjà la canicule à venir. Aedon avait passé un printemps exécrable, et la situation n'avait guère de chances de s'améliorer. Tout d'abord, sa tentative d'assassinat contre son très cher père avait lamentablement échoué. Il n'avait jamais vu personne s'accrocher à la vie autant que ce maudit vieil homme… Ensuite sa sœur Thya s'était évanouie dans la nature. Et son ami Flavius Namitius avait trouvé la mort dans des circonstances encore troubles, dans les montagnes au nord de la Gaule. Namitius avait pourtant toute une troupe avec lui. Seule une poignée de soldats avait survécu. Et ce qu'ils racontaient n'avait aucun sens. Des histoires de monstres dans la brume, et d'une fille en haillons qui tenait ses cheveux dans sa main… Aedon soupira. Le vieux général Sertor avait raison, au fond. Les légionnaires d'aujourd'hui avaient les nerfs sensibles.

Pour couronner le tout, Thya avait réussi à s'enfuir au-delà des *limes*, elle devait être en Germanie à présent. Aedon avait envoyé des hommes à ses trousses. Mais en plein territoire barbare, elle ne serait pas facile à rattraper. Et Gnaeus Sertor qui s'obstinait à ne pas mourir…

Un chien hurla au ciel sans lune, quelque part du côté des bois. Aedon secoua la tête. La sueur plaquait ses boucles brunes sur sa nuque. Son père lui avait souvent reproché sa coiffure. Certes, Aedon ne ressemblait pas à un soldat de l'ancienne Rome. Mais c'était l'effet recherché, tant mieux s'il agaçait le général.

Le général. Voilà comment le jeune patricien appelait son père, le plus souvent. Car Gnaeus Sertor avait été pour lui un officier supérieur plus qu'un parent. Dans la nuit lourde d'Aquitania, Aedon se souvenait…

Jusqu'à l'âge de sept ans, il avait été élevé par sa mère, et par un précepteur macédonien qui s'émerveillait devant son intelligence précoce. À sept ans il savait déjà lire, écrire dans les alphabets romain et grec, il baragouinait un peu de phénicien, il maîtrisait des bases de mathématique et d'astronomie… Il apprenait si facilement que son maître n'utilisait jamais le fouet ou la férule. Puis son père était entré dans sa vie. Son père avait pris son éducation en charge.

Du jour au lendemain, Aedon enfant avait été projeté dans un monde froid et brutal, où il devait monter à cheval sur des montures trop hautes pour lui, nager ou plutôt surnager dans des rivières glacées, se battre contre d'autres garçons tous plus musclés et plus aguerris. Quand il pensait à cette époque, ce qui lui revenait en mémoire, plus que des images, c'étaient des sensations. Les coups, le froid, les privations. La faim qui lui contractait le ventre. Toutes ces épreuves étaient censées l'endurcir. Elles avaient eu l'effet inverse. Il avait fait des poussées de fièvre. Il s'était mis à vomir avant les entraînements. Le goût aigre sur sa langue, il s'en souvenait encore aujourd'hui. Ça, et le mépris dans les yeux du général. Gnaeus Sertor ne voulait pas d'un héritier tel que lui. Il avait tellement à apporter pourtant. Mais Sertor rêvait d'un enfant qui ne grelotte pas sous la neige, qui encaisse les bleus sans se plaindre, qui marche jusqu'à ce que ses pieds saignent. Il rêvait d'un Romain à l'ancienne mode. Il l'avait eu, mais dans un corps de fille. Combien de fois Aedon avait-il souri, devant cette ironie du sort… Le fils parfait du général, c'était Thya, en réalité.

Malgré la touffeur ambiante, le jeune patricien frissonna. Il ne s'était plus jamais senti en sécurité, après ses sept ans. Il gagnait sans cesse plus d'alliés, plus d'influence à Rome. Pourtant chaque soir, quand il s'endormait, qu'importait la splendeur de sa couche, il avait peur de se réveiller sur une paillasse sans drap, en plein milieu de l'hiver. Il avait peur de se retrouver à la merci de son père. D'avoir à nouveau sept ans.

Il prit une profonde inspiration, se retourna vers le lit de Gnaeus Sertor, fixa le corps émacié du général.

Mes armes sont plus fortes que les tiennes, pensa-t-il avec une rage sourde. *Et je finirai par te vaincre.*

Dehors le chien hurla à nouveau, suivi par un deuxième, un troisième… Aedon serra les poings. Il avait envie de violence.

— Je vais les faire taire, déclara-t-il à l'aide de camp de son père.

Sans attendre de réponse, il sortit de la chambre.

Dans l'écurie il prit un fouet à neuf queues, lesté de pointes de plomb. Les chevaux étaient nerveux, ils renâclaient et grattaient le sol. Aedon alla calmer sa monture favorite, un grand étalon bai. Un vent violent se leva d'un coup. La porte extérieure claqua, le cheval hennit. Le jeune patricien lui flatta l'encolure. Des particules de terre rouge apportées par la bourrasque envahissaient l'écurie. Aedon toussa, alla repousser le battant qui se rouvrit aussitôt. Un éclair cisailla la nuit au-dessus de la forêt. Le tonnerre roula dans le lointain. Le ciel creva comme une outre trop pleine, une averse torrentielle se déversa sur la cour. Aedon aurait dû retourner s'abriter à l'intérieur. Mais une intuition plus puissante que son instinct de survie le clouait sur le seuil de l'écurie. Il cligna des yeux. Lentement, sans se presser, une silhouette altière se dessina devant lui sous l'orage.

C'était une très belle femme au profil aquilin, aux longs cheveux argentés, vêtue d'une longue robe pourpre plissée à la mode grecque et retenue aux épaules par des fibules en forme de manticores aux yeux de rubis. La pluie ne semblait pas la mouiller. Elle dégageait son propre halo de lumière pâle, presque blême, une lueur froide et cruelle. Un long frémissement secoua le corps d'Aedon sous sa tunique trempée. Un pouvoir immense irradiait de l'apparition, une force surnaturelle comme le patricien n'en avait encore jamais connu. Il saliva. L'inconnue le tétanisait, provoquait en lui des sentiments exacerbés et contradictoires, désir et terreur à la fois. Son pouls s'accéléra lorsqu'elle s'avança vers lui. Ses sandales glissaient au-dessus de la terre boueuse sans se salir. Elle était un peu plus grande que lui. Elle se pencha vers lui pour lui parler à l'oreille et ses cheveux coulèrent le long de sa joue en un rideau d'argent. Aedon croisa son regard. Elle avait des yeux sans iris, d'un noir d'encre. Des formes mouvantes, des rêves sans nom se tordaient dans leurs profondeurs.

— Je m'appelle Hécate, lui susurra-t-elle à l'oreille, et sa voix inhumaine donna des frissons au jeune homme jusqu'aux extrémités de ses membres.

Elle poursuivit :

— Je suis la déesse magicienne, la reine des cauchemars et des terreurs nocturnes. C'est pour moi que les chiens hurlent à la lune noire.

— Que veux-tu de moi ? demanda Aedon.

Il s'efforçait de ne pas penser à ses lèvres glacées tout contre son lobe. Ces lèvres qui l'embrassaient presque.

— Tu m'appartiens, jeune mortel. Je t'ai choisi pour m'aider à prendre le pouvoir sur le monde surnaturel. Tu feras ce qu'il m'est interdit de faire, tu détruiras pour moi les autels et les statues des autres dieux, tu raseras leurs sanctuaires…

Sa respiration charriait une odeur de cendres, un parfum de mort et d'os blanchis. D'une manière paradoxale, cela ajoutait à son charme. Le trouble d'Aedon augmentait. Il tenta de reprendre le contrôle :

— Que m'apportes-tu en échange ?

— L'Empire, mon mortel. Je te donnerai l'Empire.

Le jeune patricien se réfugia dans ses railleries habituelles, mais sa voix tremblait un peu trop pour qu'il soit crédible :

— Pourquoi toi ? Pourquoi te prendrais-je comme alliée, toi parmi toute la cohorte de dieux déchus qui ont été laminés par le Christ ?

Hécate sourit, carnassière. Elle avait une bouche un peu trop large, le seul défaut de son visage parfait. Elle lui effleura la joue du bout de l'ongle. Aedon retint son souffle.

— J'ai encore du pouvoir, *bellus* arrogant, lui assura-t-elle.

— Pourquoi moi ? reprit Aedon. Pourquoi, parmi la cohorte d'ambitieux prêts à dépecer l'Empire, es-tu venue me chercher, moi, au fin fond de l'Aquitania ?

— Parce que tu es très proche de quelqu'un qui m'intéresse...

— Qui ?

— Thya. Ta sœur.

— Cette sauvageonne ?

La magicienne joua avec les boucles dégoulinantes d'Aedon, les enroula autour de ses doigts effilés.

— C'est aussi une oracle.

Avec Hécate si enveloppante, si proche, Aedon avait du mal à réfléchir. Il répondit, d'une voix hachée :

— Une oracle ?

— Sans doute la dernière...

Elle glissa la main dans les boucles du jeune homme, lui tira la tête en arrière. Aedon n'aimait pas être dominé d'ordinaire, il s'entourait toujours de plus faibles ou de moins malins que lui. Mais avec Hécate, les choses étaient différentes. Il avait envie et peur à la fois de passer sous son emprise. Des deux émotions, l'envie fut la plus forte. Il se laissa entraîner.

— Je t'aiderai, lui promit-il dans un soupir.

— Et tu n'auras pas à le regretter.

Elle le relâcha d'un coup et il en resta bouche bée, le souffle coupé. Les doigts d'Hécate flânèrent sur sa nuque, son rire lui caressa l'oreille. Sur un dernier frisson, elle disparut, le laissant planté sous l'orage.

Aedon s'ébroua, rentra dans la villa au pas de course. Dans l'atrium un serviteur au teint blafard lui annonça :

— *Domine*, ton père… ton père vient de décéder…

Aedon s'arrêta, interdit. Ce moment, ces mots, il les avait si longtemps attendus… Il refréna un sourire. Il sentit une respiration contre son oreille, entendit la voix d'Hécate, tentatrice et glaciale, qui chuchotait pour lui seul :

— Ton premier cadeau, mon mignon. Tu vois, je tiens toujours parole… et j'ai encore du pouvoir…

2

Dans les forêts germaines

Assis contre la porte de l'écurie, dissimulé sous une cape bleu sombre qui se confondait avec la nuit, Enoch s'amusait à faire naître de la brume au bout de ses doigts. De minces volutes translucides, semblables à la fumée d'un feu presque éteint, s'étiraient depuis ses ongles, s'infiltraient entre les planches de la porte et s'enroulaient autour des sabots des chevaux. La tête pointée hors de sa besace, le Sylvain regardait le spectacle. Enoch lui chuchota :

— Tu devrais dormir. Nous avons de la route demain.

— Et toi ? rétorqua le minuscule.

— Moi, je monte la garde, lui rappela le maquilleur.

— Et les fils de brume, c'est très discret, le taquina le Sylvain.

Enoch referma la main, coupa court à ses sortilèges.

— Voilà, tu es satisfait ? grommela-t-il tout bas. Maintenant, va dormir.

Le Sylvain rentra dans la besace. Enoch se recoiffa machinalement la barbe – il était barbu maintenant, c'était plus discret en territoire germain. Sous sa cape il portait une tunique de laine à losanges orange et rouges, une chemise grossière et des braies rayées. Il se serait parfaitement fondu dans le paysage outre-Rhin, sans la larme node tatouée sur sa joue. Les Nodes étaient aussi mal considérés ici que dans l'Empire romain. Les Éduens les avaient chassés de leur terre, la plupart d'entre eux avaient vendu leurs bras et leurs épées à Rome. Seule une poignée d'entre eux s'était réfugiée au fin fond des forêts, là où leurs ennemis ne s'intéressaient plus à eux. C'étaient ces derniers Nodes libres qu'Enoch, Thya et Aylus étaient venus chercher ici. Thya avait besoin d'alliés pour revenir en Gaule lutter contre son frère.

Enoch leva les yeux vers l'auberge derrière lui. L'établissement était tenu par un vétéran des raids contre l'Empire. En guise d'enseigne, il avait fiché sur sa porte une hachette double où, sous la rouille, subsistaient des traces de sang romain. Thya et Aylus dormaient à l'étage. Enoch savait qu'ils gardaient tous les deux une arme à portée de main. Car ils étaient poursuivis.

Aedon avait lancé des chasseurs à leurs trousses. Un groupe de ces sicaires avait failli avoir leur peau dans les faubourgs de Colonia, aux limites de l'Empire sur les *limes* du Rhin. Pour leur échapper, Thya, Enoch et Aylus avaient quitté les voies romaines. Ils s'étaient enfoncés plus tôt que prévu dans ces forêts sombres, où depuis longtemps les barbares ne respectaient plus le nom de Rome. Mais les chasseurs les avaient suivis, Enoch en était certain. Certes, il n'était pas oracle, mais il avait l'habitude que des gens en aient après lui.

Les forêts rhénanes étaient plus touffues que celles de Gaule, les loups, les lynx et les sangliers plus gros et plus nombreux. Certains prétendaient qu'il s'agissait des premières forêts du monde. Jules César, en son temps, y avait croisé des créatures qui n'existaient plus que dans les légendes. Les sourcils froncés, Enoch scruta la pénombre autour de l'auberge. Il était difficile de distinguer quoi que ce soit dans la nuit entre les arbres. Pourtant, le maquilleur était certain que quelqu'un approchait. Son instinct, aiguisé par des années de survie, lui criait de se méfier. En silence, il se laissa glisser du tronc sur lequel il était assis et s'accroupit sur le sol. Il posa ses paumes sur la terre humide, se concentra et appela à lui toutes les eaux de la forêt. Bientôt une fine nappe de brume enveloppa le socle de l'auberge, s'étira jusqu'aux premiers arbres. Elle était épaisse de trois pouces à peine, mais déjà Enoch sentait qu'elle voulait grandir, lui échapper. Il la retint. Si le brouillard avait monté trop vite, cela aurait donné l'alarme à leurs ennemis.

À la lueur de la lune, le maquilleur aperçut une ombre humaine glissant sur le mur de l'auberge. Les chasseurs étaient là. Maintenant qu'il était sûr de leur présence, Enoch les distinguait plus facilement. Ils s'extirpaient l'un après l'autre du couvert à la faveur de l'obscurité, ils encerclaient peu à peu l'auberge. Enoch se demanda s'ils l'avaient remarqué. Sûrement, s'ils étaient ne serait-ce qu'à moitié aussi bons que ceux qu'Aedon leur avait envoyés à Colonia.

Mais le maquilleur s'en moquait. Mieux, il avait envie que ces hommes l'attaquent. L'agressivité excitait les monstres. La brume montait toujours. Elle était haute comme un jeune enfant. Déjà des formes se dessinaient à l'intérieur…

Soudain Enoch sentit un contact glacé sur sa gorge. Une lame. Il voulut se dégager, mais quelqu'un derrière lui fit tomber sa capuche, lui agrippa les cheveux et murmura :

— Si tu cries, je te tranche la gorge.

Il avait parlé en latin. C'était bien un homme d'Aedon. Le maquilleur n'en avait pas vraiment douté.

Le chasseur força Enoch à se relever, sa lame lui éraflant la gorge. Le maquilleur rompit le contact avec le sol, mais ce n'était pas grave. Il n'avait plus besoin de toucher la terre. Les brumes avaient pris leur indépendance, elles grandissaient alors même que lui se remettait debout, contraint et forcé par son adversaire. Puis elles le dépassèrent, elles noyèrent l'auberge, le chemin et les arbres alentour. Dans l'écurie les chevaux se taisaient, tétanisés.

— C'est toi qui provoques ça ? demanda le chasseur à son prisonnier.

Enoch ne répondit rien, savourant le début d'inquiétude dans la voix de son ennemi.

— Arrête ça, lui ordonna le chasseur.

— Je ne peux pas, mentit Enoch entre ses dents.

— Tu ne veux pas, répliqua le chasseur.

Il appuya la lame un peu plus fort, entailla la peau d'Enoch. Le maquilleur grimaça. Il n'allait pas rappeler ses sortilèges simplement parce qu'on le lui demandait. De toute façon, il était trop tard. Les monstres naissaient dans la brume.

Des silhouettes difformes et vaguement humaines s'étiraient au sein du brouillard. Au bout de leurs bras démesurés pendaient des mains gigantesques, leurs dos bossus se courbaient et oscillaient au rythme de leur marche, des sortes de longs cheveux, ou des fils de brume plus denses, pendaient de chaque côté de leurs longs crânes cabossés. Quelques chasseurs reculèrent d'un pas, d'autres tentèrent d'embrocher les intrus sur leurs glaives. Mais les lames passaient dans les corps de brume comme dans du vide. Par contre, quand les mains démesurées des créatures leur attrapèrent le visage ou les serrèrent à la gorge, à ce moment les doigts des monstres s'avérèrent très solides, leurs pognes puissantes, comme s'ils jouaient avec leur densité à volonté. Les chasseurs voulurent hurler, la brume leur obstrua la gorge. L'homme qui retenait Enoch recula jusqu'au mur de l'écurie. Il était de plus en plus fébrile. La lame de son couteau tremblait contre la gorge du maquilleur et lui râpait la peau.

— Rappelle tes monstres, lui cracha-t-il à l'oreille. Rappelle-les ou je t'égorge.

Enoch ricana. Il aurait volontiers lâché une réplique spirituelle, mais rien ne lui venait à l'esprit. Les brumes l'épuisaient, drainaient son énergie, à chaque invocation davantage. Pour un peu, il aurait laissé l'autre en finir avec lui, tellement il était fatigué. D'ailleurs, il ne se berçait pas d'illusions, céder ne lui sauverait pas la vie. Aedon voulait récupérer sa sœur entière, mais sa sœur seulement. Devant lui les chasseurs agonisaient entre les mains des monstres, leurs figures bleuissaient, leurs yeux s'injectaient de sang. Enoch défaillait, sa vue se brouillait. Avec un peu de chance, il perdrait connaissance avant le coup fatal…

Brusquement, quelque chose pinça le chasseur à la joue. Il détourna son attention d'Enoch, relâcha la pression sur sa gorge, le temps d'un battement de cils. Cet intervalle suffit au maquilleur. Il reprit conscience comme si on venait de le gifler. Il repoussa violemment le couteau qui le menaçait. Il s'en tira avec une longue estafilade sur le dos de la main, la sentit à peine, roula par terre au milieu des monstres. Quand il redressa la tête, il vit le Sylvain dégringoler de l'épaule du chasseur. Voilà ce qui l'avait distrait. L'homme voulut récupérer son prisonnier. Il n'en eut pas l'occasion. Avant qu'il ait pu faire un pas, un monstre lui prit la tête, et la cogna contre le mur de l'écurie, une fois, deux fois… La brume étouffa le bruit des chocs.

Quand il fut certain que tous les chasseurs étaient morts, Enoch rappela la brume. Ses mains aspirèrent les nuées et les monstres, les forêts retrouvèrent leur calme, juste troublé par les hululements des chouettes, par les appels modulés des loups. Enoch se remit debout, de la terre tomba de sa tunique orange et rouge. Il était très faible, la tête lui tournait. Il buta contre un cadavre au sol, s'appuya sur le mur de l'écurie. Sa paume toucha quelque chose de gluant. Le sang de son ennemi mort, celui qui avait tenté de l'égorger. Il tressaillit à peine. Il n'avait même plus la force de s'essuyer la main. *Le*

Sylvain, se rappela-t-il soudain. C'était le Sylvain qui l'avait sauvé. Il fouilla du regard la pénombre, appela :

— Minuscule…

L'être d'écorce pointa sa tête hors d'une ornière.

— Je suis là ! lança-t-il. Tu vois, moi aussi j'ai monté la garde.

— Oui, admit Enoch. Merci. Allez, saute dans la besace. Il faut qu'on parte d'ici.

Le maquilleur tremblait de tous ses membres. Il avait hâte maintenant de mettre le plus de milles possible entre l'auberge et lui. Car si d'autres chasseurs arrivaient, il ne serait vraiment pas en état de les arrêter.

La porte grinça lorsqu'il rentra dans l'auberge. Enoch espéra que le bruit ne réveillerait pas le tenancier. L'un des avantages des monstres de brume, c'est qu'ils tuaient en silence quand leur maître le leur demandait. Enoch se figea sur le seuil, attendit. Pas un bruit. Il soupira, tituba jusqu'à l'escalier au fond de la grande salle, monta à l'étage le souffle court. Il était sur la dernière marche quand il entendit Thya crier. Il se précipita dans sa chambre – il n'aurait pas cru qu'il avait encore assez d'énergie pour courir.

Il poussa la porte de l'épaule, tira son poignard… et s'aperçut que Thya était seule, recroquevillée dans ses draps, ses cheveux noirs en bataille, les yeux exorbités. Il la prit dans ses bras, la serra contre lui.

— Ça va aller, ma belle, lui murmura-t-il. Ce n'est qu'un rêve.

Elle enfouit sa tête dans l'épaule du maquilleur, agrippa la laine de sa tunique.

— C'est toujours le même, chuchota-t-elle. Le même rêve…

— Chut, n'y pense plus…

Le plancher craqua devant la chambre. Enoch releva la tête. Le tenancier se tenait dans l'embrasure, une lanterne à la main. Il clignait des yeux mal réveillés dans sa trogne rougeaude. Sous sa moustache blonde et grise se lisait une mimique mécontente.

— Pourquoi vous criez en pleine nuit ? grommela-t-il.

— Ce n'est rien, le rassura Enoch. Elle a fait un mauvais rêve. Et nous partons, de toute façon.

— Maintenant ? s'étonna l'aubergiste.

— Maintenant, oui.

— Vous n'attendez pas l'aube ?

Enoch se remit debout sans répondre, tendit la main à Thya pour l'aider à se lever.

La jeune fille lissa un pli sur sa robe vandale achetée à Colonia. Elle avait dormi tout habillée, elle portait une robe à pans renversés, à rayures vertes, claires et sombres, avec un col trop large qui glissait continuellement sur ses épaules maigres. Elle fixa autour de son cou l'attache de sa pénule romaine, ramassa sa besace sans poser de questions à Enoch. Elle descendit sous le regard ébahi du tenancier, tandis qu'Enoch allait réveiller Aylus.

Tous les trois partirent au petit trot peu après. L'aubergiste ne s'était pas donné la peine de sortir assister à leur départ. Tant mieux, songea Enoch. Il préférait ne pas être là quand le vétéran germain découvrirait les cadavres devant son écurie.

3

Des hôtes mal venus

Vers midi Enoch s'endormait sur sa selle. Alors qu'ils approchaient d'une source, Aylus proposa de faire une pause, ce que le maquilleur accepta avec reconnaissance. Il s'écroula plus qu'il ne s'assit au bord de l'eau, se rafraîchit le visage, sortit du pain et de la viande séchée de sa besace, et dévora de grandes bouchées pour reprendre des forces. Il s'aperçut que le Sylvain l'observait, il lui donna une bouchée de mie.

— Tiens, Minuscule, dit-il avec un demi-sourire. J'espère qu'au village des Nodes, nous te trouverons du gâteau.

Il se lava les doigts dans la source, étala sa cape à côté de lui, proposa à Thya :

— Viens, je vais te coiffer.

— Tu devrais plutôt te reposer, remarqua Aylus.

— Non, répondit le maquilleur. Si je ne fais rien, je vais m'endormir jusqu'à demain. Et nous devons atteindre le village des Nodes avant la nuit.

Il ne dit pas pourquoi. Il n'avait pas avoué à ses compagnons de voyage qu'invoquer les brumes le fatiguait chaque fois un peu plus, qu'il n'en aurait sans doute bientôt plus la force. Il repoussait toujours le moment de cette confidence. Car Thya était la fille d'un général, elle était un vieux légionnaire dans un corps de frêle jeune femme. Et lui, Enoch, tant qu'il contrôlait ses monstres, au fond il était un chef de guerre. Il se sentait digne d'elle, il faisait partie de son monde. Qu'il était dur de renoncer à cela…

Il faisait déjà très chaud. Enoch se mit torse nu, roula en boule sa tunique et sa chemise. Thya vint s'asseoir près de lui. Il sortit un peigne de sa besace, et commença à la coiffer avec beaucoup de douceur, car elle s'emmêlait toujours les cheveux quand elle faisait des mauvais rêves.

— Tu as encore rêvé d'eux, la nuit dernière ? s'inquiéta justement Aylus.

La jeune fille hocha la tête. Involontairement, Enoch tira sur une de ses mèches. Elle laissa échapper une exclamation de surprise. Le maquilleur s'en voulut aussitôt. Il jura avec l'accent de Varatedo, l'accent du sud de la Gaule, si incongru sous les vieux chênes de Germanie.

Aylus ne se laissa pas distraire. Il insista, le regard rivé sur sa nièce :

— C'est pour ça que tu as crié ? À cause du rêve ?

— Oui, admit-elle. J'ai vu… toujours ces formes, derrière des voiles. Ces formes qui semblent humaines mais qui ne le sont pas… Je le sens, je le sais… Et ce n'est pas qu'un rêve.

Tout en parlant, elle arrachait nerveusement des herbes du bord de la source. Elle était de plus en plus pâle, nota Aylus, si blême que le vert de ses yeux et celui de sa robe paraissaient trop vifs par rapport à sa peau. Pourtant, dans ses rêves personne ne mourait, personne ne souffrait même. Il n'y avait que ces silhouettes floues, ces présences derrière les voiles. Mais Thya pressentait que cette seule vision était terrible, porteuse de plus de tragédies et de drames à venir que tout ce qu'elle avait vu auparavant. Jusqu'à la nuit dernière, les êtres demeuraient silencieux, ils se contentaient de la scruter au travers des voiles. Mais la nuit dernière…

— La nuit dernière, ils m'ont parlé… admit Thya dans un souffle.

Aylus sursauta. Enoch suspendit son geste et resta immobile, le peigne coincé dans les cheveux de Thya. Elle continua :

— Ils me parlaient dans une langue qui ressemblait à de l'étrusque, et à du phénicien pour certains mots. Mais elle était d'évidence plus ancienne, plus archaïque… Je ne l'avais jamais entendue et pourtant, je la comprenais comme si c'était ma langue natale.

Elle s'interrompit, prit une profonde inspiration. Enoch lui mit une main sur l'épaule, pour la soutenir. La source murmurait sous les branches. Des insectes bourdonnaient dans les fleurs au bord du chemin. Un pivert frappait du bec le tronc du chêne au-dessus d'eux. Toute cette vie tranquille qui poursuivait son cours donna du courage à la jeune oracle. Elle ravala sa salive, reprit d'une voix plus sourde :

— Ils m'ont dit… ils m'ont dit qu'ils étaient le Destin… Ils étaient le Destin avant même que le Destin existe, ils étaient le Temps avant le Temps… Ils m'ont dit…

Elle crispa les doigts dans la terre meuble, termina entre ses dents :

— Ils m'ont dit que j'avais défié le Destin. Que je les avais défiés, eux. Et désormais, chaque fois que je me servirai de mes dons d'oracle, il y aura un prix à payer…

Un silence plana après ces mots.

— Il y a toujours un prix à payer, déclara Aylus. Pour chacune de nos visions, chaque fois que nous interrogeons l'avenir…

Thya se retourna vers lui, cinglante.

— Cette fois, ce sera différent ! Ils me l'ont bien fait comprendre. Ce sera pire, parce que nous les avons défiés en nous échappant de Brog. *Eux*, les êtres derrière le voile… Ils nous en veulent… et je ne sais même pas qui ils sont.

Elle soupira. Ses épaules s'affaissèrent. Elle ramassa une motte de terre puis la laissa retomber lourdement.

Enoch leva les yeux vers Aylus. Aucun des deux ne prenait les révélations de Thya à la légère. Elle était une oracle, ses rêves avaient un sens. Mal interprétés, ils pouvaient les conduire au trépas. Bien interprétés, ils leur sauveraient la vie.

— Que faisons-nous ? demanda le maquilleur, exprimant ainsi le sentiment général.

Thya fourragea d'une main dans ses cheveux à moitié coiffés, elle semblait encore trop sonnée pour répondre.

— Nous repartons pour le village des Nodes. Nous serons en sécurité là-bas pour réfléchir.

Enoch n'avait rien de mieux à proposer. Il se contenta d'approuver, finit de coiffer Thya sans un mot. Il la sentait fragile, déstabilisée, c'était inhabituel et il en était sérieusement décontenancé. Il aurait voulu la serrer dans ses bras, lui dire qu'il la protégerait, que tout irait bien. Mais il n'osa pas, pas ici, pas devant Aylus. Elle ne l'aurait pas apprécié. Il rangea le peigne.

Elle laissa retomber devant son visage ses longs cheveux noirs. Enoch en dégagea quelques mèches et les tressa très vite, avec une dextérité qui trahissait une longue expérience.

— Est-ce que je devrais… ? demanda la jeune fille – elle hésita, dut s'y reprendre à deux fois pour finir sa question – est-ce que je devrais arrêter de me servir des visions, jusqu'à ce que nous en apprenions davantage ?

— Je ne sais pas, répondit Aylus. Attendons la nuit prochaine et tes prochains rêves.

Thya grimaça. La perspective l'enchantait peu. Elle était oracle depuis… aussi longtemps qu'elle pouvait se le rappeler. Son premier souvenir, c'était quand elle avait prédit la mort de sa mère, quand elle avait cinq ans. Si elle renonçait à ces visions, qui serait-elle ? Pour la première fois, elle était obligée d'envisager cela. D'y penser comme à un choix *possible*. Et cela lui faisait mal.

Enoch avait terminé les tresses. Il sourit. Il aimait toujours autant coiffer Thya. Et il était doué pour ça, il devait le reconnaître. Enfin, cela le fatiguait moins que ses nouveaux dons. Thya se redressa. Elle n'allait pas se laisser effrayer par des rêves. Même si la langue inconnue résonnait au fond de son crâne, l'avertissement des êtres derrière les voiles. *Il y aura un prix à payer…*

En fin d'après-midi, ils aperçurent au-dessus des arbres les panaches de fumée des Nodes. Enoch essuya d'une main un peu fébrile la sueur sur sa nuque. Une légère appréhension le gagnait à l'approche du village. Certes, il avait été élevé par des Nodes en Gaule, mais cette éducation avait consisté pour l'essentiel en une longue suite de brimades et de mauvais traitements, parce qu'il était un métis, un bâtard, fils d'une prêtresse renégate. Pour résumer, son propre peuple ne l'avait jamais bien accueilli. Mais il avait survécu. Il s'en était plutôt bien sorti. Jusqu'au jour où il avait failli mourir dans un bois obscur de Gaule. Mais c'était un détail…

Le village node de Germanie ressemblait à celui de Gaule, avec ses maisons de bois basses et brunes, ses vieillards tressant des paniers, assis sur des tabourets bancals, ses enfants en guenilles courant dans la boue parmi les verrats noirs. La même odeur de soue et de graillons. Les Nodes étaient un peuple de porchers, au fond, pensa Enoch avec un demi-sourire. Les barbares qui lui paraissaient si impressionnants quand il était enfant avaient perdu leur aura menaçante. Qu'avait dit Mettius, en Aquitania ? Qu'ils élevaient les meilleurs cochons à des milles de Burdigala. Mais ici, les portes peintes en bleu ciel ajoutaient des touches de couleur dans le paysage. Et au centre du village, sur ce qui servait de grand-place, était érigée une statue de Nodens, le pêcheur d'âmes, le dieu des morts au bras d'argent – représenté ici par un membre de fer terni.

Lorsque Enoch leva les yeux vers l'idole, ses deux rencontres avec Nodens lui revinrent en mémoire, l'une dans un port de la Sequana et l'autre en rêve. Le dieu lui avait paru si réel, si concret alors... Mais depuis, il ne l'avait plus revu, et ces éclats du passé perdaient peu à peu de leur consistance, s'effilochaient tels des fantômes nocturnes à la lumière du soleil. Enoch s'exhorta à l'optimisme.

Quand Enoch entra dans le village, Thya et Aylus à sa suite, un à un les habitants se retournèrent vers eux. Des murmures coururent entre les maisons basses, des enfants maigres et boueux se précipitèrent pour prévenir les adultes. Enoch mit pied à terre à quelques pas de la statue. Un Node assez âgé, de haute stature, sortit de la plus grande maison au fond de la place. Une fibule d'argent représentant un cerf retenait sa lourde cape en fourrure de loup, qu'il portait sans effort malgré la chaleur. C'était le chef du village, probablement.

Il s'avança vers Enoch. Celui-ci salua, en courbant légèrement la tête. Le chef se racla la gorge, déclara :

— On m'a rapporté qu'un Node inconnu cherchait à atteindre notre village. C'est toi ?

— En effet, confirma Enoch.

— D'où viens-tu ? De Gaule, je suppose ? Es-tu un de ces lâches qui ont rejoint Rome, ou un de ces traîtres qui se battent maintenant aux côtés des Éduens ?

En entendant ces mots, Enoch se dit que les choses étaient mal engagées, et qu'ils ne trouveraient sans doute pas auprès des Nodes toute l'aide qu'ils étaient venus chercher. Les villageois se rassemblaient autour de lui, autour du petit groupe qu'il formait avec Thya et Aylus. Ils n'étaient pas franchement hostiles, mais pas très accueillants non plus. Le maquilleur se présenta malgré tout :

— Je suis Enoch, fils d'Heledd, et je ne sers que moi-même.

Dès qu'il eut prononcé le nom d'Heledd, un nouveau murmure, plus prononcé, secoua les rangs des barbares comme un germe de tempête.

— Tu es le fils de la renégate ? s'exclama le chef node, et Enoch comprit que pour un peu il lui aurait craché au visage.

— Heledd a servi Nodens avec loyauté jusqu'à sa mort, répliqua-t-il avec ferveur. Ce sont des hommes jaloux qui l'ont déclarée criminelle, et qui l'ont brisée en la privant de ses pouvoirs.

— Et quelle preuve as-tu de son innocence, railla le chef, mis à part l'amour d'un fils pour sa mère ?

— Je ne l'aimais pas, rétorqua Enoch. Quand j'étais enfant, je la trouvais faible et laide, et je la détestais parce qu'elle ne me défendait pas contre les garçons plus grands qui me persécutaient. Mais si elle était coupable, alors Nodens n'aurait pas fait de moi son héritier. Nodens ne m'aurait pas parlé…

Exclamations incrédules dans la foule.

— Nodens t'a parlé ? lâcha une jeune femme à la droite du chef.

Elle lui ressemblait, bien qu'elle soit beaucoup plus jeune, et plus féminine aussi. Elle avait le même front haut, les mêmes nattes blondes. Sa fille, conclut Enoch.

— Oui, Nodens me parle, répondit-il posément.

Il ajouta *in petto* : *enfin, il ne m'est plus apparu depuis que j'ai quitté la Gaule, et tout ce qu'il m'a dit était pour le moins nébuleux...* Mais il garda ces détails pour lui.

La fille blonde s'avança à son tour.

— N'importe quel ermite pouilleux peut prétendre parler aux dieux, remarqua-t-elle, mais cette fois, elle lui paraissait un peu moins défavorable.

Il se retint de crier victoire pour autant. Il adressa à sa presque alliée un sourire discret empreint de reconnaissance. Il crut voir ses yeux briller. Allons, s'encouragea-t-il, au moins il n'avait pas perdu tout son charme en quittant la Gaule. Derrière lui, Thya détourna le regard. Son fond de morale romaine désapprouvait l'usage que le maquilleur faisait de sa jolie gueule. Celui-ci s'en doutait, mais à cette heure ils avaient trop d'ennuis et trop d'ennemis pour se permettre de tels scrupules.

Sans cesser de fixer la blonde, Enoch tourna ses paumes vers le sol, se concentra... Autour de ses bottes s'enroulèrent des rubans de brume. Les Nodes crièrent, reculèrent. Peu à peu un seul nom, scandé comme un appel, s'éleva de la foule.

— Nodens... Nodens...

Le visage du chef s'assombrit. Ses villageois lui échappaient. Il les fit taire d'un geste.

— Très bien déclara-t-il, tu es un suivant de Nodens toi aussi. Mais tu n'es pas le seul. Tes pouvoirs ne te rendent pas unique ; alors dis-moi, fils d'Heledd, que nous veux-tu, et qui sont ces gens qui t'accompagnent ?

Thya choisit ce moment pour intervenir.

— Je suis Thya, fille de Gnaeus Sertor. Autrefois les Nodes se sont alliés à mon père. Aujourd'hui il se trouve entre la vie et la mort, et j'ai besoin de vous pour arrêter son assassin.

— Autrefois *des* Nodes ont soutenu ton père, corrigea le chef de village. Ici nous avons choisi une autre voie.

— Nous ne sommes pas vos ennemis, répliqua Thya. Vos ennemis, ce sont les Éduens.

— Nous ne jouons pas à ce jeu-là, gamine, répondit le chef avec un rictus.

— Quel jeu? demanda Enoch.

— Le jeu favori des Romains. Vous voulez amalgamer les peuples germains à l'Empire, comme tant d'autres avant. Vous espérez qu'ainsi votre règne chancelant tiendra quelques années encore. Mais vous ne réussirez pas, pas cette fois. Vous nous appelez barbares. Eh bien, un jour prochain, les barbares entreront dans Rome. Mais pas comme captifs, comme conquérants.

Thya se raidit. Une colère brûlante la consuma d'un coup. Bien sûr, elle ne croyait pas à la prophétie de ce rustre, Rome ne tomberait pas sous les coups d'une tribu dépenaillée, c'était impossible. Quelques siècles plus tôt, au temps des Césars, personne n'aurait osé lancer une telle hypothèse. La situation dégénérait. La jeune fille serra les poings, essaya malgré tout de ne pas perdre son objectif de vue. Gagner le soutien des Nodes. Retourner avec eux en Gaule. Et en finir avec Aedon.

— Les Burgondes entreront sans doute dans Rome, concéda-t-elle, même si sa voix vibrait d'indignation. Les Burgondes, ou les Francs, les Goths de l'Ouest, les Vandales, les Éduens, pourquoi pas?

Mais vous ? Mais les Nodes ? Vous finirez oubliés dans votre clairière…

Sous l'insulte, le chef était devenu blanc comme un linge.

— Partez, ordonna-t-il. Partez immédiatement, et si je ne lâche pas mes chiens à vos trousses, c'est parce que Nodens marche avec lui.

Il désigna Enoch du menton. Celui-ci fit un pas en avant. Thya avait de nombreuses qualités, mais elle se débrouillait assez mal en diplomatie. Le maquilleur prit le relais.

— Nous sommes épuisés, plaida-t-il, nous n'avons pas dormi depuis deux jours. Accordez-nous l'hospitalité pour la nuit, et demain matin nous partirons, je vous le promets.

Il n'avait pas besoin de surjouer la fatigue, il tenait à peine sur ses jambes. Il n'osait pas se tourner vers la fille blonde. Heureusement, celle-ci prit son parti.

— Mais, père… lâcha-t-elle.

— Silence, Waudru !

— Non, père ! s'exclama-t-elle. Avons-nous si peur du monde extérieur que nous n'oserions pas héberger un prêtre de Nodens et sa suite ?

La foule protesta, devint houleuse. Une partie des villageois soutenait Waudru, la fille blonde, mais une partie seulement. Soudain embarrassé, le chef hésitait sur l'attitude à adopter. Enoch devina que malgré sa stature imposante, il ne débordait ni de courage ni de confiance en soi. Le maquilleur poussa son avantage.

— Nous ne vous gênerons pas, reprit-il en ployant les épaules, avec toute l'humilité dont il était capable. Tout ce que nous vous demandons, c'est un toit pour la nuit, quelques murs pour nous protéger des loups et des bêtes sauvages…

— Vous partirez demain ? insista le chef, que l'attitude soumise du jeune homme radoucissait.

— Vous avez ma parole, assura le maquilleur.

— Bien, décida le chef. Attendez-nous ici et ne faites pas de grabuge. Nous avons à parler.

Il se retira avec sa fille et quelques Nodes chenus qui devaient composer le conseil du village.

Une fois le chef rentré chez lui, il y eut un moment de flottement. Les Nodes sur la place se balançaient d'un pied sur l'autre, sans regarder les voyageurs en face, mais sans se disperser pour autant. Thya et Aylus mirent pied à terre. Quelques enfants, moins impressionnés que les adultes, s'approchèrent des étranges inconnus. Enoch étira un fil de brume jusqu'à l'un d'eux, une fillette au nez morveux. La gamine tressaillit, puis s'amusa à casser du bout du doigt le filet de brume, qui se reformait aussitôt. Bientôt les autres gamins se prirent au jeu, Enoch multiplia pour eux les rubans de brume. Pour l'instant, aucun monstre ne venait déranger la partie. Peut-être le brouillard sentait-il que son maître n'était pas en danger. Enoch soupira, soulagé. Les enfants riaient, leurs parents se déridaient eux aussi. Allons, la soirée ne s'annonçait pas aussi sombre qu'il l'avait craint. À quelques pas de là, Aylus observait Enoch qui distrayait les petits Nodes. Le jeune homme le surprenait de plus en plus. *Mon fils*, songea-t-il soudain. C'était son fils, ce grand prêtre des brumes, qui se servait de pouvoirs venus de la nuit des âges pour distraire des gamins pouilleux. Lui, Aylus, n'aurait jamais osé faire pareil. Enoch était-il inconscient, ou au contraire plus courageux, à sa manière, que le devin aux cheveux blancs l'avait jamais été ?

À cause de la foule autour d'eux, aucun des trois voyageurs n'aperçut l'adolescent maigre qui passait à dos de mulet la porte du village.

Pendant qu'Enoch apprivoisait les marmots, à l'intérieur de la maison du chef se tenait le conseil du village.

— Les étrangers amènent des ennuis avec eux, assura le forgeron local, un petit homme à larges épaules. Plus vite nous nous débarrasserons d'eux, mieux cela vaudra.

— Enoch n'est pas un étranger, rétorqua Waudru, acerbe. C'est un Node comme nous.

Le forgeron cracha :

— C'est le fils d'une renégate. Un renégat lui aussi.

Waudru ne se considéra pas vaincue, au contraire. Elle monta encore d'un ton :

— Depuis combien de temps… non, depuis combien de générations n'avons-nous pas vu un prêtre de Nodens qui ait de vrais pouvoirs ? Qui ne se contente pas de radoter au coin du feu ?

— Justement, remarqua un imposant porcher qui faisait craquer le banc sous son poids, jusqu'où vont-ils, ses pouvoirs ? Parce que s'il lance au mieux un ou deux fils de brume, je propose que nous le raccompagnions dehors à coups de pied au train.

Waudru allait répliquer à nouveau, mais elle commençait à se sentir très seule. L'adolescent maigre entra en coup de vent dans la pièce. Il s'agenouilla devant le chef, le visage rouge d'essoufflement, et débita très vite un message de la part de l'aubergiste qui exerçait en aval du chemin. Il y était question de nombreux cadavres trouvés devant une écurie, et d'un sorcier node qui avait logé à l'auberge, et qui serait responsable du massacre. Si ledit sorcier avait trouvé refuge au village, le chef ferait bien de le remettre à l'aubergiste, sinon celui-ci viendrait le chercher en personne, avec quelques amis tous vétérans comme lui. Et ils en profiteraient probablement pour piller les lieux au passage.

— Eh bien, soupira le chef après que le messager eut terminé son laïus, maintenant nous savons jusqu'où vont les pouvoirs d'Enoch.

Un silence morose suivit ces mots. La réputation de l'aubergiste n'était plus à faire. Même pendant les années de famine, les pires hors-la-loi des forêts se tenaient à l'écart de son établissement. Mais livrer un mage node… Au-delà du conflit moral, qui n'arrêterait pas longtemps les villageois, comment s'y prenait-on pour se saisir d'un homme qui disposait de dons divins ?

— Nous allons donner un banquet, lança une voix éraillée du fond de la pièce.

Le chef sursauta. Celui qui venait de parler était un homme sec aux longues nattes grises, au nez cassé, aux yeux froids et à la lèvre fendue d'une vilaine balafre. De tous les Nodes, lui seul ressemblait vraiment à un guerrier. Dans sa ceinture, en cuir gras et fendillé, étaient passées deux hachettes de lancer qui avaient déjà connu quelques années de brigandage ou de guerre.

— Un banquet, Ulve ? hoqueta le chef. Pourquoi, grands dieux ?

— Pour endormir la méfiance du mage, répondit Ulve. Puis l'endormir, lui, tout simplement.

Le guerrier se tourna vers la fille blonde.

— Waudru, il te reste du vin grec, celui que tu as ramené de la foire d'automne ?

— Une demi-flasque, répondit-elle, sur la défensive.

— Très bien, dit Ulve. Nous servirons de la cervoise pendant le banquet, et du vin à nos invités, à la fin. Le poison sera dans le vin.

Waudru étouffa un cri, elle allait saisir Ulve à la gorge. Son père l'arrêta.

— Cet homme, cet Enoch, il n'est pas pour toi, la prévint-il. Cette fille petite et plate qui voyage avec lui… ce n'est pas sa sœur, tu peux en être sûre.

Waudru se dégagea.

— Tu me crois si faible ? siffla-t-elle.

— Non, répondit Ulve. Nous te rappelons juste où sont les tiens.

— Alliés à cet Enoch, nous serions cent fois plus puissants, rétorqua-t-elle.

— Allons, ricana Ulve, que pèsera un unique prêtre face aux Frisons, aux Cimbres, aux Vandales ?

— Le temps des Nodes n'est plus, ma fille, reprit le chef d'un air sombre. Ici nous survivons parce que nous ne sommes plus une menace pour personne. Tout a un prix.

Waudru fit claquer ses nattes.

— Bien cher payé, pour une clairière et trois auges à cochons !

Le chef manqua de s'étrangler. Ulve darda sur Waudru un regard glacial.

— N'oublie pas où va ta loyauté.

— Je n'oublie pas, répliqua-t-elle. Je ne trahirai pas les miens.

La tension entre eux était palpable. Puis Waudru se détourna. Pour se donner une contenance, elle essuya dans un angle de son tablier les clés qui pendaient à sa ceinture. Ulve recula dans un coin d'ombre. Le chef souffla discrètement. L'orage était passé. Il se racla la gorge, ordonna à sa fille :

— Tu installeras nos invités dans la cahute de la vieille Ingonde, qu'ils se reposent avant le repas.

— Bien, père.

4

Il y a un prix à payer

Thya jura comme un vétéran de la légion. Le col trop large de sa robe vandale glissait sur son épaule, quoi qu'elle fasse.

— Attends, dit Enoch. Donne-moi ta broche, celle avec la colombe.

Thya piocha dans sa besace, prit le bijou qui lui venait de ses ancêtres, et qu'Enoch avait gardé pour elle dans une petite *urbs* sur une île de la Sequana, quand ils étaient encore en Gaule. Le maquilleur ouvrit l'épingle. Avec quelques plis précis, il ajusta le décolleté de la robe, qui soudain tomba sur les épaules minces de la jeune oracle avec une parfaite élégance. Il fixa son œuvre avec la colombe. Il était doué pour ça. Il l'était depuis toujours.

Thya tapota l'oiseau d'argent comme si elle craignait qu'il s'envole. Sur l'étagère à côté d'elle, le Sylvain éternua à cause de la poussière qui s'était accumulée dans la cahute de la vieille Ingonde depuis le décès de sa propriétaire. C'était là que Thya, Enoch et Aylus se préparaient pour le banquet auquel les avaient conviés les Nodes. Un banquet auquel Thya avait fort peu envie d'assister.

— Reste là, ajouta Enoch, je vais te maquiller un peu. Te rendre quelques couleurs.

— Les femmes nodes ne se maquillent pas, remarqua Thya, très raide.

— Mais tu n'es pas une Node, réfuta-t-il avec un sourire charmeur. Tu es ma princesse romaine.

— Je ne suis pas *ta* princesse…

Sentant que les choses s'envenimaient, Aylus lança à la cantonade :

— Je vais prévenir nos hôtes que nous arrivons.

Il sortit avant d'être obligé de prendre parti pour son fils ou sa nièce. De toute façon, puisqu'ils avaient demandé l'hospitalité des Nodes, ils pouvaient difficilement refuser d'assister au repas.

Dans la cahute, Enoch déposa une touche de rouge sur les lèvres de Thya. La jeune oracle frémit très légèrement sous ses doigts. Il eut une envie violente de l'embrasser. Il n'osa pas, à cause du maquillage.

— Je vais arranger ta coiffure, aussi, dit-il.

Il tendit une main vers sa chevelure. Elle se déroba.

— Non, ça ira, merci.

— Ça va, plaida-t-il, nous avons encore le temps.

Elle le regarda bien en face.

— Je préférerais déjà ne pas aller à ce banquet, alors je ne vais pas en plus m'apprêter des heures pour ça !

— Mais pourquoi ? demanda-t-il.

— Pourquoi ? répéta-t-elle, cinglante. Tu leur fais vraiment confiance, toi, à tes Nodes ? Parce qu'une grande gigue blonde te trouve à son goût, ça y est, ils sont devenus tes nouveaux meilleurs amis ?

Elle avait parlé d'une voix basse, mais vibrante d'indignation. Même s'ils s'exprimaient en latin, elle se méfiait toujours des oreilles indiscrètes qui auraient pu les entendre. Enoch lui prit la main, répondit d'un ton apaisant :

— Bien sûr que non, je ne les crois pas sincères. Je suis le fils d'une renégate, et je suis trop puissant par rapport à eux. Au pire ils mc méprisent, au mieux ils me craignent. Mais j'ai envie de profiter de ce banquet, de m'amuser un peu. Ça ne veut pas dire que je suis naïf… Simplement, les dernières semaines ont été sinistres, nous avons bien besoin de légèreté.

— Mon père est sans doute mort, lui rappela Thya, mon frère est à nos trousses, et nous avons perdu Brog.

— Et après ? se révolta-t-il. Est-ce que toute la joie du monde a disparu avec ton père ? Est-ce vraiment ça qu'il aurait voulu ? Que tu te couvres la tête de cendres et que tu te lamentes jusqu'à la fin de tes jours ?

Elle resta un instant bouche bée face à sa véhémence. Elle avait l'habitude qu'il s'en tire par une pirouette, par une boutade, pas qu'il lui tienne tête ainsi. Il se reprit, cynique :

— Non, après tout cela aurait sans doute bien plu à ton père, vu sa notion très personnelle de la morale. Mais moi, je n'ai pas échappé à autant de périls ces derniers mois pour vivre comme un ascète. Alors oui, ce soir je vais manger, je vais boire et avec de la chance je vais plaisanter et je vais rire avec ces gens, sans oublier qu'au moindre faux pas de ma part ils me planteront un couteau dans le dos.

Il lui tenait toujours la main. Elle se libéra.

— Tu as beau posséder des pouvoirs incroyables, martela-t-elle, tu raisonnes toujours comme un petit maquilleur de province. Tout ce qui t'intéresse au fond, c'est de savoir combien de femmes tu pourras séduire ce soir, combien se pâmeront devant toi comme cette Waudru…

— Tu es jalouse, ma princesse ? triompha le maquilleur avec un rictus sans joie.

— Jalouse, moi ? s'exclama-t-elle.

Elle se retint à l'étagère pour ne pas le gifler. Le Sylvain se carapata et alla se réfugier derrière des bols de terre cuite.

— Je ne suis pas jalouse, rectifia-t-elle. J'estime simplement que ton comportement n'est pas à la hauteur de tes dons. Moi, j'essaye d'être à la hauteur des miens.

— Je n'ai pas demandé ces dons, lui lança-t-il.

— Moi non plus.

— Alors pourquoi en restes-tu prisonnière ?

— Tu te crois plus libre que moi ?

Elle avait presque crié. Enoch allait répliquer sur le même ton. Au dernier moment il se retint. Il regarda Thya, si frêle dans sa robe trop large. Thya qui se raccrochait à ses dons d'oracle et à sa rigueur romaine pour ne pas être perdue… Sa colère retomba d'un coup.

— Ne nous disputons pas, ma belle. Nous avons déjà assez d'ennemis.

— Tu as raison, admit-elle. Viens, allons dîner.

Enoch recoiffa sa barbe, caressa le Sylvain entre ses deux cornes.

— Sois sage, lui murmura-t-il. Je te ramènerai du dessert, mais ça ne serait pas prudent qu'on te voie là-bas.

L'être d'écorce hocha la tête, content que les deux humains aient fini de se disputer.

Thya et Enoch sortirent de la cahute ensemble. Dehors, le crépuscule nappait les forêts d'un violet irréel. Le maquilleur prit une profonde inspiration, puis entraîna sa compagne vers la demeure du chef, d'où sortaient déjà des rires et des éclats de voix. Enoch se montrait de bonne humeur, comme si leur querelle était oubliée. Et pourtant, au fond de lui, il savait qu'il n'avait pas été sincère envers Thya, pas totalement. Car il avait voulu son pouvoir, celui que lui conférait Nodens. Il avait voulu être plus qu'un maquilleur de province, et pour cela il avait bravé la mort par la foudre dans le Monte Vosego.

Pourtant, il ne se sentait toujours pas légitime quand il invoquait les brumes. Il n'était pas le digne héritier d'Heledd. Cette certitude le rongeait chaque jour un peu plus, et c'était pour oublier cela aussi que ce soir il avait envie de s'amuser.

Dans la maison du chef, le banquet avait à peine commencé, et déjà la moitié de l'assemblée paraissait un peu ivre, les faces rougeaudes, les rires sonores, les gestes plus lents. Ou peut-être était-ce dû aux feux qui ronflaient dans les deux cheminées à chaque bout de la pièce, et où rôtissaient des cochons entiers. Le parfum de viande saturait l'atmosphère, avec en note de fond le relent aigre des soues qui s'infiltrait depuis l'extérieur. Aylus était assis à la droite du chef, à la longue table au fond de la grande salle. Il fit signe à Enoch et Thya de le rejoindre. Les serviteurs croulant sous la cervoise et le porc cuit s'écartèrent pour les laisser passer. Le chef les installa à sa gauche, avec une amabilité outrancière et une haleine chargée. Ses amis les plus proches se poussèrent pour faire de la place. Thya se retrouva coincée entre le chef et Enoch. Elle n'était pas bien épaisse, et elle finit quasiment écrasée contre le bois de la table. Elle ouvrit la bouche comme un poisson qui manquait d'air ; se tortilla pour gagner plus d'espace sur le banc. Le chef leva le bras près d'elle, pour attraper un pied de porc gluant de graisse. L'odeur de ses aisselles sales donna un haut-le-cœur à la jeune oracle. Néanmoins, à voir tous les Nodes autour d'elle mordre dans la nourriture, elle s'aperçut qu'elle avait faim. Son estomac grommela. Elle saisit un morceau au hasard dans un plat où d'autres avaient pioché avant elle – ainsi, elle était sûre qu'il n'était pas empoisonné.

Elle dévora de bel appétit, elle n'avait pas connu un repas aussi copieux depuis… Elle ne s'en souvenait plus, mais ça n'avait pas d'importance. Par contre, elle ne but que de l'eau. Elle voulait garder sa lucidité. Tout en mâchant, elle écoutait sans en avoir l'air les conversations des Nodes. Cependant, celles-ci, mélanges de vantardises guerrières, de considérations sur le temps et d'humour peu subtil, ne présentaient qu'un intérêt limité.

Enoch, lui, buvait sec. Alors que la nuit et le repas avançaient, le semblant d'ordre dans la salle se délitait, les Nodes changeaient de siège. Des jeunes filles aux joues roses s'agglutinaient autour d'Enoch, l'écoutaient avec des soupirs d'admiration raconter des anecdotes sur sa vie en Gaule. Aylus échangeait avec de vieux Nodes quelques vagues considérations militaires, qui ne l'engageaient à rien. Par contre, personne ne s'adressait à Thya. Elle était trop évidemment autre, trop différente. Elle avait très chaud sous sa robe de laine. Elle ramena en chignon sur sa nuque ses cheveux tressés. Au centre de la salle, des musiciens saisirent leurs instruments, des tambourins tendus de cuir, des percussions de métal et des trompettes à tête de fauve. Une musique rapide, à défaut d'être mélodieuse, recouvrit le brouhaha des conversations. Les Nodes tapèrent du pied en cadence. Aux quatre coins de la salle débutèrent des gigues.

Enoch se leva, salua ses admiratrices d'un désinvolte :

— Excusez-moi, demoiselles…

Il tira sur sa tunique pour la défroisser, tendit la main à Thya.

— Tu danses ?

Ses yeux clairs brillaient plus que d'habitude, comme s'il avait la fièvre. Ou sans doute était-ce un effet de la chaleur, de l'alcool. Un reflet des flambées dans les cheminées jumelles. Il était si séduisant que Thya en fut presque effrayée. De la force de ses sentiments pour lui, aussi. Elle recula, autant qu'il était possible sans se cogner contre le chef.

— Je ne danse pas, répondit-elle.

— Comme tu veux.

Il se tourna vers Waudru, qui accepta son invitation aussitôt. D'un air morose, Thya les regarda sauter de concert devant l'orchestre. La tunique orange et rouge du maquilleur ajoutait une touche plus vive, une flamme dansante, au milieu des habits bleus et bruns des Nodes. Son sourire éblouissant illuminait tout le banquet des Nodes. Thya racla du bout de l'ongle la couche de graisse incrustée sur le bois de la table. Elle était jalouse, autant se l'avouer. Mais pas des ingénues énamourées qui papillonnaient des cils autour du maquilleur. Non, ce qu'elle enviait c'était la joie de vivre d'Enoch, son optimisme à toute épreuve, même cette inconscience qui le faisait danser au milieu des périls. Elle aurait tellement aimé gagner un peu de cette bonne humeur à ses côtés. Mais elle ne savait pas danser, elle avait grandi dans le secret et dans l'ombre, et aujourd'hui encore elle était incapable de jouer dans la lumière. Elle était oppressée, elle avait besoin d'air. Elle se glissa hors de la salle sans être repérée.

Dehors, les bribes de musique et de rire qui s'échappaient du banquet continuèrent de la narguer. Elle retourna à la cahute de la vieille Ingonde. À mesure qu'elle s'éloignait de la maison du chef, elle respirait plus librement. Elle retrouvait peu à peu son calme, mais c'était une victoire amère. À la fin, chaque fois, elle se retrouvait seule. Seule avec ses ténèbres. Et avec ses dons. Peut-être que c'était sa façon de danser, à elle. Elle poussa la porte de la cahute. L'intérieur était plus sombre encore que la nuit au-dehors. Elle chercha à tâtons une lampe et de l'huile, alluma la lumière. L'huile appartenait à Enoch, elle était aromatisée, et bientôt un parfum de chèvrefeuille et de rose, un parfum de riche villa ou de palais princier, emplit la cabane délabrée. Le cœur de Thya se gonfla. Enoch n'était qu'à quelques *actus* d'elle, mais tant de choses les séparaient. Elle posa la lampe sur la table. Le Sylvain dormait, roulé dans un bol de terre cuite ébréché. Il n'avait pas attendu qu'Enoch lui rapporte du gâteau au miel. Thya n'osa pas le réveiller. Pourtant, ce soir elle appréhendait la solitude. Elle s'assit devant la lampe, fixa la flamme, la tête entre les mains. Mais non, songea-t-elle soudain, elle n'était pas seule. Elle avait ses visions, son don d'oracle. Son don qui l'avait trompée parfois, mais jamais abandonnée. Son don qui tant de fois déjà lui avait tenu compagnie. Certes, les êtres dans ses rêves l'avaient mise en garde, l'avaient prévenue qu'elle avait défié le destin et que, désormais, ces visions auraient un prix.

Mais elle n'allait pas se laisser intimider aussi facilement, pas par quelques spectres qui ne montraient pas leur visage. Et puis qu'avait-elle encore à perdre ? Elle n'avait plus de patrie, plus d'allié, aucun but et aucun endroit où se réfugier. Elle s'étira, soupira. Elle avait besoin d'agir. Elle remplit une coupelle d'eau, y ajouta un peu d'huile. Elle n'avait pas d'encens, mais l'arôme de la lampe en tiendrait lieu.

Elle fit le vide dans son esprit, se concentra sur les taches mouvantes à la surface du liquide. Très vite, plus qu'elle ne l'aurait cru possible en de telles circonstances, des images lui apparurent, l'eau se changea en une mer immense. Là, ballottée au creux des vagues, une trirème fendait vaillamment la houle. Thya sentit le vent marin lui gonfler les cheveux, chargé de ses relents d'iode et de sel qui lui rappelèrent, de loin, ceux du port de Burdigala.

Elle vit l'écume en gerbes éclater contre le bois de coque, les rames des marins soulever l'eau trouble et verte. Le vent dans le ciel chassait les nuages. Elle se vit debout sur le pont, accrochée au bastingage, encadrée d'Aylus et d'Enoch. À demi rentré sous la capuche du maquilleur, le Sylvain contemplait la vaste mer avec des yeux écarquillés…

Puis les flots se calmèrent, les nuages s'écartèrent, un jour doré frôla le turquoise des eaux. La mer se rétrécit en un détroit, surplombé par une ville immense, splendide, comme auréolée de soleil. La vision amena Thya dans ses rues populeuses, sur ses quais bondés de marchandises et de couleurs fortes, de vives lumières, dans un hippodrome où criaient des foules exaltées, sur des forums et dans des palais ornés de mosaïques d'or, d'œuvres d'art venues des quatre coins du monde. Dans les ateliers on travaillait la soie et les pierres précieuses. Les habitants portaient des vêtements amples et chamarrés au col brodé d'argent et d'or, des chlamydes – des manteaux courts d'origine grecque, retenus sur une épaule par des broches bijoux. Les hommes arboraient de fins colliers de barbe et les femmes des diadèmes dans les cheveux. La ville évoquait, par ses bâtiments, par sa structure, les traditionnelles *urbs* romaines, mais elle était cent fois plus prospère, plus riche, plus belle. Plus *neuve* aussi, beaucoup plus neuve, comme si pour l'essentiel elle avait été construite depuis moins d'un siècle. C'était comme un fantasme devenu une réalité tangible, un palais des mirages transformé en cité des hommes, le rêve incarné d'un Empereur bien plus fortuné qu'Honorius à Rome.

Thya se demanda pourquoi la vision la conduisait ici, si c'était la prochaine étape de son voyage, pourquoi… Les décors se brouillaient, comme s'il y avait trop de couleurs, trop de lumières. Dans ce maelström, les images devenaient des énigmes. Elle distingua un sphinx de pierre, de la poussière blanche, un portique couvert d'aubépines rose-rouge, une haute pièce voûtée avec des arches blanches et ocre au plafond, sur tous les murs des étagères croulant sous les manuscrits. Une bibliothèque. Au centre, un homme aux cheveux noirs striés de gris, au collier de barbe poivre et sel. Il se tourna vers elle – ou du moins elle eut l'impression qu'il se tournait vers elle, au travers de sa vision.

— Que veux-tu que je t'apprenne sur les Dieux Voilés, Thya ? lui dit-il.

La vision cessa d'un coup. Elle se retrouva projetée hors de la cité lumineuse. Elle retrouva la nuit du village node. La lampe s'était éteinte et ne dégageait plus qu'un vague relent d'huile chaude. Thya secoua la tête, faisant valser ses nattes autour de son visage mince. En comparaison de la cité ensoleillée, la nuit de Germanie lui sembla plus obscure encore. Mais cela ne lui paraissait plus si grave, car elle gardait dans son âme et dans son cœur toutes les couleurs, toutes les sensations que lui avaient apportées ses dons. Elle se redressa. D'un revers de la main, elle essuya un reste de rouge qui séchait sur ses lèvres. Elle n'en avait plus besoin. Son enfance recluse lui avait appris cela, au moins. Tant qu'elle aurait ses visions, elle ne serait jamais vraiment seule.

Ses yeux s'habituèrent à nouveau aux ténèbres. Elle vida sa coupelle sur le sol. La terre avala l'eau et l'huile. Thya était convaincue qu'elle avait fait le bon choix en invoquant ses visions. Alors pourquoi avait-elle un méchant picotement dans la nuque ?

Au moment où Thya émergeait de ses visions, dans la salle de bal, Waudru essoufflée manqua de tomber dans les bras d'Enoch. Elle profita d'une pause dans la musique pour s'éventer d'une main.

— Sortons, dit-elle à Enoch, j'ai besoin d'air.

Elle l'entraîna au-dehors. Il saisit une chope de cervoise au passage. Danser lui avait donné soif.

Des grillons crissaient dans la nuit. Waudru prit Enoch par la main et l'emmena derrière la maison du chef, dans un petit jardin d'herbes médicinales, protégé des cochons par un muret de pierres sèches. L'endroit était désert.

— Personne ne vient plus ici depuis qu'Ingonde est morte, expliqua Waudru. Sauf moi, pour entretenir les parterres.

— Tu t'y connais en plantes ? demanda Enoch.

— Oui, toi aussi ?

Il sourit, complice.

— J'ai soigné plus de blessés et d'ivrognes que je n'ai pu compter, quand j'exerçais en Gaule.

— Tu n'étais pas prêtre là-bas, c'est ça ?

— Non, j'étais maquilleur.

Il s'assit sur le muret. Elle s'installa près de lui. Dans les rayons de lune, sa robe blanche paraissait plus claire, et son tablier bleu plus sombre. Enoch but d'un trait la moitié de sa chope, puis la lui tendit. Elle n'avala qu'une petite gorgée, car la tête lui tournait déjà. Elle désigna d'un large cercle du bras les forêts alentour.

— Autrefois, dit-elle avec une emphase d'ivrogne, le royaume des Nodes s'étendait plus loin encore que les arbres…

Elle laissa retomber son bras, corrigea :

— C'est ce que mon père m'a raconté, en tout cas. Mais peut-être m'a-t-il menti depuis le début, pour me bercer avec une jolie histoire. Ou peut-être son père lui a-t-il menti, ou le père de son père… Et la vérité s'est perdue depuis des générations.

Elle reprit une gorgée de cervoise.

— Et si nous avions tous été des porchers ? demanda-t-elle à Enoch. Je veux dire, tous les Nodes, depuis l'origine du monde ? Tu en sais quelque chose, toi ?

Enoch haussa les épaules.

— Non, répondit-il, encore moins que toi.

Il respira les senteurs des plantes qui montaient du jardin. Pendant quelques secondes, il souhaita que ce soit Thya, et non Waudru, qui se tienne avec lui dans cette nuit d'été, perchée sur le mur de ce jardin secret. Mais Thya n'était pas ce genre de fille, se raisonna-t-il. Il se tourna vers la jeune Node. Ses longues nattes blondes tirées en arrière découvraient son front haut.

— Tu devrais te coiffer en bandeau, remarqua Enoch. Ça adoucirait ton visage.

— En bandeau ? Comment ça ?

— C'est un style qu'affectionnent les femmes de l'Empire, celles qui ne sont pas des courtisanes, mais qui aiment paraître à leur avantage. Je vais te montrer…

Avec des gestes aériens, il défit ses nattes, lissa ses cheveux blonds, puis habilla son front avec deux larges mèches symétriques. Enfin, il noua les longueurs en chignon souple sous sa nuque. Waudru ne bougeait plus. Son pouls battait plus vite. Les doigts du maquilleur voletaient comme des papillons autour d'elle. Quand il eut terminé, elle se sentit plus fraîche, plus légère. Il tira un miroir de bronze de sa poche. Dans la pénombre, Waudru devina plus qu'elle ne le vit le résultat des efforts d'Enoch, cela lui suffit. Elle se découvrait embellie, plus douce et plus sereine. Elle frôla sa coiffure, très légèrement, de peur de la déranger.

— Comment as-tu… ? murmura-t-elle.

— C'est mon travail, déclara-t-il avec une fierté inattendue, même pour lui.

Des sensations anciennes et familières lui revenaient. C'était réconfortant de constater qu'il se débrouillait encore pour coiffer une femme, pour la séduire aussi. Car Waudru ne le regardait pas comme un simple coiffeur. Il n'aurait eu qu'à se rapprocher d'elle pour qu'ils s'embrassent. Se rapprocher d'un pouce à peine. Dans l'aube naissante, les rossignols ajoutaient leurs vocalises aux stridulations des grillons. Bientôt le soleil l'emporterait sur la nuit. La vie l'emporterait sur la mort. Enoch vida le fond de sa chope. La cervoise était tiède. Waudru lui sourit. Il dégringola du muret avant d'être vraiment trop tenté.

— Viens, rentrons à l'intérieur, lui dit-il. Allons montrer ta coiffure à tes amies.

Elle le retint :

— Attends !

Il se retourna vers elle. Elle était ballottée entre des sentiments contraires. Il comprit vite lesquels.

— Ne bois pas le vin, le prévint-elle. Mon père… il va te servir du vin. Fais semblant de le boire, c'est tout. Il est empoisonné.

Enoch dessoûla brutalement – l'un des quelques talents qu'il avait acquis dans les tavernes d'Aquitania.

— Je dois prévenir Thya et Aylus.

— Vous feriez mieux de partir avant la fin du banquet, ajouta Waudru. Et discrètement, si possible. Tu vois ce chemin, derrière le jardin ?

Elle lui montra une sente étroite qui disparaissait sous les fougères.

— Je vois, confirma Enoch.

— Partez à pied par là. Ça mène à un carrefour. Je vous retrouverai avec vos chevaux là-bas.

D'instinct Enoch lui fit confiance.

— Merci, dit-il.

Il l'embrassa sur la joue, rentra prévenir Aylus.

Dans la salle du banquet, l'orchestre ralentissait, mais les conversations allaient encore bon train. Quelques Nodes s'étaient endormis, affalés sur leur banc, ou recroquevillés près de la cheminée. D'autres s'étaient retirés chez eux. Ceux qui restaient se faisaient un devoir de gratter jusqu'au dernier rogaton de viande. Enoch n'attendit pas qu'on lui serve du vin. Il alla expliquer la situation sommairement à Aylus, en latin bien sûr, puis fit mine d'avoir envie de vomir. Aylus le traîna dehors comme s'il était malade.

Personne ne parut les suivre. Ils allèrent récupérer Thya et le Sylvain, attrapèrent leurs bagages et quittèrent le village par le chemin détourné. Dans l'urgence, Thya ne jugea pas nécessaire d'évoquer ses visions. Pas avant qu'ils aient mis de la distance entre les Nodes et eux. Certes, une inquiétude ténue persistait tout au fond de son esprit. Et s'il y avait vraiment un prix à payer, désormais ? Si ses visions allaient appeler un malheur sur eux ?

Mais elle ne parvenait pas complètement à y croire. Elle avait invoqué si souvent le Destin… Pourquoi serait-ce différent aujourd'hui ?

Les nuits étaient courtes en été. Quand ils atteignirent le carrefour, le jour montait déjà. Waudru les attendait comme prévu avec leurs chevaux à la croisée des chemins. Enoch était déjà convaincu qu'elle s'était rangée de leur côté, mais il fut quand même secrètement soulagé à sa vue. Elle pointa un chemin du doigt.

— Si vous continuez par là, vers le sud, en fin de journée vous atteindrez des tumulus. Ce sont d'anciennes tombes, personne dans la région n'irait s'aventurer là-bas. Ensuite…

Elle hésita, chercha ses mots, conclut :

— J'espère que vous trouverez votre voie.

— Merci, Waudru, dit Enoch.

Il lui effleura d'une caresse ses cheveux blonds en bandeau. Puis Aylus, Thya et lui se mirent en selle. Ils allaient partir quand brusquement Ulve, le vieux guerrier node, apparut entre deux chênes, ses hachettes à la ceinture, ses cicatrices blafardes dans la lueur de l'aube.

— Arrêtez ! siffla-t-il.

Les trois fugitifs s'éloignèrent au grand galop. Soudain Thya entendit un hurlement dans leur dos. Elle se retourna, elle ne put s'en empêcher. Waudru chancelait au milieu du chemin, une hachette de lancer franque fichée au milieu du front. Un trait de sang rouge lui traversait le visage. Elle s'effondra au milieu du carrefour. Le vieux guerrier projeta sa seconde hache en direction de Thya. La jeune oracle repartit à fond de train. L'arme la frôla sans la toucher.

Par contre, la dernière image de Waudru restait enfoncée dans l'esprit de Thya. La jeune Node qui les avait aidés, qu'elle avait soupçonnée de traîtrise, et qui venait de mourir sans raison à cause d'eux. Sans raison ? Non, insinuait une petite voix fielleuse à l'intérieur de son crâne. Thya avait fait appel à ses visions et, comme l'avaient dit les êtres sous le voile, il y avait un prix à payer. La vie de Waudru était-elle ce prix ?

Ulve renonça à les poursuivre. Les cavaliers étaient trop rapides pour lui. Peu après leur fuite du village, Enoch éprouva les premières poussées d'un méchant mal de crâne. Il avait encore quelques remèdes dans sa besace. Il mâcha une poignée de graines de coriandre sans guère réduire la douleur. Il chevaucha le reste de la journée dans un état déplorable, mais au moins cette fois il savait pourquoi il était malade. Parce qu'il avait abusé de la cervoise. C'était bizarrement réconfortant, d'être réduit à l'état de loque par des causes banales et naturelles, et pas parce qu'il avait levé une armée de monstres durant la nuit.

Thya ne lui témoigna qu'un minimum de sollicitude. Elle n'avait pas apprécié son attitude envers les Nodes. Quant à Aylus, perdu dans ses pensées, il ne lui apporta pas grand secours. Seul le Sylvain se souciait de son mal-être et le couvait d'un regard chagrin. Enoch le rassurait de temps à autre d'un sourire contrit.

— Tiens-toi à l'écart de tous les excès, lui expliqua Enoch d'une voix docte. L'excès nuit au corps et à l'esprit…

En fin de journée, comme l'avait annoncé Waudru, ils arrivèrent en vue des tumulus. Ceux-ci n'avaient rien de très angoissant, dans la douceur du crépuscule. Ils étaient de tailles diverses, recouverts d'herbe tendre et de mûriers sauvages. Le plus gros formait comme une petite colline. Les voyageurs décidèrent de camper à son pied. Par souci de discrétion, ils n'allumèrent pas de feu. Dans la chaleur de la nuit d'été, ils n'en avaient pas besoin. Enoch s'allongea sur l'herbe. Il n'avait pas faim. Thya et Aylus improvisèrent un repas avec le pain et la viande froide récupérés au fond de leur besace. Puis le Sylvain s'en alla cueillir des mûres. Thya s'assit le dos contre une souche, prit ses genoux entre ses bras. La nuit floutait les traits d'Aylus et d'Enoch. Cela rendait la conversation plus facile. Thya prit une profonde inspiration et se lança :

— J'ai eu une vision la nuit dernière. J'ai interrogé l'eau et l'huile. Est-ce à cause de ça que Waudru est morte ?

— Je ne sais pas, avoua Aylus en se massant la hanche. Nos rêves sont prémonitoires, certes, mais là j'ai du mal à y voir plus qu'une coïncidence. Nous sommes en fuite. Nous nous créons des ennemis à chaque jour qui se lève… Cette jeune fille… Elle nous a aidés, elle a été courageuse, je regrette sa mort… mais tes visions n'en sont pas responsables.

— Et toi ? demanda Thya à Enoch, avec une moue de mépris. Tu ne te sens pas coupable ?

Le maquilleur ne répondit pas, son silence laissait croire qu'il dormait déjà, ou qu'il était encore malade. Aylus parla à sa place :

— Et dans tes visions, qu'y avait-il ?

Thya répondit très vite, secrètement soulagée qu'il ait posé la question.

— Nous traversions la mer, raconta-t-elle. Nous étions tous ensemble sur une trirème. Puis nous arrivions dans une cité surplombant un détroit, une ville qui faisait penser à Rome, enfin, au peu de souvenirs que j'ai gardés de Rome, mais en plus belle, plus colorée. Et les hommes là-bas portaient des colliers de barbe. Des Byzantins. J'allais voir quelqu'un là-bas, un bibliothécaire. Il ressemblait un peu à ma mère, c'était bizarre…

Elle souleva à pleines mains ses nattes à demi décoiffées, les laissa retomber sur ses épaules, soupira et conclut :

— Il m'a parlé des êtres dans mes rêves, je crois. Il y avait tellement de manuscrits dans sa bibliothèque, l'un d'eux pourrait sans doute nous renseigner sur mes songes…

À la faveur de la nuit, elle se permit un sourire amer.

— Voilà, tout ça est bien vague, bien chimérique face aux dangers réels qui nous menacent. Face à Aedon et à ma famille qui part en lambeaux !

— Constantinople… lâcha Aylus. La ville sur le

détroit, c'était Constantinople. Et le bibliothécaire, c'est aussi ta famille. C'est ton oncle.

— Mais… c'est toi, mon oncle, s'étonna Thya.

— Le frère de ta mère, rectifia le devin. Nous avons tous supposé qu'il était mort quand il a arrêté de répondre à ses lettres. Mais apparemment il est encore en vie.

5

La destruction des étoiles

Aedon et sa troupe progressaient sous un soleil de plomb dans les Alpilles, dans la Provincia Romana, l'ancienne Gaule narbonnaise, dont les invasions barbares avaient raboté les frontières au fil du temps. Ils suivaient le lit asséché d'un cours d'eau. L'automne brûlant ressemblait à un été qui s'éternisait. La terre calcaire trop sèche se soulevait en poudreuse grège sous les pas des mercenaires et sous les sabots du cheval d'Aedon. Le ciel était d'un bleu trop pur, trop parfait, qui forçait les hommes à baisser les yeux. L'air embaumait le thym. Le crissement des cigales était assourdissant. Tout cela rendait Aedon nerveux. Il n'aimait pas la lumière, les pouvoirs d'Hécate venaient de l'ombre. Le thym empêchait de sentir d'autres odeurs, les irritantes cigales empêchaient d'entendre d'éventuels ennemis.

Hécate avait lancé Aedon contre Mithra, le dieu pourfendeur des ténèbres et trop aimé des légionnaires romains. Même les hommes d'Aedon n'auraient jamais accepté d'attaquer de nuit son sanctuaire. Cependant, songea le jeune patricien, Mithra était un dieu honnête et droit, un gardien de la Justice et des

Serments. Avec un peu de chance, ses zélotes n'iraient pas tendre un piège juste devant son temple.

Ce temple, aucune colonnade, aucune statue ne signalaient son entrée. On y accédait par une longue faille ouverte dans la roche, comme une plaie sèche au flanc de la montagne. Mithra était né dans une grotte, loin, très loin de Gaule, dans des contrées étranges d'Orient. Depuis, c'était toujours dans des cavernes que ses fidèles le vénéraient.

Aedon fit avancer son cheval jusqu'à la fissure. Un vent plus frais s'en échappait, ce qui aurait pu être agréable, par cette journée de canicule. Pourtant, le jeune patricien frissonna. Depuis qu'il servait Hécate, il avait appris que les dieux anciens ne reculaient pas sans combattre. Ou plutôt, ils adoraient envoyer leurs fidèles à l'assaut.

Cependant, ce n'était pas un peu d'air froid qui allait arrêter Aedon. Il frappa les flancs de son cheval, voulut entrer dans la grotte. Sa monture renâcla, refusa de bouger. Le jeune patricien n'insista pas. Trois fois sur quatre, les chevaux refusaient de souiller les temples, et rien, ni les cajoleries, ni la violence, ne les faisait changer d'avis.

Dès qu'Aedon eut mis pied à terre, son destrier s'éloigna. Le patricien ne s'en formalisa pas.

— Mon pilum, demanda-t-il. Et ma cuirasse.

Un de ses hommes lui tendit une armure de cuir, qu'il ajusta en quelques mouvements rapides pardessus sa tunique trempée de sueur. Un autre lui présenta une lance lourde, à la pointe aiguisée. Aedon soupesa l'arme d'une main. La sensation familière lui donna un surcroît d'assurance.

— Restez un pas derrière moi ! lança-t-il à sa troupe.

Son pilum en avant, il pénétra dans la faille. Il ne deviendrait jamais le héros guerrier qu'espérait son père, mais il ne manquait pas de courage physique pour autant. Ses hommes le suivaient en portant des torches. Dans le halo de lueur chaude, on devinait le plafond du sanctuaire, décoré de myriades d'étoiles.

À mesure que les hommes s'enfonçaient dans la grotte, le chant des cigales s'effaçait, remplacé par des chuintements sourds venus du cœur du sanctuaire. Au fond de la première pièce, une porte de vieilles planches à demi pourries et verdies de mousses. Si la sécheresse régnait dehors, l'intérieur conservait quelque humidité.

— Toi, lève ta torche, demanda Aedon à l'homme le plus proche de lui.

Sans s'en rendre compte, il avait parlé à voix basse, comme s'il craignait de réveiller des présences de l'autre côté des planches.

Le soldat obéit, éclaira au-dessus de la porte une image de Mithra sculptée à même la roche. Le dieu solaire, couronné de rayons, maîtrisait un taureau symbolisant le chaos et la violence.

— Nous sommes au bon endroit, constata Aedon.

Le soldat recula, soulagé. Le jeune patricien posa l'oreille contre les planches. Quelque chose respirait dans les profondeurs de la caverne. Un souffle rauque et sourd, certainement pas humain. Aedon se redressa, affirma sa prise sur son pilum.

— Dégagez la porte, ordonna-t-il.

Ses hommes obéirent sans barguigner. Les

planches amollies cédèrent sans trop de résistance, dévoilant une seconde pièce, qui paraissait plus large que la première. Au fond se dessinait une sorte d'autel. Et juste devant celui-ci, une ombre plus épaisse, large et haute comme cinq hommes, se gonflait et désenflait au rythme de sa respiration. Même si on ne distinguait pas ses traits, la créature dégageait une aura de force titanesque. Aedon calma d'un effort de volonté son cœur qui battait trop vite. Il devint froid, glacé comme les nuits sans lune, comme le toucher d'Hécate sur sa peau. En face, la bête ouvrit les yeux. Deux pupilles rubescentes étincelèrent au pied de l'autel.

— Esquive ! cria Aedon à ses hommes.

Les soldats se plaquèrent contre les parois alors que la créature chargeait. Aedon seul resta debout au centre de la grotte, les jambes légèrement fléchies. La charge de la bête faisait trembler le sol. Alors qu'elle fonçait sur lui, Aedon entraperçut une paire de cornes, des naseaux luisants… Il roula sur le côté au dernier moment, un rien trop tard, l'un des sabots du monstre lui écrasa les côtes, son pilum ne réussit qu'à l'érafler en retour. La douleur le submergea. Il serra les dents pour ne pas hurler. Du coin de l'œil, il vit ses hommes qui fuyaient hors du sanctuaire, poursuivis par la bête furieuse. *Bah*, songea-t-il à travers son martyre, *elle n'ira pas loin*. Le bout de son pilum, avec lequel il l'avait blessée, était enduit d'un poison fulgurant. Mithra était un dieu juste, ses fidèles jouaient à la loyale. Pas Aedon. Bientôt il entendit avec satisfaction la créature s'effondrer sur le sol.

Quelques heures plus tard, un Aedon blafard rentrait à sa nouvelle villa, rachetée à un armateur phocéen qui s'était ruiné dans les tripots de Massilia. Le soleil d'après-midi allongeait les ombres, mais la chaleur baissait à peine. Pourtant, le patricien n'avait pas enlevé sa cuirasse de cuir. Elle comprimait avantageusement sa blessure. Et puis, il devait se l'avouer, il n'avait pas envie de savoir trop vite à quoi ses côtes ressemblaient là-dessous. Pour tromper la douleur, il mâchait des brins de thym. Cela donnait au moins une utilité à cette plante. Contrairement à son père, Aedon ne voyait aucune noblesse dans la souffrance. Mais crier comme un cochon qu'on égorge aurait terni son prestige auprès de sa troupe. Quand il atteignit le portail, des esclaves se précipitèrent à sa rencontre. Ils l'aidèrent à descendre de cheval, voulurent le porter dans sa chambre.

— Non, grinça-t-il entre ses dents. Emmenez-moi dans l'atrium, je veux rassurer ma sœur.

On lui obéit.

Dans l'atrium, à l'ombre des auvents de tuiles, quelques invités choisis dégustaient du vin de la Narbonnaise, à demi allongés sur des coussins de lin clair. Au centre, une élégante fontaine rafraîchissait l'atmosphère. L'eau cascadait depuis la gueule d'un dauphin de marbre, souvenir du précédent propriétaire des lieux. Les gouttelettes accrochaient des éclats de soleil.

À l'arrivée d'Aedon, la maîtresse des lieux se retourna vers lui dans un froissement de soie. Dès qu'elle le vit, une inquiétude touchante se peignit sur son beau visage.

— Mon frère, que t'est-il arrivé ?

— Ce n'est rien, Thya, un accident de chasse.

Aedon se retint de sourire. Elle était parfaite. Une beauté classique, un visage à l'ovale exquis qui n'aurait pas déparé sur une statue grecque. Son teint était clair même sans maquillage, son maintien aristocratique, nuancé d'un rien de timidité… Avec ses cheveux noirs luisants et ses grands yeux verts, elle ressemblait un peu à Thya. Enfin, se reprit Aedon, Thya telle qu'elle aurait dû être. Une petite sœur jolie et douce, qui l'aurait aidé à gravir les échelons du pouvoir.

— Un accident de chasse ? s'exclama un patricien aux cheveux blancs, dans le dos de la pseudo-Thya. Mais quel animal… ?

— Un auroch, grimaça Aedon. Une sorte de gros taureau sauvage.

Devant lui, les yeux des spectateurs s'arrondirent de stupeur.

— Un auroch ? s'étonna le vieux patricien. Je croyais qu'il n'en restait plus que dans les forêts de Germanie, et quelques spécimens dans le nord de la Gaule…

— Eh bien, plaisanta Aedon malgré sa douleur, celui-ci avait perdu son chemin. Ou alors il voulait goûter au vin d'ici.

Aedon avait l'habitude de faire de l'esprit, même dans un état physique discutable. Mais là, il avait de plus en plus de mal à ne pas s'évanouir.

— Pourquoi demeures-tu ici, Aedon ? reprit le vieux patricien. La Narbonnaise est trop étriquée pour un homme de ta trempe. Viens prendre la place de ton père à Rome.

En entendant ces mots, le jeune homme comprit

qu'il venait de remporter une nouvelle manche. Car celui qui venait de parler était sénateur lui-même, et non des moindres. Julius Augustule, qui avait l'oreille de l'Empereur.

— Et puis, continua le sénateur, ta sœur va s'étioler dans cette province…

Il couva d'un regard charmeur la pseudo-Thya. Celle-ci battit chastement des paupières. Son expression changea pendant une demi-seconde, à un moment où seul Aedon pouvait le voir. À la place de ses iris verts apparurent les yeux noirs d'encre d'Hécate. Ses véritables yeux. Aedon se laissa aller, il perdit conscience et s'effondra dans les bras des esclaves, avec le sentiment du devoir accompli.

Pendant ce temps, dans les Alpilles, les hommes d'Aedon armés de masses détruisaient le sanctuaire de Mithra et son plafond plein d'étoiles.

Quand il reprit conscience, Aedon eut l'heureuse surprise de retrouver la jolie pseudo-Thya à son chevet. Il tenta de se redresser. D'un geste plein de grâce, elle renvoya les esclaves. Elle sourit au blessé, une lueur malicieuse pétillait dans ses yeux, et pendant un court instant il oublia presque sa douleur. Elle avait une bonne nouvelle, il le sentait. Elle lui prit les mains et il apprécia la chaleur de ses paumes.

— Je sais où se rend ta sœur, annonça-t-elle avec gourmandise. Notre nouvel ami le sénateur m'a appris que vous aviez un oncle à Constantinople, un oncle mis au ban par votre famille depuis des lustres, mais Thya n'a pas trop le choix de ses alliés maintenant. Quand tes chasseurs ont perdu sa trace, elle s'embarquait dans un petit port près de Salone, pour traverser la Mare Nostrum.

— Elle serait allée à Constantinople ? demanda Aedon et sa blessure lui arracha une grimace.

— Je vais envoyer des agents là-bas.

6

Constantinople

Thya, Aylus et Enoch s'étaient embarqués à bord d'une trirème grecque hors d'âge, dans un port discret non loin de Salone. Le lendemain de leur départ, deux navires à voiles sans rame ni pavillon se dessinèrent à quelques milles derrière eux. Deux bateaux qui semblaient les suivre. Aylus demanda au capitaine, un homme d'expérience qui avait chassé son lot de pirates autrefois, s'il était prêt à naviguer dans la brume. Ce à quoi le capitaine répondit qu'au moins le brouillard ferait tomber le vent et ralentirait, voire immobiliserait, leurs suiveurs. Alors Aylus demanda à Enoch de faire lever la brume sur la mer.

Pendant les deux jours suivants, la trirème navigua dans une purée de pois complète, dans un calme à peine troublé par le balancement des rames fendant la mer. Au troisième jour, quand Enoch incapable de tenir plus longtemps leva le brouillard, les deux bateaux suspects avaient disparu. Le maquilleur passa le reste du voyage allongé et exsangue à fond de cale. Il prétendit qu'il souffrait du mal de mer. Thya accepta son excuse sans trop se poser de questions. Elle avait déjà l'esprit ailleurs, vers cette autre famille dont elle venait de découvrir l'existence, ces êtres mystérieux qui désormais revenaient chaque nuit la mettre en garde dans ses rêves… et enfin ce nouveau monde qu'elle allait découvrir de l'autre côté de la mer.

Aylus, lui, se doutait bien qu'Enoch leur cachait quelque chose. Mais il ne réussissait pas à le faire parler. Alors il se contenta de le soutenir de son mieux, sans le fatiguer davantage.

Quand enfin ils abordèrent à Constantinople, Aylus proposa de louer une chaise à porteurs, pour qu'Enoch n'ait pas à marcher à travers la ville. Le maquilleur refusa, leurs finances étaient maigres et il était assez remis pour tenir debout. C'est donc à pied qu'ils suivirent au travers de la grande ville le trajet que Thya avait vu dans l'eau et l'huile.

Constantinople était telle que dans ses visions, un rêve de nouvelle Rome surpassant la Rome première, mais où les costumes, les parfums, les lumières appartenaient déjà à l'Orient. Guidés par Thya, les voyageurs grimpèrent sur la première colline, jusqu'au forum d'Arcadius qui surplombait le Bosphore. Ils firent plusieurs haltes durant la montée, afin de ménager les forces vacillantes d'Enoch. Les passants, nombreux et affairés, les croisaient sans les voir. À peine si, de temps à autre, un badaud jetait un regard interrogateur sur leurs hardes germaniques, leurs raides vêtements barbares déjà usés par le voyage, qui semblaient si déplacés dans cette ville tout en fluidité et en douceur. À un étal de fruits, à mi-pente, Aylus acheta une grenade fraîche et des figues sèches pour redonner des forces à ses troupes. Le marchand accepta sans discuter ses dernières pièces à l'effigie d'un César romain. Les parasols verts des acacias ombrageaient les rues entre les maisons hautes. Les trois voyageurs s'arrêtèrent au frais pour se restaurer, avant de reprendre leur ascension. Heureusement, une fois arrivés au sommet, ils furent récompensés de leurs efforts.

Le forum était encore en construction. Des statues de sphinx venues d'Égypte s'alignaient des deux côtés de la place, et à l'extrémité de celle-ci, dans un nuage de poussière blanche, une nuée d'esclaves érigeait une colonne monumentale célébrant la récente victoire des Byzantins contre les Goths. Thya reconnaissait les images de sa vision, elle approchait, elle le sentait. Des picotements lui hérissaient la nuque. Dans une rue adjacente, elle entrevit une arche d'aubépines rose-rouge. Son cœur battit plus vite. Elle pressa le pas, sans se rendre compte qu'Aylus et Enoch peinaient à la suivre. L'aubépine, pour les païens, protégeait des forces malfaisantes. L'occupant de la maison derrière – *mon oncle*, rectifia Thya, *mon deuxième oncle* – était-il vraiment menacé pour se prémunir ainsi contre le mal ?

Sous l'arceau de fleurs odorantes, elle découvrit une porte écarlate, avec un heurtoir de bronze. Elle toqua trois fois. Le temps qu'on vienne lui ouvrir, Aylus et Enoch l'avaient rejointe. L'huis tourna sans grincer, et Thya se retrouva face à l'homme de ses visions, le bibliothécaire aux yeux noirs, au collier de barbe grise, qui ressemblait tant à sa mère. Celui-ci tenait un rouleau de papyrus à la main. De l'encre séchée maculait ses doigts et l'ourlet de ses manches. Il se figea sur le seuil, considéra d'un œil ébahi la petite troupe qui débarquait chez lui à l'improviste.

Thya ne savait pas s'il la reconnaissait ou non, s'il était content ou non de la voir, mais une chose était sûre : il ne s'attendait pas à sa venue.

— *Vale*, Setrius, lança Aylus pour rompre le silence.

Le visage du Byzantin se durcit. Un orage noir troubla la mer d'encre de ses yeux.

— Je ne m'appelle plus ainsi, gronda-t-il à l'attention d'Aylus. Je suis Sethre maintenant, j'ai repris mon nom étrusque. Et toi, tu en as du culot de venir ici, après avoir tué ma sœur.

Thya serra les poings. Elle ne comprenait pas trop les griefs de cet homme, mais les retrouvailles familiales ne se déroulaient pas aussi bien qu'elle l'avait espéré. Vu la tournure des événements, Enoch glissa une main vers son poignard. Aylus l'écarta avant qu'il n'envenime la situation.

— Je ne suis pas Gnaeus Sertor, déclara-t-il d'une voix forte. Je suis Aylus, son frère.

— C'est impossible, répondit le bibliothécaire. Aylus est mort il y a vingt ans, en Gaule, dans le Monte Vosego. Un de mes contacts à Rome m'a appris la nouvelle depuis longtemps.

Thya s'interposa, très droite dans sa robe crasseuse.

— Il n'est pas mort, dit-elle. Mon père a tenté de le faire tuer dans le Monte Vosego, et Aylus a préféré disparaître après cet assassinat manqué. Quant à ma mère, tu te trompes, personne n'est responsable de sa mort, la maladie l'a emportée durant un hiver trop rude, dans notre villa à Rome. Je m'en souviens, acheva-t-elle en refoulant un début de tristesse. J'étais à la villa moi aussi. Et j'ai prédit sa mort.

Sethre lâcha son papyrus, qui se déroula sur le pavé sans même qu'il s'en rende compte. Dans un état second, il demanda à la jeune fille :

— Qui es-tu ?

— Je suis Thya, fille de Velia et de Gnaeus Sertor. Et je crois… je crois que Velia était ta sœur.

Le bibliothécaire se baissa pour se mettre à la hauteur de la jeune oracle. Il lui prit le menton entre ses doigts tachés d'encre, scruta ses traits comme s'il s'agissait des lignes d'un manuscrit précieux. Son visage s'éclaira.

— Thya… lâcha-t-il dans un souffle. La fille de ma petite Velia.

Il la serra dans ses bras d'un grand geste brusque, puis desserra son étreinte et la détailla à nouveau. Ses yeux étincelaient.

— On m'a rapporté tant de rumeurs, tu sais, ma nièce. Que tu étais infirme, monstrueuse, ou alors que tu souffrais d'une maladie terrible, que tu risquais de trépasser d'un jour à l'autre, que ton père t'avait enfermée à double tour dans une villa au fin fond de la Gaule. Mais voilà, tu es ici, devant ma porte. Certes, tu n'es pas bien grosse, mais tu parais fermement campée sur tes deux jambes…

À présent qu'il était lancé, il devenait logorrhéique. Thya était noyée sous ses paroles. Elle essaya de placer quelques mots à son tour :

— Mon père m'a élevée en Gaule, à l'écart du monde en effet. Pas parce que je suis malade pourtant. Parce que…

Sethre l'interrompit, sa bonne humeur disparut à nouveau.

— Tu as prédit la mort de ta mère, compléta-t-il. Sertor t'avait enfermée parce que…

Il ne prononça pas la suite. Il ne dit pas tout haut *tu es oracle*, pas en pleine rue.

— Venez, entrez, dit-il à la petite troupe. Et Aylus, content de te revoir en vie.

7

À la croisée des chemins

Le lendemain matin, après un sommeil réparateur et sans rêves, Thya rejoignit son oncle dans la bibliothèque, la pièce aux arches blanches et ocre qu'elle avait vue dans l'eau et l'huile. Sethre était au travail déjà. À en juger par les cernes sous ses yeux et les nombreux rogatons de chandelles au sol, il n'avait pas beaucoup dormi.

La veille au soir, Thya l'avait entretenu de ses visions, et surtout des êtres sous le voile qui la menaçaient dans ses rêves. Elle avait très vite capté l'attention de son oncle. Et visiblement, il n'avait pas dormi pour chercher des réponses aux questions de sa nièce.

— Tu n'avais pas besoin d'y passer la nuit, remarqua-t-elle, un peu confuse, après les politesses d'usage. Ce n'était pas urgent à ce point.

Le bibliothécaire sourit. Malgré ses cernes sombres, ses yeux pétillèrent.

— Je ne suis pas oracle, lui déclara-t-il, mais comme toi j'aime savoir. Élucider les énigmes, les mystères que nous pose le monde.

Thya se sentit moins coupable. Elle avait adopté

d'emblée son nouvel oncle, ce qui était rare chez elle. Elle n'avait pas éprouvé le besoin de se méfier, pour une fois. Sethre lui inspirait confiance, avec ses grands gestes gauches, son enthousiasme sincère, son visage expressif si proche de celui de sa mère, si éloigné du masque sévère de son père romain. Et surtout, la même soif de savoir les aiguillonnait tous les deux, l'oncle et la nièce, les poussait à aller plus loin, à en voir toujours davantage…

Sethre avait déjà tiré trois rouleaux de ses étagères, des manuscrits sur toile de lin, parmi les plus anciens de sa bibliothèque.

— Depuis plus de vingt ans que je vis ici, expliqua-t-il à Thya, j'ai rassemblé tous les documents que j'ai pu à propos des Étrusques. De nos origines. Hier soir, quand tu m'as parlé des silhouettes sous le voile, qui incarneraient le Destin d'avant le Destin, le Temps d'avant le Temps… ça m'a fait penser à un texte étrusque, je ne retrouvais plus lequel, je l'ai cherché la moitié de la nuit. Tiens…

Il lui tendit le plus vieux des manuscrits, celui-ci était si âgé que le lin jaune craquait et s'effritait sous les doigts. Thya le déroula avec un luxe de précautions. Il était rédigé en langue étrusque donc. Certes, la jeune oracle la déchiffrait depuis son enfance, mais là les caractères étaient à demi effacés, et si serrés les uns contre les autres qu'ils rendaient la lecture ardue. Le début du texte parlait d'une cérémonie pour apaiser les tempêtes, Thya ne cernait pas trop le rapport avec ses rêves.

— Il n'y a qu'une phrase à ce sujet, en fait, lui dit Sethre. Une petite phrase vers la fin du texte :

Car il y a des dieux sous le voile, plus puissants et plus anciens que tous les autres dieux.

Thya leva vers lui un regard admiratif. Embarrassé, il tira sur ses manches tachées d'encre, essaya de plaisanter.

— Qu'est-ce que je te disais, dans ta vision, déjà ? Ah oui : *que veux-tu que je t'apprenne sur les Dieux Voilés, Thya ?*

Un instant le temps s'arrêta. Avec une acuité irréelle, Thya perçut le choc d'un pétale d'aubépine tombant sur le seuil de la maison, les relents iodés venus du Bosphore, le cri des mouettes et des mareyeurs loin en bas de la colline, le choc des coins de bois que les ouvriers du forum enfonçaient dans la terre. Puis des pas, les milliers, les millions de pas de tous les habitants de Constantinople, et les milliers de conversations, de respirations, de soupirs... jusqu'au soleil chauffant les tuiles des toits. Cela dura quelques secondes à peine. Puis tout s'arrêta. Thya battit des cils. Elle ne savait pas trop ce que cela signifiait. Elle n'avait qu'une certitude. Elle venait de vivre un moment important. L'univers lui avait envoyé un signe. La phrase qu'avait lâchée Sethre résonnait encore sous les arches.

— *Que veux-tu que je t'apprenne sur les Dieux Voilés, Thya ?*

— Tout, répondit-elle en se massant les tempes. Dis-moi tout ce que tu as découvert.

— Je n'ai pas beaucoup d'informations, en vérité, s'excusa-t-il. Dans ce deuxième manuscrit – il prit un autre rouleau, l'étala sur son pupitre –, un navigateur phénicien liste diverses transactions commerciales qu'il a effectuées en Étrurie. C'est un inventaire à l'usage de son fils, qui est devenu son associé, apparemment. Pour l'édification du garçon, l'auteur narre aussi quelques anecdotes sur les Étrusques, dont celle-ci…

Il cita de mémoire :

— *Les Étrusques sont un peuple courageux, et pourtant ils craignent des dieux dont ils ne parlent quasiment jamais, pour lesquels ils ne construisent pas de temple, et qui n'ont même pas de nom. Le seul matelot qui a accepté de m'instruire, après quelques carafes de vin, m'a dit qu'ils étaient partis loin vers l'est, là où il n'y a plus que du vide. Voilà des divinités bien terribles, pour qu'on tremble à leur évocation alors même qu'elles ne sont plus là.*

— Tu es certain qu'il s'agit des mêmes dieux ? insista Thya. Les Dieux Voilés du premier texte ?

— Certain ? Non, avoua-t-il avec un haussement d'épaules. Mettons que j'ai une bonne intuition. Une intuition renforcée par ce troisième document.

Il tapota sur le troisième et dernier manuscrit, le plus récent de sa sélection.

— Ce dernier n'a que quelques siècles, sourit-il. Ce qui n'est rien, comparé aux deux autres. C'est un fragment des mémoires d'un philosophe grec en exil. C'était à l'époque d'Alexandre le Grand, le roi de Macédoine qui conquit la moitié du monde… Mais je digresse…

Il se reprit :

— Le texte est parcellaire, des fragments du rouleau ont été arrachés, il a traversé quelques troubles…

Il caressa le rouleau avec une affection paternelle,

comme pour le réconforter. Thya sourit. Il toussota, gêné, poursuivit :

— Bref, pour résumer la partie qui nous intéresse, ce philosophe remontait la Route de la Soie, la grande route commerciale d'Orient…

— Je la connais, dit Thya, j'ai étudié la géographie en Aquitania.

Sethre sourit à son tour.

— Une nièce selon mon cœur ! Eh bien, sur la Route de la Soie, des nomades avaient recueilli un soldat perdu de l'armée d'Alexandre. Un soldat qui avait erré pendant des jours dans les déserts, et qui délirait à propos de dieux terrifiants, de figures cachées derrière des voiles.

— Quel est le lien entre ce texte et le précédent ? demanda Thya, l'esprit pratique. À part la mention de dieux terribles ?

— Le désert, répondit son oncle. Vois-tu, non loin de cette route, dans le pays d'Ērān, dans l'immense empire sassanide, existe un désert si brûlant que rien ne peut y survivre. Les nomades lui ont donné un nom. Le désert du Vide.

Thya inspira profondément, alla s'accouder à la fenêtre. La bibliothèque était située à l'étage de la maison, et depuis son poste, la jeune oracle apercevait la cour d'entrée en contrebas et la porte écarlate sous son arche de fleurs. Sethre habitait dans une rue tranquille, malgré la proximité du forum, et dans sa maison on était peu dérangé par les bruits de l'extérieur. Un endroit idéal pour se concentrer, pour réfléchir. Mais Thya avait du mal à penser posément. Elle avait reçu à la fois trop d'informations et trop de mystères.

Le vent soufflait vers le Bosphore, vers l'Orient. Le Destin la poussait vers l'est, elle le pressentait, au-delà des terres byzantines. Vers l'Empire d'Ērān, vers le désert du Vide ?

Elle se retourna vers son oncle.

— Tu n'as aucune autre mention des Dieux Voilés, dans toute ta bibliothèque ?

Il secoua la tête.

— Non. Mais certaines personnes connaissent sans doute le sujet mieux que moi.

Thya saisit la perche tendue.

— Qui ? demanda-t-elle aussitôt.

— Les nomades qui vivent sur la Route de la Soie, dans l'Empire sassanide, ceux que mentionne le philosophe grec dans ses écrits. Ils n'ont pas d'écriture, mais leur culture orale est une des plus anciennes et des plus riches du monde connu. Et ils te guideront jusqu'au désert du Vide, si tu souhaites te rendre là-bas…

— Je ne sais pas… soupira la jeune oracle. Je ne sais pas ce que je vais faire demain, si mon frère a perdu ma trace, ou s'il me traque toujours…

— Tu peux rester ici, et tes amis aussi, proposa Sethre en grattant des taches de cire sur le bord de la fenêtre. Tu m'aiderais dans mes travaux…

Thya contempla la bibliothèque, les arches claires, les étagères débordantes, le semi-désordre chaleureux qui régnait entre ces murs. L'existence serait douce ici, pour Enoch, pour Aylus et pour elle. Le Sylvain nicherait parmi les fleurs de l'aubépine, Enoch ouvrirait une échoppe sur le forum… Et elle ne ferait plus appel à son don, par prudence. Elle ne scruterait plus jamais l'avenir…

— Non, répondit-elle. Je ne peux pas renoncer à mes visions.

— Mais elles t'ont trompée, elles t'ont fait souffrir.

— Je suis une oracle, répondit-elle, sa voix se cassant malgré elle. Je ne peux pas abandonner… qui je suis. Ce serait… lâche.

Un silence gêné plana entre eux deux. Sethre rangea les rouleaux pour laisser passer le malaise. Il remarqua, sur un ton anodin :

— Tu iras jusqu'au bout, bien sûr. Tu veux *savoir*, n'est-ce pas ?

Elle ne répondit pas, c'était inutile. Il prit une carte sur une étagère, la déroula sur le sol entre les bouts de chandelles. Thya s'accroupit près de lui. La carte représentait l'Orient.

— Il y a deux moyens d'atteindre l'Empire sassanide depuis Constantinople, expliqua-t-il à sa nièce. Par le sud, en traversant le Bosphore, puis en passant par les vallées fertiles et les grands fleuves, l'Euphrate et le Tigre. Ou par le nord, par le mont Caucase et les hauts plateaux d'Arménie. La route du sud est plus facile. Celle du nord à peine praticable.

— Merci, dit Thya.

Il toussota, roula la carte, répondit :

— Ta mère aurait aimé que je t'aide. Et puis tu es arrivée jusqu'ici, tu dois pouvoir survivre encore un bout de chemin. Par contre, ajouta-t-il en remettant la carte à sa place, fais-moi plaisir, attends quelques mois pour repartir. L'automne est déjà bien entamé. Reste à Constantinople pour l'hiver, surtout si tu choisis la route du nord. Les dieux t'attendront bien quelques semaines de plus…

Thya ne refusa pas. Cela paraissait plus raisonnable, en effet. Et quelques semaines de répit leur feraient le plus grand bien, à Enoch, Aylus et elle. Peut-être qu'Enoch n'avait pas entièrement tort... Le bonheur n'avait pas disparu de ce monde. Et dans cette cité splendide, ils réussiraient à être heureux.

— Je suis d'accord, décida-t-elle.

Puis elle revint au sujet qui la préoccupait :

— À ton avis, pourquoi la branche étrusque de notre famille ne nous a jamais parlé des Dieux Voilés ?

Sethre s'adossa à ses étagères, croisa pensivement ses doigts pleins d'encre.

— Je crois que les descendants des Étrusques ont oublié leur existence, à force de ne jamais en parler.

— C'est idiot, remarqua Thya.

— Ou alors c'était nécessaire. C'était un secret trop important pour qu'il tombe entre les mains de Rome. S'il s'effaçait des mémoires, il était en sécurité.

Thya s'abîma dans ses réflexions. La cour et la rue en bas étaient toujours calmes. Trop calmes. Il n'y avait plus un cri d'enfant, plus un chant d'oiseau. Sethre se pencha par la fenêtre. Les fleurs d'aubépine frissonnèrent, leur rose vira au rouge intense, la couleur était si forte qu'elle semblait déteindre sur les feuilles. Le bibliothécaire prit Thya par l'épaule, lui chuchota :

— Quelqu'un vient.

— Ami ou ennemi ? interrogea la jeune oracle.

— Hostile. L'aubépine ne ment jamais.

— Que faisons-nous ?

— Nous attendons. L'aubépine empêchera notre inconnu d'entrer. Sauf s'il possède du pouvoir.

— Quel pouvoir ?

— De la magie. Et il faudrait qu'elle surpasse la mienne.

Thya n'était pas entièrement rassurée. Aedon avait l'habitude de frayer avec des mages. L'inconnu tapa à la porte. Était-ce un sbire d'Aedon ? Son frère l'avait-il retrouvée ?

— Ouvrez ! clama une voix forte de l'autre côté de l'huis. Nous recherchons Thya, fille de Gnaeus Sertor, au nom de son frère Aedon. Livrez-la, et il ne vous sera fait aucun mal.

Thya serra les poings, son corps se tendit comme un arc.

— Ils sont dangereux, dit-elle à Sethre. Je vais t'attirer des ennuis, je suis désolée.

— Qu'est-ce qu'il te veut, ton frère ? s'informa le bibliothécaire.

— Disons qu'il y a un certain penchant pour le fratricide, dans la famille. Mais c'est dans ma branche paternelle, ne t'inquiète pas.

— Ouvrez ou nous enfonçons la porte ! cria le reître depuis la rue.

— Ils peuvent y arriver ? demanda Thya à son oncle.

— Nous allons l'apprendre très vite.

Il avait à peine terminé sa phrase que déjà des coups sourds résonnaient en contrebas. L'aubépine réagit immédiatement. Son rouge devint plus soutenu, plus vibrant, s'étendit aux feuilles et aux branches. Les épines de la plante s'entrecroisèrent en travers de la porte en une grille couleur de sang. Pas découragés pour autant, les hommes d'Aedon continuèrent à cogner contre l'huis. Thya comptait les coups malgré elle. Sethre ne quittait pas la cour des yeux.

Alertés par le vacarme, Aylus et Enoch déboulèrent dans la bibliothèque.

— Qu'est-ce que… ? demanda le devin.

— Aedon, répondit sobrement Thya.

— Préparez vos affaires, dit Sethre sans se retourner. S'ils percent mes défenses, vous devrez partir très vite.

Les deux hommes approuvèrent, repartirent d'un bon pas.

Thya resta avec le bibliothécaire. Un coup de bélier tapa plus fort que les autres. Le bois de la porte se fendilla, les épines craquèrent. Des gouttes de sève rubis s'écrasèrent au sol. Sethre empoigna un stylet.

— Il y a un souterrain dans la cave, dit-il à Thya, derrière la statue de Glaucos. Il vous mènera au port, près de l'anse de Prosphorion. Une fois là-bas, présentez-vous de ma part à la taverne d'Alcyon. Le patron vous cachera le temps que les choses se tassent.

Thya pâlit.

— Mais… je ne vais pas te laisser ! protesta-t-elle.

Pour une fois qu'elle rencontrait un membre de sa famille qui n'essayait ni de lui mentir, ni de la tuer, ni de l'utiliser… cela valait la peine de se tenir à ses côtés.

— J'ai déjà perdu ma sœur, répliqua-t-il, je ne veux pas te perdre. De toute façon, je pars aussi, je rassemble quelques manuscrits et je vous rejoins.

Thya fut tentée de ne pas lui faire confiance. Mais il sourit, désarmant. Comment pouvait-elle douter de son oncle ? Bien sûr, il allait la suivre.

— D'accord, dit-elle.

— Tiens, prends ça, conclut-il en lui donnant le plus gros des bouts de chandelles froides.

Déjà Aylus et Enoch revenaient avec les bagages, et le Sylvain perché sur l'épaule du maquilleur.

— Nous partons, leur annonça Thya.

Et elle les entraîna à sa suite.

Dans la cave, Thya alluma sa chandelle. Elle dut s'y reprendre à deux fois, car la mèche était engluée dans le suif. La flamme vacillait, il restait peu de combustible. Thya espéra que leur trajet en sous-sol ne serait pas très long.

Enfin seul, Sethre descendit dans la cour. Il n'avait jamais eu l'intention de partir. La grille d'épines rouges qui protégeait sa porte craquait sous le boutoir du bélier, les pétales des fleurs tombaient par poignées, les feuilles flétrissaient… Sans s'affoler, le bibliothécaire prit une profonde inspiration, remonta ses manches tachées d'encre. Il était chez lui, dans sa bibliothèque, et il se défendrait jusqu'au bout. Il s'agenouilla face à la porte et, du bout de son stylet, commença à tracer des runes dans la terre battue. Au fur et à mesure qu'il écrivait, les blessures de la plante se refermaient, les épines se durcissaient, l'aubépine retrouvait de la vigueur. Cependant, chaque coup, de l'autre côté de la porte, ouvrait de nouvelles plaies. Ils s'étaient engagés dans une course étrange, Sethre et ses adversaires anonymes, le stylet contre la poutre. Qui l'emporterait à la fin ?

Arrivés sur le port – leur chandelle avait tenu juste assez longtemps – Thya, Enoch et Aylus se fondirent de leur mieux dans la cohue des quais. L'auberge d'Alcyon se repérait aisément, avec son enseigne représentant l'oiseau mythique, sorte de large mouette grise et mélancolique qui couvait ses œufs sur les vagues. À cette heure matinale, elle était déjà bondée, ce qui rendit l'arrivée des fuyards d'autant plus discrète. Des chants de marins dans tous les idiomes d'Orient et d'Occident montaient sous son plafond noirci, où s'accrochaient des odeurs fortes de poisson rance. Thya, Aylus et Enoch allèrent saluer le patron de la part de Sethre. Celui-ci grommela un vague assentiment, puis les cacha dans un réduit derrière sa propre cave, une pièce étroite qui puait la vase, avec pour unique fenêtre un minuscule soupirail, d'où tombait un rai de soleil. Le Sylvain se boucha le nez. Thya s'assit dans un coin sur le sol humide, prit ses genoux entre ses bras.

— Au moins, plaisanta Enoch, nous ne craignons pas la chaleur.

— Certes, répondit Aylus pour la forme.

Thya, elle, ne dit rien. Pendant les heures qui suivirent, elle se contenta de fixer le rectangle de soleil, qui, au sol, se déplaçait avec une lenteur insidieuse. Aylus, encore fatigué du voyage, se cala contre le mur avec sa besace comme coussin, et sombra bientôt dans le sommeil. Enoch sortit des osselets de son sac, joua quelques parties contre lui-même, sans grande conviction. Sethre tardait à les rejoindre.

Plus la journée avançait, et plus Thya s'angoissait. Ses mains se crispaient sur sa robe barbare, elle serrait le tissu si fort que les jointures de ses doigts blanchissaient. Enoch vint s'asseoir à côté d'elle et la prit dans ses bras. Elle ne bougea pas, mais ne se dégagea pas non plus. Le Sylvain se hissa sur l'épaule du maquilleur, se lova contre sa nuque.

Le rectangle de soleil avait atteint le mur, et il virait au pourpre lorsque le patron revint. Thya se redressa brusquement.

— Sethre ? demanda-t-elle le souffle court. Où est-il ?

Le patron baissa la tête. Thya se glaça.

— Il ne viendra pas, lui répondit-il. Il est mort.

Elle tapa du poing sur le mur.

— Non, cracha-t-elle entre ses dents. Non, ce n'est pas vrai. C'est injuste.

Elle jeta sa pénule sur ses épaules, sortit au pas de course de la cave, en bousculant le patron. Derrière elle, Enoch lui cria de s'arrêter, mais il était encore trop faible pour filer à sa suite.

Elle grimpa à la hâte jusqu'au forum. La rue où habitait Sethre était noire de monde. Grâce à sa minceur, elle se faufila au travers de la foule, jusqu'à la porte de la maison. L'huis était défoncé, le bois fendu de part en part. La cour derrière était tapissée de pétales d'aubépine piétinés. Ils paraissaient très rouges, trop rouges, mais c'était à cause du sang. Le sang répandu sur la terre…

— Les moines ont déjà emporté le corps, apprit une matrone à Thya, même si celle-ci n'avait rien demandé. Pauvre homme ! ajouta-t-elle. Et dire qu'on ne lui a rien volé…

Thya se retint de répliquer, de hurler. Elle avait à peine croisé son deuxième oncle, pourtant il allait lui manquer. Il lui manquait déjà. Elle contempla une dernière fois la maison aux aubépines, grava dans sa mémoire le dessin de la façade, la fenêtre de la bibliothèque où elle aurait pu être heureuse. Où elle avait été heureuse, pendant quelques heures. Certains moments vécus, comme ceux-là, lui paraissaient moins réels que ses visions ou ses rêves.

Sonnée, le pas lourd, elle redescendit vers le port. Elle n'avait plus rien à faire à Constantinople. À présent que son oncle était mort, elle voulait quitter la ville au plus vite. Et puis, raisonna-t-elle, les sbires d'Aedon traînaient encore dans les rues. Elle n'avait plus qu'à décider quelle route prendre. Celle du sud ou celle du nord ? Les vallées fertiles ou les reliefs du Caucase ? Elle n'avait plus qu'à choisir…

8

Sur les pentes du Caucase

Enoch jura, enfoncé jusqu'aux genoux dans la neige. Des flocons s'accrochaient à sa barbe et à ses cils, il devait les essuyer sans cesse sinon ils lui brouillaient la vue. Mais sans cesse aussi, Borée, le vent d'hiver, lui en rabattait de nouveaux en pleine face. Il ouvrait la trace pour Aylus et Thya. À chaque pas il avait l'impression de soulever son poids en neige. Le froid lui incendiait les sinus et lui râpait la gorge. Le Sylvain grelottait, lové contre sa nuque, sous sa capuche en fourrure. La rudesse du climat desséchait son écorce, il pelait par plaques malgré les baumes dont son ami humain l'enduisait chaque soir. Ses mains ne bourgeonnaient plus.

Ils avaient choisi la route du nord, et Enoch se maudissait chaque jour depuis pour avoir approuvé cette décision-là. Quels arguments Thya avait-elle utilisés déjà, pour les convaincre que ce serait une excellente idée de parcourir les hauts plateaux d'Arménie en plein hiver ? Ah oui, que ce serait le dernier endroit où Aedon s'attendrait à ce qu'ils aillent… Certes. Il faut reconnaître qu'on trouvait difficilement lieu moins hospitalier. Au loin dans une trouée des nuages se dressait le sommet du mont Caucase, où dans les anciens mythes, Zeus avait enchaîné et supplicié Prométhée, pour le punir d'avoir donné le feu aux hommes. Le paysage tout entier, un chaos de roches et de congères, évoquait plus un lieu de torture qu'un séjour propice aux humains.

Enoch, Thya et Aylus s'étaient équipés de fourrures à longs poils avant de se lancer dans les montagnes, ils avaient acheté une mule et engagé des guides locaux... Ceux-ci avaient fini emportés par une avalanche, trois jours plus tôt. Depuis, les voyageurs erraient en aveugles, perdus au milieu de la tempête.

Enoch tira sur la longe de la mule qui ralentissait. Elle se mit à braire. Devant eux le chemin se partageait en une fourche. La neige bouchait le paysage. On n'y voyait pas à vingt pas.

— De quel côté allons-nous ? cria le maquilleur au travers des bourrasques.

— À gauche ! répondit Thya.

— Pourquoi ?

— Pour ça !

Elle désigna sur le chemin de gauche deux cadavres bleuis que recouvrait à peine une mince couche blanche.

— Ces gens-là allaient quelque part.

— Ces gens-là sont morts, remarqua Enoch.

— Avec un peu de chance, répliqua Aylus en frottant l'une contre l'autre ses mains gantées, nous atteindrons leur destination.

— Allons-y, décida le maquilleur, ou nous aussi nous finirons gelés.

Il se remit en marche, entraînant la mule récalcitrante. L'humidité avait traversé le cuir de ses bottes depuis longtemps. Ses pieds tentaient de se recroqueviller à l'intérieur. Au moins, tant que ses orteils lui faisaient mal, ils n'étaient pas encore gelés. Le jour baissait déjà. Le gris des nuées devenait plus sombre, presque compact. Le froid mordait davantage. Les voyageurs ne tiendraient pas une nuit dehors, pas avec cette tempête. Enoch scruta désespérément les congères à la recherche d'un abri. Le vent vif faisait pleurer ses yeux, ce qui n'arrangeait rien. Ses cuisses le tiraillaient davantage à chaque pas, il avait l'impression que ses muscles se déchiraient. Le vent sifflait et hurlait dans les failles des rocs. La mule renâcla, refusa d'avancer. Cette fois Enoch eut beau tirer, crier, il n'obtient plus rien d'elle.

— Venez m'aider ! lança le maquilleur à Thya et Aylus.

Les deux oracles essayèrent de pousser l'animal par-derrière. La mule bramait à fendre l'âme. Thya glissa et s'étala dans la neige, Aylus la releva, elle cracha et secoua ses habits blanchis. Enoch était près d'abandonner, il ne savait pas quoi, abandonner la mule, cette marche inutile… quand il aperçut des formes floues au travers du rideau de flocons. Des hommes qui venaient à leur rencontre. À leur secours peut-être. Il se fendit d'un sourire qui martyrisa ses lèvres gercées. Ceux qui approchaient pouvaient bien être des séides d'Aedon, il s'en moquait. Ils connaissaient sûrement un refuge non loin d'ici. Thya et Aylus se rapprochèrent, firent bloc autour d'Enoch.

Bientôt les inconnus émergèrent des bourrasques. Des hommes barbus, vêtus de manteaux et dc pantalons larges, et portant des bonnets phrygiens. Des Parthes. Celui qui devait être leur chef demanda en latin :

— C'est vous qui venez de Constantinople ?

Thya hocha la tête :

— En effet.

Aylus et Enoch masquèrent leur surprise de leur mieux.

— Nous vous attendions il y a une semaine déjà, reprit le chef parthe. Nous craignions que vous ayez péri dans la tempête.

— Nous avons perdu nos guides dans une avalanche, expliqua Thya.

Le Parthe réfléchit quelques secondes, puis la réponse parut le satisfaire.

— Je suis Orodès, se présenta-t-il. C'est moi qui ai demandé de l'aide à Constantinople. Ne vous inquiétez pas, le faux roi n'en sait toujours rien. Je suis ravi que vous soyez ici. Ensemble, je n'en doute pas, nous remettrons le vrai roi sur le trône.

— J'en suis persuadée, répondit Thya, arrangeante.

Il les prenait, elle et ses compagnons, pour des agents secrets byzantins. Mieux valait ne pas le détromper.

— Vous pouvez remercier votre mule, déclara Orodès. Si elle n'avait pas braillé aussi fort, nous ne vous aurions jamais trouvés. Venez, ajouta-t-il, je vous emmène dans mon *dizpat*. Nous parlerons mieux une fois réchauffés.

Le *dizpat* d'Orodès, le petit domaine sur lequel régnait le Parthe, s'étendait sur deux vallées en aval du haut plateau. Dans la plus protégée d'entre elles se trouvait son palais, tout en briques claires, dont les coupoles évoquaient des lunes rondes sous la neige.

À l'arrivée des voyageurs il faisait déjà nuit. Orodès fit donner des chambres à ses hôtes, de la soupe chaude et des vêtements secs. Le lendemain matin, à leur réveil, il envoya des serviteurs leur demander de descendre dans la salle de réception.

Celle-ci était décorée de frises peintes relatant les glorieux faits d'armes de héros du passé. Par les fenêtres étroites, on apercevait les sommets du Caucase. Le temps s'était levé, la tempête de la veille n'était plus qu'un mauvais souvenir, un soleil radieux se réfléchissait sur la neige.

Enoch, Thya et Aylus étaient habillés à la mode parthe, tuniques et pantalons amples pour les hommes, avec des bottes d'équitation montant juste au-dessus de la cheville. Thya, elle, était plutôt à son avantage en noble dame d'Arménie, deux robes plissées évasées portées l'une sur l'autre, la première à manches longues et tombant jusqu'au sol, la seconde plus courte, retenue sur l'épaule par sa fibule en forme de colombe. La lourdeur du costume mettait en valeur, par contraste, la finesse de sa silhouette. Les plis fins des robes tournoyaient avec grâce à chacun de ses mouvements.

Orodès se faisait attendre. L'estomac de Thya grommela, ce qui jura avec l'élégance de sa mise.

Enoch s'assit sur l'un des nombreux coussins de sol entassés çà et là dans la pièce.

— Quelqu'un peut m'expliquer ce qui se trame ici ? interrogea-t-il en croisant les jambes.

— De toute évidence, remarqua Aylus, le seigneur des lieux nous prend pour des envoyés du Basileus, de l'Empereur byzantin.

— Ça, j'avais compris, reprit Enoch. Mais cette histoire de vrai roi et de faux roi, dont il nous a parlé dans la tempête… Qu'est-ce que ça signifie ?

Aylus haussa les épaules. Il l'ignorait.

Thya intervint :

— Nous logeons chez des partisans de Khosrov IV, ils croient que nous allons les aider à libérer leur seigneur.

Ignorant les regards étonnés des deux hommes, elle s'approcha d'une fenêtre. À l'horizon, le Caucase, cette chaîne immense, bien plus haute que les sommets de Gaule, paraissait trancher le ciel en deux. Thya inspira une bouffée d'air frais, reprit :

— Il y a longtemps… Il y a déjà plusieurs siècles, le royaume parthe où nous sommes était bien plus étendu, plus puissant. À sa tête, fort d'une armée de milliers de chevaux, de cavaliers archers redoutables, le Roi des Rois était l'unique rival de Rome. Et Rome, alors, n'avait rien de commun avec ce qu'elle est devenue aujourd'hui. Je vous parle des temps de la grandeur de l'Empire, les temps des Césars, de Marc-Antoine, d'Auguste…

— Bref, qu'est-il arrivé à ce royaume parthe ? demanda Enoch.

Thya s'écarta de la croisée, frictionna ses joues refroidies, y amenant un peu de rouge.

— Ce qui arrive à tous les royaumes des mortels... Le temps a fait son œuvre. Peu à peu les Parthes se sont désunis. Leur royaume s'est étréci comme un mauvais lin sous l'averse. Ils se sont retrouvés pris en étau entre des voisins trop puissants, entre l'Empire romain à l'ouest et l'Empire sassanide au levant. Ils sont passés sous le joug de l'un puis de l'autre. Aujourd'hui, ce sont les Sassanides qui nomment les rois parthes. L'avant-dernier, Khosrov IV, a été déposé par ses nobles. On l'a accusé, sous le manteau, d'être trop proche de Constantinople. Il a été enfermé au Château d'Oubli, quelque part vers le détroit d'Ormuz.

Thya s'arrêta pour reprendre son souffle. L'histoire lui avait remis en mémoire les leçons de son vieux précepteur macédonien. Elle s'aperçut qu'Enoch et Aylus la fixaient avec fierté.

— D'où sais-tu autant de choses ? s'exclama le maquilleur.

— Il n'y a pas que les visions qui nous renseignent sur l'état du monde, répondit la jeune fille. Les livres et les professeurs sont utiles aussi. Et plus fiables, selon mon expérience.

— Bien, résuma Aylus. Donc le seigneur Orodès croit que nous venons l'aider à délivrer ce Khosrov...

— Les véritables envoyés ont dû se perdre dans la tempête, ajouta Enoch.

Aylus s'étira, massa par réflexe ses côtes douloureuses. Sa vieille blessure ne s'était pas encore remise de la marche en montagne. Il refréna une grimace.

Thya se retourna vers les fresques. Les personnages y étaient tous représentés de face, comme s'ils défiaient le spectateur. Les Parthes étaient de grands guerriers, les meilleurs cavaliers et archers de l'univers connu, réputés pour leur résistance et leur courage. Pourtant, leur royaume avait disparu, ou peu s'en fallait. Leur gloire n'était plus qu'un lointain souvenir. L'Empire romain allait-il mourir comme le royaume parthe avant lui ? Thya rejeta cette idée de toutes ses forces. Non, l'Empire romain avait toujours su évoluer, s'adapter. Il avait amalgamé les cultes de Grèce et d'Égypte, les coutumes de Gaule et d'Ionie, il était devenu chrétien… Il allait survivre, forcément, pour des siècles encore. Rome allait survivre.

Quelqu'un claqua des mains à l'entrée de la salle. Les voyageurs se retournèrent aussitôt. C'était Orodès qui entrait, suivi de trois serviteurs. Le premier amenait une table basse, le deuxième un plateau de victuailles, le troisième une outre pleine. Ils installèrent le repas au centre de la pièce. Orodès invita ses hôtes à s'asseoir autour de la table. Ils acceptèrent avec empressement.

Le repas était frugal, des pistaches, du fromage de chèvre, et de grands bols de yaourt aigre mélangé à de la farine de blé, un mets à la fois amer et roboratif, qui semblait constituer la base de l'alimentation ici. Au début, Thya trouva la consistance étrange, puis elle dut se retenir d'avaler sa part avec sa voracité coutumière. Elle devait se conduire comme une patricienne.

Orodès s'était assis en face d'elle. Elle ne l'avait pas revu depuis leur arrivée. Le repas lui donnait l'occasion de l'observer discrètement. Il était râblé, plus qu'elle ne l'avait cru au premier abord. Musculeux aussi, avec des cuisses robustes qui se devinaient sous les replis de son pantalon large, et une épaule légèrement plus développée que l'autre à force de manier l'arc. Il présentait un visage avenant mais indéchiffrable, avec à peine une lueur moqueuse au fond de ses pupilles sombres. Et il jaugeait Thya. La jeune fille percevait l'intérêt qu'il lui portait. Amical, hostile ? Trop tôt pour le dire. Elle resta sur ses gardes.

Le seigneur parthe fit servir à boire, une boisson brune liquoreuse qu'ils n'avaient pas encore goûtée. Enoch y trempa les lèvres. C'était sucré, légèrement alcoolisé.

— C'est bon, remarqua-t-il en latin. Qu'est-ce que c'est ?

— Du vin de datte, répondit Orodès.

Malgré lui, le maquilleur ne put s'empêcher de réfléchir au succès qu'aurait eu ce breuvage auprès de ses clients à Varatedo. S'il survivait à tout ça… Est-ce qu'il se remettrait au commerce ? Il contempla, pensif, les moirures à la surface du liquide. Orodès prit une poignée de pistaches, en croqua une ou deux puis reprit, en lorgnant en coin vers Thya :

— J'ignorais que l'émissaire du Basileus serait une jeune femme…

— Justement, répliqua Thya sarcastique, nos ennemis ne se douteront jamais que je suis un agent de Constantinople.

— En parlant de Byzance, reprit le Parthe avec un sourire carnassier, que m'envoient mes chers nouveaux alliés, outre l'assurance de leur soutien ?

Thya picora du bout des doigts quelques pistaches, surjouant l'aristocrate romaine. Enfin, elle daigna répondre :

— Le soutien d'un des plus puissants souverains au monde, ce n'est quand même pas rien, pour un petit roitelet de montagne…

Enoch faillit s'étrangler avec sa gorgée de vin. Aylus se raidit. Le Parthe cassa une coquille de pistache, garda le silence un instant, puis sourit plus large. Aylus se détendit. Enoch toussa dans sa paume. Thya n'avait pas bronché.

— Tu as la langue leste, jeune fille, je te l'accorde, admit Orodès. Mais le Basileus m'avait promis des renforts et de l'or. Les as-tu perdus en même temps que tes guides ?

Thya ne cilla toujours pas, sirota un peu de vin. Enoch et Aylus connaissaient depuis longtemps sa maîtrise d'elle-même, mais elle continuait de s'améliorer. Ils attendaient, suspendus à ses lèvres, ce qu'elle allait bien pouvoir trouver. Elle reposa son gobelet, essuya du pouce une goutte brune au coin de sa bouche. Puis elle lâcha :

— Je t'ai amené un sorcier.

Orodès tressaillit. Un éclat de pistache lui échappa, roula sur la table contre le bol de yaourt. Un instant, Thya se demanda si elle ne venait pas de commettre une erreur. Les Parthes étaient chrétiens, comme les Romains. Orodès accepterait-il l'aide d'un magicien ? Ou bien les dénoncerait-il à l'Église ? Ferait-il passer sa foi avant sa cause ? Thya pariait que oui, mais les enjeux étaient grands. Elle retint son souffle. Aylus glissa une main vers son poignard. Le chef parthe rattrapa sa pistache, reprit d'une voix lente :

— Un sorcier ?

Du menton, Thya désigna Enoch.

— Montre-lui, tu veux ?

Enoch se retroussa les manches, leva les mains vers le ciel, ou du moins vers le plafond, afficha une mine pénétrée. Thya voulait du spectacle ? Eh bien, il allait jouer les parfaits sorciers. Il ferma les yeux, posa ses paumes sur la table. Là, les choses sérieuses commencèrent. En pensée, il appela à lui l'eau des montagnes alentour, les cascades figées, les sources coulant sous le gel, la neige scintillant sur les pentes. Peu à peu des volutes de brume s'étirèrent de sous ses ongles. Orodès les regarda croître, fasciné. Bientôt, les longs fils de brouillard s'étirèrent jusqu'à la voûte, brouillèrent les fresques des murs. Enoch se fatiguait très vite, les arabesques évanescentes tiraient leur substance de sa propre vie, de sa chair. Y avait-il un autre moyen d'invoquer la brume ? De se servir de la magie ?

Enoch commençait à manquer d'air, pourtant, il gardait une figure impassible. Seul un filet de sueur sur sa tempe l'aurait trahi face à un observateur attentif. Mais ce n'était pas sa tempe qui captivait son public. C'étaient ses mains. Au travers de son épuisement, il entendit Thya s'adresser à Orodès :

— Il peut remplir une vallée entière.

— Et il le fera pour moi ?

— C'est pour cela que le Basileus nous a envoyés ici. Alors, tu es convaincu ?

— Et comment !

9

Le départ du dizpat

— Non, répondit Enoch à Thya, d'une voix basse mais résolue. Non, je n'aiderai pas ce Parthe dément à réussir son prochain pillage.

— Orodès a besoin d'or pour soudoyer des gardes au Château d'Oubli, chuchota Thya en retour. Et les Parthes ont l'habitude de mener des raids, ne t'en fais pas.

Ils se tenaient tous deux sur la terrasse devant le palais. Le vent du Caucase emportait leurs paroles. En contrebas, les chevaux du *dizpat* s'ébrouaient parmi les plaques de neige. Enoch observa les environs, pour s'assurer que personne ne risquait de les entendre.

— Tu es sûre que c'est ce que nous avons de mieux à faire ? reprit-il. Nous engluer dans les guerres de succession des Parthes ? Ce combat ne nous concerne pas…

La jeune fille répliqua :

— Tu crois que je tiens vraiment à libérer Khosrov IV ? À le remettre sur le trône ? Il a perdu la raison, au fait, dans le Château d'Oubli…

— Alors pourquoi nous engages-tu dans cette mascarade ?

— Parce que pendant le raid, nous profiterons de ton brouillard pour fausser discrètement compagnie à nos hôtes. Orodès va attaquer une petite ville non loin des routes commerciales. De là, nous rejoindrons les grands axes de l'Empire sassanide, et nous poursuivrons notre voyage vers l'est, vers le désert du Vide.

Enoch lissa sa barbe d'une main nerveuse.

— Tout ça, c'est bien joli, ma belle. Mais il y a quelque chose que tu n'as pas pris en compte, dans ton plan parfait. Les monstres. Les monstres qui naissent quand je crée de grandes nappes de brume.

— Tu ne parviens toujours pas à les contrôler ?

Le maquilleur ricana :

— Je ne sais même pas pourquoi ils arrivent, alors…

— Alors tant pis, décida Thya. Nous nous arrangerons pour fuir avant qu'ils mordent.

Enoch ravala sa salive.

— Et pour Orodès ? Et ses hommes ? Ils nous font confiance…

— La confiance est mal récompensée en ce monde. C'est triste, mais c'est ainsi. Et nous devons atteindre le désert.

Le maquilleur se tourna vers la jeune femme. Elle clignait des paupières à cause du soleil trop vif, de la lumière qui se répercutait sur la neige. Un pli amer se creusait au coin de sa bouche. Il n'était pas là avant. Thya s'était durcie. Enoch le regrettait sans trouver comment réagir. Certes, elle n'était pas vraiment un ange de douceur, avant, mais elle n'aurait pas sacrifié de sang-froid des innocents. Enoch se corrigea : des innocents, ou du moins des pauvres hères qui n'étaient pas ses ennemis. Et face aux monstres dans la brume, les guerriers d'Orodès n'auraient pas beaucoup de chances.

— Tu as des scrupules ? lui demanda-t-elle.

Il pesa ses mots avant de répondre. Orodès et ses hommes les avaient sauvés de la tempête, sans eux ils seraient morts de froid. Se résoudrait-il à les trahir ? Par un bizarre mouvement de balancier, plus Thya perdait son humanité, plus lui gagnait en empathie et en morale. Ça en devenait gênant. Parfois il avait du mal à se reconnaître.

— Alors ? insista-t-elle, et son ton était aussi glacé que l'hiver du Caucase.

Il céda. Avant tout, il serait loyal envers elle.

— Je ferai tout ce que tu jugeras nécessaire, princesse. Je le ferai pour toi.

Il jeta un coup d'œil en arrière.

— Voilà ton nouvel ami. Orodès. Je me retire, je vous laisse entre vous.

— Enoch, je…

Il se força à sourire.

— Je dois nourrir le Sylvain, de toute façon. Je vais voler des pistaches aux cuisines.

Il rentra au palais d'un pas alerte. Il ne tenait pas à ce qu'elle perçoive son malaise, surtout pas maintenant, en présence d'Orodès. Plus que jamais, il voulait que Thya voie en lui le même Enoch qu'elle avait rencontré en Gaule, le maquilleur insouciant, audacieux. Car s'il montrait la moindre faiblesse, le moindre doute devant elle, il la perdrait, c'était certain.

— Des soucis, avec ton sorcier ? demanda Orodès à la jeune femme.

— Non, répondit Thya en secouant ses jupes d'un geste nerveux. Mais je resterai à ses côtés lors de l'attaque.

— Ce n'est pas la place d'une femme, objecta le seigneur parthe.

— Je suis un agent du Basileus, rappela-t-elle. Tes nouveaux alliés apprécieraient peu qu'on me laisse à l'écart. Et j'ai déjà survécu à pire qu'une guérilla dans le Caucase…

Orodès la considéra avec un respect renouvelé. Il se demanda, pour la vingtième fois depuis leur rencontre, d'où elle pouvait bien venir. Oh, elle arrivait de Constantinople, bien sûr. Mais avant ça, où était-elle allée ? Qu'avait-elle traversé ? Elle semblait émerger d'un autre siècle, d'une époque beaucoup plus ancienne. Une nomade de l'ancien temps, faite pour parcourir le monde.

— Viens, dit-il. Nous allons te trouver un cheval.

Ils descendirent ensemble vers l'enclos. Le vent jouait dans les jupes de la jeune fille.

Depuis la porte du palais, Enoch ne les quittait pas des yeux. Thya lui échappait, elle filait entre ses doigts comme de l'eau vive, comme des aigrettes sur les chemins de montagne. Que se passerait-il quand il ne parviendrait plus à invoquer la brume ? Quand il n'aurait plus l'énergie nécessaire ? Il préféra ne pas y penser. Il rajusta la ceinture de sa tunique. Son pantalon parthe trop large l'embarrassait. Enfin, ce costume lui permettrait de se fondre dans le paysage, quand ils atteindraient le territoire des Sassanides. *Si jamais ils l'atteignaient*, chuchota une petite voix sous son crâne. Il se recoiffa d'une main, sourit à un groupe de jeunes filles qui portaient des paniers de linge sale au torrent de la vallée. Elles pouffèrent, leurs joues rosirent. Un instant Enoch se crut revenu chez lui. Puis il prit le chemin des cuisines.

Là-bas Aylus l'attendait, adossé contre un four éteint. Il tenait dans sa main une poignée de pistaches. Il la tendit au maquilleur.

— Tu es venu pour ça, non ?

Enoch empocha les fruits secs, jaugea le devin d'un œil suspicieux.

— Tu n'es pas descendu ici juste pour voler des pistaches, je me trompe ?

— Non, répondit Aylus en se détachant du four. Nous avons à parler, Enoch.

— De quoi ? répliqua le maquilleur sur la défensive.

Aylus n'avait pas coutume de se conduire en père attentionné. Cela n'annonçait rien de bon. Et en effet, le devin reprit :

— Tu n'avais pas le mal de mer, pendant notre traversée, n'est-ce pas ?

— Ça ne te concerne pas.

Il voulut s'en aller. Aylus le prit par l'épaule, le força à rester.

— Je tiens à toi, lui rappela-t-il, même si je te l'ai peu montré.

— Oh oui, tu tiens à moi, railla le maquilleur. Comme tu tenais à ma mère. Ça ne lui a pas fait beaucoup de bien.

Le devin encaissa l'accusation, les dents serrées. Sans lâcher son fils, il déclara :

— Les invocations t'épuisent, inutile de le nier. Bientôt tu n'auras plus assez de force pour…

— C'est ça qui te préoccupe ? l'interrompit Enoch. Que je n'aie plus assez de force pour protéger Thya ? Que j'arrête de me torturer pour ta précieuse nièce oracle ? Dans ce cas, sois tranquille, je suis prêt à me sacrifier pour elle.

— Ce n'est pas ce… commença Aylus, impuissant.

— Pas ce que tu voulais dire ? compléta Enoch. À d'autres… Lors de nos retrouvailles, si ma mémoire est bonne, ça ne t'a pas trop gêné de m'envoyer à la mort.

— Mais tu as survécu, tenta de plaider Aylus.

— Pas grâce à toi.

Le ton d'Enoch était sans appel. Aylus le libéra, le laissa rejoindre les étages. Il aurait aimé lui dire à quel point il comptait pour lui, au moins essayer. Mais il n'y parvenait pas. Après la bataille, peut-être… Quand ils seraient loin du *dizpat*.

La nuit précédant leur départ, Thya ne réussit pas à dormir. Elle se tournait et se retournait dans ses couvertures. Elle appréhendait… elle ignorait quoi exactement. Une grande ombre confuse obscurcissait l'avenir. Quelques semaines plus tôt, Thya aurait résolu simplement ce problème, elle aurait pris une coupe d'eau et d'huile, interrogé les augures. Elle n'osait plus désormais. Elle se releva, enfila son ample robe parthe et sa veste en fourrure. Elle sortit à pas feutrés. Les rares gardes qu'elle croisa la laissèrent passer.

Des cavaliers étaient venus de tout le *dizpat* pour participer à l'expédition d'Orodès. La vallée au pied du palais était envahie de tentes, de feux de camp. Il flottait dans l'air cette excitation des veilles de bataille. Les chevaux étaient nerveux. Thya se promena sans but dans le cantonnement. La lueur trouble des brasiers dévoilait dans un halo rouge ici un jeune cavalier qui aiguisait ses pointes de flèches, là un groupe de vétérans qui se réchauffaient en ravaudant leurs plastrons de cuir. Ils saluèrent la jeune fille avec bienveillance. Ils comptaient sur elle, comprit-elle. Ils avaient confiance. Et elle… jusque-là, elle n'avait pensé qu'à ses proches, Enoch, Aylus, le Sylvain minuscule. Eux s'en sortiraient sans dommage, avec un peu de chance. Mais les autres… Les Parthes d'Orodès…

Thya remonta sa capuche fourrée. Elle n'avait vraiment pas envie que d'autres guerriers la reconnaissent, qu'ils lui témoignent de la gratitude. Elle descendit jusqu'au torrent. Les tentes étaient moins nombreuses le long du cours d'eau, c'était l'endroit le plus froid de la vallée. Plus personne ne veillait ici, sauf un cavalier solitaire qui graissait sa selle à la lueur d'un dernier feu. Thya s'agenouilla sur la rive, se laissa bercer par le murmure des flots.

— C'est ta première bataille, demain ? lui demanda le cavalier en grec.

— Non, répondit-elle sans le regarder. Je me suis déjà battue.

— Quand même… c'est courageux de ta part, de chevaucher avec nous.

Courageux ? Elle n'aurait pas dit ça. Une amertume inconnue lui monta aux lèvres. Elle avait toujours détesté qu'on la manipule, qu'on la trahisse, et aujourd'hui... Aujourd'hui elle était passée de l'autre côté de la barrière. Elle méprisait Aedon, mais valait-elle beaucoup mieux que lui ?

— Tu montes bien à cheval ? reprit le Parthe.

— Moins bien que vous, avoua Thya.

Elle lança une pierre dans le torrent.

— J'ai entendu parler de la cavalerie parthe, ajouta-t-elle. Vous êtes légendaires.

— Nous l'étions, rectifia le soldat, et même dans le noir Thya perçut sa mélancolie.

— Si votre vrai roi revient... lâcha-t-elle.

— Khosrov a perdu la raison, répondit-il sans aucune amertume. Ton Basileus, à Byzance, le sait aussi bien que moi. Mais il veut profiter des désaccords entre les Parthes pour semer le chaos dans la région du Caucase, et affaiblir l'Empire sassanide à sa frontière.

— Si tu ne crois pas au combat d'Orodès, pourquoi te bats-tu pour lui ?

— Par loyauté.

Il se remit à graisser sa selle. Thya lança un autre caillou dans l'eau, brisant la fine particule de glace qui se formait sur le torrent. Un parfum de pin et de sève montait des feux de camp. Des soldats fredonnaient quelque part dans les ténèbres. Combien d'hommes allaient mourir demain ? songea Thya. Combien à cause d'elle ? Elle se pelotonna dans sa pelisse. Allons, se raisonna-t-elle, ce n'était pas son combat.

Et Sethre ? lui murmura une petite voix intérieure.

Il n'était pas mort pour elle, peut-être ? Elle n'en était pas responsable ? Elle n'y tint plus. Elle devait faire son possible pour aider ces soldats. Elle ne se laisserait pas arrêter par des craintes vagues. Par des rêves. Elle se releva.

— Tu as un gobelet ? Ou un bol ? demanda-t-elle au cavalier près d'elle.

Il lui tendit une coupelle en métal. Il ne lui posa pas de questions, sans doute parce que pour lui, elle était une envoyée du Basileus. Elle lui emprunta un peu de graisse, la fit fondre dans la coupelle. Ce n'était pas de l'huile, mais cette nuit elle pressentait que cela suffirait. Elle ajouta un peu d'eau du torrent, s'assit en tailleur devant le feu. À la surface de la coupe, la graisse dessinait des lignes bizarres, comme une toile d'araignée, ou comme… comme une terre craquelée… Intriguée, elle se concentra davantage. *Montre-moi la bataille à venir*, commanda-t-elle à sa vision. *Montre-moi la journée de demain.* Brusquement, son esprit fut aspiré par l'image.

À perte de vue s'étendait un sol aride de sel, parcouru de craquelures et habité par le seul chuintement des vents. C'était la nuit et les constellations dans la voûte céleste étaient si brillantes, qu'en les contemplant elle avait mal aux yeux. *Le désert du Vide*, comprit-elle. Elle était dans le désert dont lui avait parlé Sethre, celui où habitaient les dieux. Dans le lointain se dessinait un temple, un sanctuaire dont les colonnes lisses évoquaient les constructions de la Grèce et de Rome, mais aussi un art plus ancien, plus primitif… La vision se brouilla, le lieu changea, Thya se retrouva à l'intérieur du temple. Les voiles bougeaient devant elle, les voiles de ses cauchemars, et les dieux cachés derrière, les dieux d'avant les Étrusques lui soufflèrent :

— Tu n'aurais pas dû, jeune oracle. Tu n'aurais jamais dû venir ici.

Avant d'avoir pu répondre, elle fut projetée hors de la scène.

Elle bascula en arrière, s'étala dans la neige, se redressa en secouant sa pelisse. Elle chercha du regard le cavalier près du feu. Qu'avait-il pensé de tout son manège ? Certes, elle aurait mieux fait de s'en inquiéter avant... Elle dut se rendre à l'évidence. Le soldat avait disparu. Il ne restait aucune trace de sa présence, ni selle ni pot de graisse, pas même l'empreinte de ses semelles dans la neige, seulement la coupelle que Thya lui avait empruntée. Pour une fois, Thya n'essaya pas d'en savoir davantage.

Le froid de la nuit la gagnait déjà. Elle rentra dans le palais. En remontant dans sa chambre, elle passa devant celle d'Enoch. Elle ralentit le pas, caressa du bout des doigts sa porte fermée, tendit l'oreille pour entendre la respiration du jeune homme endormi. Une terrible envie de le rejoindre la submergea soudain. Ouvrir la porte et se blottir dans ses bras, sans le réveiller, écouter battre son cœur, se réchauffer contre lui et oublier tout ce qu'elle venait de vivre, tout ce qui l'attendait demain. Elle prit une profonde inspiration. Sa main descendit vers la poignée de la porte. Mais elle n'avait pas droit à un tel réconfort, pas cette nuit. Pas après ce qu'elle venait de faire. Elle baissa les yeux, s'écarta au prix d'un effort violent, courut jusqu'à sa propre chambre, se jeta sur son lit glacial et s'enroula dans ses couvertures. Et elle attendit le matin.

Le lendemain, dès l'aube, les troupes d'Orodès quittèrent la vallée. L'armée parthe ne comportait aucun fantassin, que des cavaliers, tous des archers, qui avaient l'habitude de harceler l'adversaire à coups de flèches, sans jamais engager le corps à corps, si ce n'est en dernier recours. Une tactique unique en Occident, qui s'accompagnait d'une maîtrise incroyable de l'arc, et qui autrefois avait fait d'eux les guerriers les plus craints des Empires.

En première ligne venaient les nobles cataphaires. Ceux-là, comme leurs montures, portaient une cotte de mailles. Derrière suivait la cavalerie légère, les gens du peuple. Enoch, Aylus et Thya se confondaient presque avec eux. Habillée en homme, sa chevelure rentrée sous un bonnet phrygien, Thya avait l'air d'un adolescent trop sérieux. Orodès leur avait proposé des armures, qu'ils avaient refusées. Même Aylus, le meilleur cavalier des trois, n'aurait pas pu tenir le rythme avec le poids d'un plastron de cuir ou de métal. Roulé en boule dans une poche du pantalon d'Enoch, le Sylvain s'agrippait au tissu à chaque cahot du chemin.

Tous les Parthes étaient armés de glaives et d'arcs courbes. Les cataphaires y ajoutaient des lances un peu moins lourdes, mais aussi tranchantes, à la pointe, qu'un pilum romain.

Ils avaient laissé le *dizpat* sous un soleil éclatant. Cependant, les nuages les rattrapaient, poussés par des vents aigres. Thya se serra dans son manteau parthe à longues franges. Pourquoi n'avait-elle pas gardé sa fourrure, moins pratique, mais plus protectrice ? Elle soupira. Enoch, qui chevauchait à côté d'elle, lui adressa un sourire. Cette attention inattendue la réchauffa mieux que toutes les pelisses d'Arménie et tous les soleils d'hiver. Elle regretta soudain de n'avoir pas poussé sa porte, la nuit dernière. Si c'était à refaire… *Si nous survivons à cette journée*, se promit-elle, *nous ferons la fête, nous danserons ensemble. Et nous serons heureux.*

Les troupes d'Orodès s'engagèrent dans une gorge étroite entre deux crêtes rocheuses. Thya aperçut un liseré rouge qui soulignait la ligne des pics comme un trait de sang. Un présage. Sa nuque se hérissa. Elle rattrapa Aylus qui avançait en tête du cortège.

— Il faut faire demi-tour, le pressa-t-elle.

Trop tard. Une corne sonna par trois fois au-dessus de la gorge. Orodès arrêta ses troupes d'un geste. Au bout de la vallée, une autre troupe approchait. Des cavaliers aussi, mais beaucoup plus nombreux que ceux d'Orodès, et sûrement en meilleur état. La flamme sur leurs étendards ne laissait aucun doute. C'étaient des vassaux des Sassanides, des partisans du faux roi.

— Rentrons au *dizpat* ! lança Orodès.

Il fit claquer ses rênes. Un deuxième groupe de cavaliers apparut de l'autre côté de la vallée, leur bloquant la retraite. Orodès et les siens étaient pris au piège. Et la neige se mit à tomber.

10

La fin des brumes

Le chef parthe se tourna vers Enoch :

— Toi, sorcier, fais lever la brume !

— À vos ordres.

Des flocons virevoltaient tout autour de lui telles des plumes arrachées aux ailes des anges. Il ouvrit ses mains, les paumes vers le sol. Il ferma les yeux. Une douleur fulgurante lui traversa le crâne. Il ravala un cri, crispa la mâchoire. Comme il en avait l'habitude, il appela à lui l'eau de la terre et du ciel qui l'entouraient. Cela aurait dû être facile. Il y avait de la neige partout, sur le chemin, sur les pentes, dans les nuées. Pour attirer les brumes, il laissa ses émotions s'imposer à lui. Le processus lui était familier désormais. Le fond tourmenté de son cœur, le chagrin, la colère, le martyre de sa mère, l'abandon d'Aylus… tout ce remugle de sentiments et de violence remontait à la surface, prenait possession de son être. Comme il s'y attendait, les brumes lui répondirent, mais très faiblement, comme si elles s'étaient noyées au creux des limbes. Ses mains tremblaient. Il détestait ce qu'il réveillait en lui, toute cette tristesse, cette rage, cette haine même… La haine des hommes comme Orodès, qui n'avaient à se battre qu'avec leurs muscles, leurs arcs et leurs lances. Il était épuisé, il ne tiendrait plus longtemps le choc. Pourquoi le brouillard ne se levait-il pas ? Malgré lui, Enoch perdait sa concentration. Des pensées parasites le perturbaient. Il se demandait comment Orodès le jugeait, comment Thya le voyait en ce moment même. Il percevait l'anxiété des Parthes, l'odeur des chevaux et celle de la neige sur le Caucase. Il entendait le galop de leurs adversaires. Il s'efforça de calmer ses tremblements, de fermer son esprit au monde. Cependant, le monde forçait le passage, ses sens s'exacerbaient, au point que les relents de sueur de sa monture lui donnaient envie de vomir. La douleur pulsait sous son crâne. Avec un cri primal, il jeta ses ultimes colères dans sa bataille intérieure. Aussitôt son corps se vida de son énergie. Il chancela, se raccrocha au Parthe blessé. Lorsqu'il rouvrit les yeux, le paysage vacillait devant lui. Il refoula un haut-le-cœur, détourna la tête pour ne pas croiser le regard de sa belle.

— C'est ça, votre sorcier ? lâcha Orodès.

— Je ne comprends pas, bafouilla Thya, il n'a jamais échoué avant.

Une part d'elle avait envie de s'élancer vers Enoch, de le prendre dans ses bras. Mais sa sollicitude l'aurait humilié davantage. Alors elle garda ses distances. Leurs ennemis se rapprochaient, bientôt ils seraient à portée de tir. Ils les anéantiraient sous une pluie de flèches.

— Nous devons charger, lança Aylus à Orodès.

— Les Parthes ne chargent pas, rétorqua le cavalier. Encore moins lorsque nous sommes à découvert.

— Justement, expliqua le devin. Nos ennemis, en face, s'attendent à tout sauf à ça. Nous aurons l'effet de surprise pour nous.

— Ça ne les empêchera pas de décocher leurs flèches, en face, objecta Orodès.

— Bien sûr ! s'exclama Aylus.

Il fit volter son cheval pour faire face aux cavaliers, et s'adressa à eux de sa voix de prophète, cette voix qui avait rallié à lui les montagnards de Gaule, qui avait fait de lui le Diseur des Monts autrefois :

— Beaucoup d'entre nous vont mourir. Mais ceux qui franchiront les lignes pourront continuer la lutte, jusqu'au retour du vrai roi !

— Jusqu'au retour du vrai roi ! reprirent les hommes en chœur.

— Ceux qui survivront deviendront des héros. Ceux qui mourront deviendront des légendes, dans les siècles à venir notre résistance inspirera toute la nation parthe. Nos visages orneront les fresques des *dizpats*.

Une clameur furieuse lui répondit. Orodès comprit que la situation lui échappait. Vu l'urgence, il l'accepta. Le Romain aux cheveux blancs était un vrai chef de guerre. Il avait déjà mené des armées au combat, c'était évident.

— Les cataphaires en première ligne, ordonna Aylus. Prenez vos lances.

Les hommes obéirent. Le devin empoigna sa propre pique. Un peu plus légère qu'un pilum, pourtant le poids le rassura. Les hommes se rangèrent selon ses ordres. Enoch observait la scène d'un œil morne. Il semblait étranger aux événements qui se déroulaient devant lui, comme s'il avait un pied dans un autre monde. Juste avant de lancer la charge, Aylus s'arrangea pour lui demander :

— Tu tiendras le choc ?

— Bien sûr, s'emporta-t-il.

Aylus se détourna, s'avança au premier rang des cavaliers et leva sa pique vers le ciel.

— Pour le vrai roi ! clama-t-il vers les nuages.

Puis il baissa son arme.

— Chargez !

Les cavaliers chargèrent en un bloc serré. Portés par leur élan, même Enoch et Thya parvenaient à tenir le rythme. La jeune fille ne réfléchissait plus. Elle ne voyait plus rien au-delà de l'encolure de son cheval. Elle sentait les muscles de sa monture bouger sous ses cuisses, les cavaliers respirer autour d'elle. Son pouls s'accélérait, l'excitation du combat la gagnait malgré elle, les odeurs aigres de sueur l'enivraient. Elle avait envie de crier. Soudain, des sifflements transpercèrent le ciel, mais cette fois ce n'étaient pas ceux du vent. Thya jeta un coup d'œil vers les nuages. Une muraille noire volait à une vitesse démente vers eux, étendait son ombre sur la vallée. Thya déglutit. Des flèches, c'étaient des centaines, des milliers de flèches qui obscurcissaient le champ de bataille. Elles s'abattirent sur les cavaliers avec une cruauté vorace. Thya entendit des centaines de *tchac* autour d'elle, des flèches s'enfonçant dans de la chair, des cris, des hennissements, des chevaux qui s'effondraient morts… La respiration haletante, elle fit claquer ses rênes. Elle avait échappé à la première vague de projectiles par miracle ou par chance. Elle ne devait à aucun prix regarder autour d'elle. Elle ne devait à aucun prix s'arrêter.

Les partisans du faux roi décochèrent une nouvelle volée juste avant qu'Aylus et les cataphaires n'enfoncent leur ligne. Une flèche érafla l'épaule du devin. Du premier coup sa lance perça la cotte de mailles d'un ennemi, plongea dans ses poumons. L'impact fit vibrer le manche de l'arme, se répercuta jusque dans le torse d'Aylus. Sa vieille blessure protesta. Il l'ignora, retira sa lance du mourant. Un deuxième cavalier tenta de le prendre à revers. Aylus bloqua son poignard avec le bois de la lance, attrapa une flèche dans son carquois et la planta dans la main de son adversaire. Celui-ci lâcha son arme. Aylus fit tourner sa lance au-dessus de son épaule, et s'en servant comme d'un gourdin, il fracassa la tempe de son ennemi. L'homme s'écroula. Le devin jeta un coup d'œil à la ronde. Les archers ennemis qui avaient survécu se repliaient quelques *actus* plus loin, déjà ils reformaient leurs rangs, ils bandaient à nouveau leurs arcs.

— Poursuivez-les ! cria-t-il.

Donnant l'exemple, il lança son cheval en avant.

Les archers ennemis tirèrent une troisième volée, moins dense que les précédentes, mais à peine moins meurtrière. Thya baissa la tête. Une flèche lui arracha son bonnet, libérant ses longs cheveux noirs qui claquèrent devant sa figure. Elle secoua la tête et dégagea son visage. Et alors elle vit ce qu'elle n'aurait jamais voulu voir. Le temps se figea. La scène dura à peine quelques secondes. Une éternité. Elle vit une flèche se ficher dans la gorge d'Enoch, à quelques coudées d'elle. Le cheval d'Enoch ralentit. Lui-même oscilla un instant avant de chuter. Le cœur de Thya manqua un battement. Puis d'autres cavaliers s'intercalèrent entre elle et la scène. La charge l'emporta comme le courant furieux d'un torrent de montagne. Elle rattrapa les ennemis qui avaient fui, elle se retrouva au cœur de la mêlée, quelqu'un la renversa. Avant qu'elle ait pu se remettre en selle, sa monture s'était enfuie. Les sabots des chevaux la frôlaient de tous côtés, elle pataugeait dans une bouillie de terre, de neige et de sang mêlés. Le tumulte du combat lui emplissait le crâne. Et cette fois, elle ne pouvait plus compter sur la magie ou le surnaturel pour se sauver. Dans un état second, elle progressa entre les cavaliers. Elle ne pensait plus, sa raison l'avait abandonnée. Son instinct reprenait le dessus, il la fit zigzaguer entre les jambes des bêtes, lui évita quelques coups au dernier moment. Un Parthe s'écroula dans la boue devant elle. Elle recula par réflexe. Ami ou ennemi, elle n'aurait su dire. Ça n'avait plus vraiment d'importance. Plus rien n'avait d'importance, que le prochain pas. Et rester en vie. Les cavaliers faisaient gicler la boue sous les sabots de leurs montures. Bientôt Thya fut recouverte d'une épaisse couche poisseuse, brun-rouge et collant sous les doigts. Soudain, elle perçut une présence dans son dos. Elle se retourna vivement, pour faire face à un soldat sans cheval, l'épaule gauche pissant le sang, barbouillé des pieds jusqu'à la tête de la même mélasse qu'elle. Ami ou ennemi ? L'homme leva son glaive. Ennemi. Thya tira son couteau de sa ceinture. Son couteau sacrificiel, celui qui dans un autre pays, une autre vie presque, ne lui servait qu'à découper des lièvres et des oiseaux.

L'homme était musclé, avec un cou de taureau, et il faisait bien deux têtes de plus qu'elle. Thya recula. Son dos buta contre un cheval mort. L'homme se jeta sur elle, dérapa sur la bouillie de neige. Thya roula au sol pour l'éviter, se redressa vivement. À son tour, elle porta un coup, en visant le foie. Mais elle n'était pas assez solide sur ses appuis. Son élan la déséquilibra, l'homme repoussa sa lame avec violence. Thya ouvrit les doigts, perdit son couteau et chuta sur les fesses. L'homme leva son glaive. Thya plia un bras devant elle, en une protection dérisoire. L'homme reçut un sabot en plein front. Une étoile rouge s'ouvrit entre ses deux yeux. Il s'effondra comme un sac de son qui se vide. Le cœur de Thya battait à se rompre. Au mépris de toute prudence, elle fouailla dans la boue immonde pour retrouver son couteau, agrippa la garde comme un talisman.

Enoch, pensa-t-elle. Elle devait le retrouver. Elle l'avait vu tomber de cheval, la gorge… Elle secoua la tête, faisant voler autour d'elle quelques mèches de ses cheveux pleins de sang. Non, elle avait mal vu. Quand elle retrouverait Enoch, quand elle le prendrait dans ses bras… quand elle s'assurerait qu'il était bien vivant, alors le cauchemar prendrait fin. Elle passa son couteau dans sa ceinture et grimpa sur le cheval mort en s'accrochant à ses crins. De son perchoir improvisé, elle tenta de voir où Enoch était tombé. Mais rien, partout où son regard portait elle ne discernait que le chaos et la mort. Un coup dans les reins la ramena au sol. Elle s'étala face dans la boue, se releva, recracha de la terre sanglante. La mêlée avait déjà avalé son agresseur. Elle serra les dents, la douleur irradiait le long de sa colonne vertébrale. *Enoch.* Elle se mit en marche, se retrouva happée par la cohue des Parthes d'elle ne savait quel camp qui fuyaient, ou qui se jetaient à l'assaut. Le flux l'emporta, la ballotta au milieu du sang et des armes. Soudain la mêlée l'éjecta. Elle eut l'impression qu'un instant elle était encore plongée dans le maelström du combat, et l'instant d'après elle était dehors, la masse d'hommes et de chevaux tuant et mourant derrière elle. Elle voulut revenir en arrière, mais comment ? Comment se frayer un passage dans cette nasse ? Il neigeait de plus en plus dru. Thya hésita sur la direction à prendre. Sa colonne vertébrale la brûlait. L'air gelé incendiait ses sinus. Elle en voulait à Enoch. De quel droit s'était-il laissé frapper ? Pourquoi l'avait-il abandonnée ? Elle savait que c'était faux, que c'était injuste de raisonner ainsi. Mais ça la soulageait. La colère la maintenait debout. Elle tourna les talons. Devant elle, les sommets du Caucase se perdaient dans le gris des nuages. D'une démarche mécanique, elle se dirigea vers les pics.

Bientôt, la distance et la neige étouffèrent les rumeurs du combat. Thya marchait avec une obstination inhumaine. Sa chevelure poisseuse collait contre son dos, quelques longues mèches pendaient devant son visage, tels des drapeaux de deuil. Elle songea : *Enoch n'aimerait pas voir mes cheveux dans cet état. Enoch…* Elle eut très froid soudain, mais pas à cause de l'hiver. Ses forces l'abandonnèrent. Elle se retrouva tremblante comme une feuille, incapable de faire un pas de plus. Deux larmes silencieuses dévalèrent ses joues sales. Elle les essuya de sa manche trempée de boue et de sang. Quand elle releva la tête, un cavalier parthe lui faisait face. Entre eux, un fin rideau de flocons clairs. Le cavalier empoigna sa lance, fonça vers elle. Elle exécuta un quart de tour parfait pour éviter sa pointe, saisit le manche. Le bois lui râpa les paumes. D'un mouvement brusque, l'homme la rejeta au sol. Elle se releva une fois de plus, darda sur son ennemi un regard noir. Un certain étonnement se peignit sur le visage du cavalier. Cela le surprenait, que la frêle adolescente ne cherche pas à lui échapper. Mais elle en avait assez de fuir, depuis un certain jour dans le Monte Vosego. Elle était Thya et elle affrontait le Destin sans faillir. Le Destin, la Mort, les monstres et les dieux…

Le cavalier abaissa sa lance. Son cheval racla du sabot la terre neigeuse. Il allait charger à nouveau quand quatre flèches coup sur coup l'atteignirent en plein dos. Il hoqueta, bava un peu de sang, puis s'affala sur sa selle et sembla couler au sol comme de la boue.

Derrière le vaincu, Aylus baissa son arc. Lui était toujours à cheval. Il s'approcha de sa nièce et la prit en croupe. Elle se pelotonna contre son dos pour se réchauffer.

— Partons, dit-il. Ici ce n'est pas notre combat.

— Et… Enoch ? murmura-t-elle. Je l'ai vu tomber, mais…

Aylus balaya ses objections d'une voix sèche :

— Si Enoch est vivant, il nous retrouvera.

Sans attendre de réponse, il donna un coup de talons dans les flancs de son cheval. Thya s'accrocha à la selle. La mise en garde des dieux tournait en boucle sous son crâne. *Tu n'aurais jamais dû venir ici.* Les deux devins s'éloignèrent au petit trot. La neige comme une porte blanche se referma sur la vallée derrière eux.

Le combat fratricide des Parthes s'acheva en carnage sous la neige. Dans la vallée, les flocons étendirent un linceul immaculé sur les chevaux et les hommes assemblés par la mort en une mosaïque étrange, et désormais liés entre eux par une toile arachnéenne de fils glacés. Enoch était allongé sur le dos au milieu du charnier. Sans la flèche fichée au travers de son cou, on aurait pu croire qu'il dormait. Les flocons maquillaient de blanc ses paupières closes, se coinçaient à la commissure de ses lèvres, recouvraient peu à peu le tatouage node que de son vivant il avait souvent souhaité effacer. Malgré sa pâleur et ses cernes, pour la première fois depuis des mois il semblait tranquille, apaisé. Le monde s'immobilisait sous le lent ballet de la neige. Quelque chose bomba la poche de son pantalon. Le Sylvain minuscule sortit la tête de sa cachette, grimpa sur le torse du jeune homme, effleura de ses doigts d'écorce le bord de sa plaie au cou. Puis il émit un petit bruit de gorge, l'équivalent d'un sanglot d'arbre. Son ami humain était si calme, trop calme, et à peine tiède.

— Ne meurs pas, ami humain, lui demanda-t-il d'une voix étranglée. S'il te plaît, je serai trop triste si tu meurs.

Il aurait aimé le prendre par les épaules, le secouer comme il avait vu les humains faire parfois. Mais Enoch était trop lourd et lui trop petit pour ça. Alors il tendit la main vers la pointe de la flèche et se piqua l'écorce. Quelques gouttes de sève perlèrent sur sa peau. Il y avait un peu de vie en elles, un infime éclat de la Grande Vie qui irriguait la Nature, qui venait de Gaïa la déesse mère. Bien sûr, le Sylvain ne possédait pas, et de très loin, un don guérisseur pareil à celui des dryades. Mais le peu qu'il avait, il l'userait jusqu'au bout pour empêcher son ami de mourir. Une à une, il fit couler les perles de sève dans la blessure d'Enoch, entre la flèche et la chair. Puis sa main cicatrisa. Son petit corps de bois ne lui accorderait pas plus de magie. Pour se donner l'impression d'agir, il balaya les flocons qui s'amassaient sur les paupières du jeune homme. Cependant, il en venait sans cesse davantage. Le Sylvain comprit que c'était peine perdue. Le froid et la fatigue le rattrapaient. Il se roula en boule contre le torse d'Enoch, sous la tunique de fourrure. Et de tout son cœur minuscule, il implora son ami de ne pas mourir.

11

La Tour du Silence

Le soir descendit sur les montagnes. Sous la tunique d'Enoch, le Sylvain grelottait. Des copeaux d'écorce se détachaient de sa peau d'arbre. Il n'osait plus mettre le nez dehors. La couche de neige pesait de plus en plus lourd au-dessus de lui. Était-ce donc leur sort, à son ami humain et lui, de finir ensevelis sous le manteau blanc du Caucase ? Est-ce qu'il serait capable de bourgeonner encore au printemps ?

Le froid l'engourdissait lentement. Le combat s'était tu depuis plusieurs heures déjà. Les cavaliers survivants s'étaient repliés vers leurs *dizpats*. Un silence sans âge régnait sur la vallée. La neige décourageait les charognards ordinaires. Cependant, d'autres créatures étaient bien moins sensibles aux morsures de l'hiver. Bientôt des formes grises s'extirpèrent de derrière les rochers, descendirent depuis les crêtes d'un pas prudent. Dans la pénombre, on aurait pu les prendre pour des femmes. Des femmes au dos creusé, à la colonne vertébrale saillante, aux cuisses effilées et aux longs bras osseux. De plus près, leur apparence n'avait plus rien d'humain. Leurs pieds étaient noirs et griffus, avec des ongles épais qui s'accrochaient dans la neige. Leur visage allongé évoquait un faciès d'hyène. Leurs babines retroussées laissaient apparaître deux rangées de dents pointues. Enfin, leur épiderme était recouvert d'une fourrure rase, et les flocons fins s'accrochaient à leurs poils.

Avec une souplesse de prédateur, les goules s'approchèrent du charnier. Leurs truffes humides frémirent à l'odeur de décomposition et de mort. Les goules ne voyaient pas le monde avec les yeux des hommes. Devant elles, des lambeaux lumineux flottaient au-dessus du tapis blanc, certains dorés et étincelants, d'autres rouge sombre, d'autres encore d'un mauve tendre et mélancolique… C'étaient les émotions que les chevaux et les hommes qui gisaient sous la neige avaient abandonnées derrière eux en mourant. Des regrets, des peurs, des remords, un ultime élan de courage, une dernière pensée pour un être cher… La première des goules tendit un bras timide vers les lueurs tremblantes. Un instant, l'or d'un fantôme se refléta sur les serres du monstre. Puis d'un coup sec la goule referma la main sur la dépouille luisante. Elle la porta à sa bouche, la déchira de ses crocs et l'avala avec un infect gargouillis. Elle se retourna en se pourléchant vers ses congénères. Celles-ci s'enhardirent, posèrent à leur tour un pied griffu sur les cadavres. D'abord hésitantes, elles se contentèrent d'observer avec ravissement le ballet éthéré des spectres. Brusquement, une petite goule attrapa une lueur pourpre et la déchiqueta avec voracité. Cela lança le signal de la curée. Les créatures se jetèrent sur la manne brillante, et leur repas commença.

Les goules dévorèrent d'abord les émotions dérivant sur les bords du champ de bataille, puis remontèrent peu à peu vers le centre de la vallée. Là, l'une d'entre elles, une créature plus grande et plus forte que le reste de la horde, marqua un temps d'arrêt. Devant ses yeux éblouis se développait une aura différente des autres, une longue spirale aux moirures iridescentes, avec des scintillements d'étoiles en son sein. La goule appela ses sœurs d'un cri rauque. Elles se rassemblèrent en cercle autour de l'apparition. Elles salivaient par anticipation à la vue de ce festin, et en même temps une fascination sourde les retenait, le ruban d'étoiles les hypnotisait presque, leurs regards se perdaient dans les moirures des anneaux. L'estomac de la grande goule grommela. Elle avait déjà mangé quelques regrets, mais elle avait encore faim. Elle avait toujours faim. Certaines nuits, elle semblait insatiable, comme si tous les fantômes de toutes les guerres ne suffiraient pas à la nourrir. Elle fit claquer sa mâchoire, amorça un geste vers la spirale… Elle allait y planter ses griffes quand une petite tête creva le manteau de neige en dessous, un front d'écorce, deux cornes minuscules, et des yeux en amande.

— Ne le mangez pas ! s'écria le Sylvain en se haussant face aux monstres. Ne dévorez pas ces pensées, elles sont à mon ami humain. Et mon ami ne doit pas mourir.

La grande goule suspendit son coup, pencha la tête sur le côté et observa en fronçant les sourcils le pantin de bois ridicule qui osait s'interposer entre elle et sa proie. D'une seule main elle aurait pu le réduire en copeaux, et pourtant… Pourtant, elle ne se décidait pas à agir. Parce que la vaillance du minuscule intimait le respect, tout d'abord. Il en fallait du cran pour s'opposer ainsi à la horde des charognards. Mais il y avait autre chose. La goule plissa le museau. Son odorat développé avait senti l'éclat de la Grande Vie dans le frêle corps d'écorce. Son apparence changea telle une glaise sous les mains d'un sculpteur. Le Sylvain recula. Il n'avait encore jamais assisté à la transformation d'une goule. Le spectacle était d'une laideur troublante, dérangeante et fascinante à la fois. Le Sylvain avait l'impression d'assister à une scène défendue. Les créatures le laisseraient-elles repartir après ? Il l'ignorait. Mais qu'importe. Il savait bien, par contre, pourquoi il courait autant de dangers. Pour sauver son ami humain.

Le faciès animal de la grande goule devint une figure humaine, un visage de femme entouré de longs cheveux gris. Elle cligna des paupières, fixa le Sylvain avec une peine nouvelle.

— Tu mérites notre aide, Minuscule. Mais ton ami ici a déjà rejoint le peuple des ombres. S'il y avait le moindre espoir qu'il revienne, nous l'aurions laissé en paix. Nous ne nous nourrissons que des morts.

Le Sylvain serra les poings. Des sanglots de sève brillèrent au coin de ses yeux.

— C'est mon ami humain, insista-t-il d'une voix étranglée. Je ne veux pas qu'il devienne une carcasse vide, puis qu'il…

Il dut s'y reprendre à deux fois pour terminer sa phrase :

— … puis qu'il disparaisse ici au milieu de tellement de cadavres…

Sa tirade terminée, le Sylvain se tint très droit sous la neige. Ses dents s'entrechoquaient, mais pour rien au monde il n'aurait détourné son attention des goules.

Celles-ci reprenaient l'une après l'autre forme humaine. Bientôt toute une assemblée de femmes grises entoura le Minuscule.

— Nous devons nous entretenir entre nous, déclara la grande goule au Sylvain. Toi, ne bouge pas.

L'être d'écorce opina. La créature entraîna ses sœurs à l'écart. Elles formèrent un cercle et commencèrent leur conciliabule. Le Sylvain essaya de tendre l'oreille, mais elles parlaient trop bas pour qu'il comprenne un traître mot. Il chercha des yeux une arme autour de lui, pour défendre son ami humain si l'issue du conseil ne lui était pas favorable. Cependant, les glaives et les lances des Parthes étaient bien trop lourds pour ses petites mains. De toute façon, comment aurait-il affronté les femmes grises à lui seul ?

Soudain il retint son souffle. La grande goule revenait vers lui. Elle s'accroupit à sa hauteur. Il fit un effort pour ne pas ciller. L'haleine de la créature lui enroba la figure. Elle portait un parfum de cendres, un relent de charogne et de mort. Le Sylvain toussa.

— Écoute-moi, lui dit la femme grise avec un sérieux inquiétant. Nous épargnerons l'âme de ton ami. Mieux, nous porterons son corps en sûreté, là où reposaient autrefois les rois et les puissants de ce monde. Mais en échange, nous voulons un cadeau de ta part. Un peu de ta propre vie.

Le Sylvain demeura bouche bée, transi de froid et de peur. Quelques flocons tombèrent sur sa langue et fondirent contre son palais. Un murmure d'assentiment parcourut le cercle des femmes grises. Elles s'étaient toutes mises d'accord. Le Sylvain aurait dû s'y attendre. Elles n'allaient pas renoncer aux émotions d'Enoch sans compensation. Le Sylvain prit une profonde inspiration, gonflant son poitrail d'écorce. Il referma la mâchoire avant d'avaler davantage de neige.

— Que dois-je faire ? déclara-t-il avec courage.

— Tends tes doigts, dit la grande goule.

Il obéit, présenta à la créature sa menotte gauche, en maîtrisant de son mieux les tremblements de son bras. La femme grise le frôla, et ce simple effleurement suffit à aspirer de la vie hors du membre minuscule. Le Sylvain d'un coup ne sentit plus deux de ses doigts. Ceux-ci étaient devenus noirs et secs. *Du bois mort*, songea-t-il avec un détachement triste. Deux doigts de bois mort, tel était le prix à payer.

Sur un geste de leur meneuse, les goules soulevèrent le corps d'Enoch hors de la neige et l'emportèrent loin du charnier. Le Sylvain accompagnait le cortège, juché sur l'épaule de sa nouvelle alliée, protégé du froid par ses cheveux longs.

Les femmes grises descendirent de la montagne par des pentes abruptes, des passes hérissées de rocs que des humains ou même des chèvres n'auraient jamais pu emprunter. Elles progressaient par bonds prodigieux et se rattrapaient à la roche grâce à leurs pattes griffues. Le Sylvain s'accrochait à la chevelure de la grande goule pour ne pas tomber, entortillait des mèches autour de ses poignets. Le souffle de la descente lui glaçait les cornes. Quand le cortège atteignit la plaine, la neige avait cessé. Les nuages en s'écartant révélaient une nuit pure et brillante, une lune pleine. Le Sylvain repoussa les cheveux gris qui lui masquaient la vue, contempla la plaine rase qui s'étendait jusqu'à l'horizon. Il l'ignorait encore, mais il venait d'entrer dans l'Empire d'Ērān, l'Empire sassanide, le plus vaste du monde connu.

La Tour du Silence s'élevait un peu plus loin sur la plaine, entre deux buissons d'épineux. C'était une construction ancienne qui avait abrité des siècles plus tôt les dépouilles des grands hommes d'Orient. Aujourd'hui délaissée, à l'écart des routes et des grands domaines, elle restait pourtant solide, ses pierres à peine veinées de fines lézardes où croissaient des herbes jaunies.

La tour ressemblait à une ziggourat, une de ces pyramides en escalier qu'on construisait depuis le mythique roi Gilgamesh dans un empire qui ne s'appelait pas encore l'Ērān. Le tombeau se trouvait au sommet. Les goules y amenèrent Enoch dans un silence recueilli, le déposèrent sur la pierre d'un autel aux mosaïques délabrées, aux carreaux d'or et d'ivoire descellés par le temps. Le Sylvain sauta de l'épaule de la grande goule et s'assit en tailleur sur le plexus de son ami.

— Tu es vivant encore, objecta sa protectrice. Tu ne devrais pas t'attarder ici.

Le Sylvain fit non de la tête. La goule se détourna. L'aube perçait au-dehors. Elle et sa horde devaient partir.

— Fais selon ta conscience, lâcha-t-elle enfin.

— Merci, répondit l'être d'écorce, et il esquissa une révérence.

Les goules le saluèrent à leur tour, puis s'en allèrent dans un raclement de griffes.

Une fois seul, le Sylvain frissonna. Une belle journée d'hiver s'annonçait au-dehors, cependant l'intérieur du tombeau demeurait glacial. Le Sylvain tira un bout de l'écharpe d'Enoch et s'enroula dedans. C'était une écharpe de grosse laine à rayures bleues et rouges, que le maquilleur avait échangée en Germanie contre du fard à paupières. Le tissu avait gardé un peu du parfum de ciste dont Enoch usait comme stimulant ou comme cicatrisant. Cette odeur raviva le chagrin du Sylvain. Il se lova plus étroitement dans le lainage. Là, vaincu par la fatigue, il s'endormit.

Quand le Sylvain se réveilla, il faisait nuit à nouveau. Des oiseaux nocturnes qu'il ne connaissait pas pépiaient sur l'escalier de la tour. Le Sylvain s'étira, gratta ses bras d'écorce où aucun bourgeon ne poussait plus. Cela lui rappela qu'il avait faim, il n'avait pas mangé depuis deux jours. Il devait se mettre en quête de nourriture. Cependant, il hésitait à s'éloigner d'Enoch. Il avait l'impression, quelque part au fond de lui, que s'il le lâchait ne serait-ce qu'un instant, alors son ami humain serait vraiment mort.

Après une brève réflexion, il décida de fouiller les poches du maquilleur. Il y dénicherait peut-être quelques éclats de pistache. Il se remit debout, plia et déplia ses articulations engourdies. Ses deux doigts noirs et secs le gênaient sans qu'il pût dire pourquoi.

Quelque chose frémit dans un coin des ténèbres. Le Sylvain se figea, tous ses sens aux aguets. Une très belle femme, toute de rouge vêtue, au profil aquilin, aux yeux d'un noir d'encre sans iris, aux longs cheveux argentés, s'extirpa de l'ombre dans un froissement de soie. Elle sourit au Sylvain avec gentillesse, pourtant ses cornes se rétractèrent. Cette femme était mauvaise. Et elle n'avait rien d'humain. Malgré tout, il soutint son regard. Il avait tiré Enoch des crocs des goules, ce n'était pas pour l'abandonner maintenant.

La femme en rouge devina son inquiétude, elle lui dit d'une voix douce :

— N'aie pas peur. Je viens aider ton ami. Tu as raison, son heure n'est pas venue. Ce n'est pas cette nuit qu'il doit mourir.

Elle s'approcha de l'autel. Les menottes du Sylvain se crispèrent sur l'écharpe de laine. Le froid avançait avec cette femme, un hiver surnaturel plus cruel, plus sournois que celui du Caucase. Le Sylvain aurait voulu être plus grand, plus fort. Être un humain comme Enoch, prendre une lance ou un glaive et provoquer la magicienne en duel. Mais il n'était qu'un Minuscule avec deux doigts noirs, il avait déjà épuisé ses maigres ressources. Il ne put rien faire quand la magicienne se pencha vers Enoch, ni quand elle l'embrassa sur les lèvres.

Le corps du maquilleur s'arqua brusquement. Le Sylvain faillit être renversé, il se raccrocha au dernier moment au col de sa tunique. La bouche d'Enoch s'ouvrit et aspira une profonde goulée d'air. Son cœur cogna dans sa poitrine. Le Sylvain manqua de défaillir. Un bonheur immense le submergea. Enoch allait survivre.

Le maquilleur s'assit et le Sylvain roula sur ses genoux. Dans un état de semi-conscience, le jeune homme revenu à la vie chercha la flèche dans sa gorge, l'attrapa avec maladresse, la retira d'un coup. La plaie se referma avant que le sang ait coulé.

— Tu vois, murmura Hécate au Minuscule, tu avais raison de me faire confiance. Nous voulons tous les deux que ton ami reste en vie.

Le Sylvain reprit ses esprits. Enoch était en vie, mais leurs ennuis n'étaient pas terminés pour autant, l'être d'écorce en avait le pressentiment. De fait, la magicienne et lui avaient un but commun, cependant cela ne la rendait pas moins inquiétante, au contraire. Il allait devoir veiller sur son ami humain dans les jours et les semaines à venir. Il en était persuadé, la femme en rouge ne voulait pas que du bien au jeune homme. Enoch examina le tombeau pour comprendre où il se réveillait. Au loin sur la plaine, un chien hurla à la lune. Hécate sourit plus large. Le Sylvain frissonna. Désormais il était lié à elle, pour le meilleur et pour le pire. Et elle lui semblait bien plus terrible que toutes les goules du pays d'Ērān.

12

L'aube se lève sur l'Étrurie

L'hiver était plus clément dans les collines d'Étrurie, dont les bosses rondes évoquaient les vagues figées d'une ancienne mer. Au cœur de la nuit, au creux des bois, dans un vallon oublié des hommes, une lampe à huile brûlait. Elle éclairait les ruines d'un temple étrusque. Assis en tailleur sur l'autel éboulé, Culsans le dieu aux deux visages étudiait les rouleaux de divination que l'Ondine avait dérobés pour lui sur la Sequana.

Ce n'était pas un de ses temples, celui dans lequel Culsans s'était réfugié. Les siens étaient depuis longtemps retournés à la poussière. Celui-ci était consacré à Thesan, maîtresse de l'aurore. Une statue en bois à son effigie, aux yeux étirés et au sourire vague, veillait sur le dieu déchu. Sur le crâne et le dos polis de la sculpture, on distinguait les traces d'une longue chevelure en cuivre. Le temple lui-même n'était guère plus qu'un souvenir. De la construction initiale ne subsistait que l'embase, le socle du bâtiment, une large terrasse envahie d'herbes et de ronces, à laquelle on accédait par un escalier moussu. De là les oracles étrusques observaient le ciel et lisaient l'avenir dans les nuées. Au centre de l'embase était creusé un *mundus*, un puits sacré destiné aux offrandes.

Culsans s'usait les yeux à fixer les lignes de caractères étrusques sur le lin des rouleaux. Depuis des mois déjà, chaque fois qu'il trouvait une occasion, il se penchait sur ces manuscrits. À force il les connaissait sur le bout des ongles. Plus que jamais, il était persuadé qu'ils recelaient un sens caché, une énigme… Quand il se concentrait trop longtemps sur cette lecture, il avait l'impression qu'une vie sourde, ténue mais bien réelle, palpitait au cœur du lin. Une vie prisonnière des mots et de la trame. Est-ce qu'elle cherchait à le rejoindre, à lui parler ? Y avait-il vraiment une présence au-delà des mots ?

Culsans avait cherché dans la Gaule entière, puis dans toute l'Italie, quelqu'un qui puisse le renseigner à ce sujet. Cela avait été une quête ingrate, très peu de connaisseurs des anciens âges avaient survécu aux purges de l'Église. Le souvenir même de la civilisation étrusque s'effaçait de l'esprit des hommes. Culsans soupira, leva la tête vers les étoiles. Ces étoiles qui, elles, avaient vu la fondation de Tarquinia, de Véies, et les fêtes étranges où des chevaux ailés faisaient la course sur les rivages de la mer Tyrrhénienne. Bientôt, tout ce qui subsisterait des Étrusques en ce monde, ce seraient les dons d'oracle qui s'étaient transmis de génération en génération depuis les tout premiers augures. Les dons d'oracle de Thya.

Les devins d'antan avaient-ils prévu cette fin ? Qu'avaient-ils donc caché dans leurs manuscrits ? Un sort assez puissant pour ressusciter leur monde ?

Culsans aurait donné cher pour avoir la réponse. L'une de ses deux têtes grimaça et l'autre bâilla. Le jour se levait au loin, un fin rai doré nimbait l'horizon pommelé. Devant les pupilles fatiguées de Culsans, les bâtonnets qui composaient les lettres commençaient à bouger, à danser une sarabande. Le soleil montait toujours, un rayon se réfléchit sur les cheveux de cuivre de la statue de Thesan, tomba sur le rouleau étrusque. Culsans cligna des paupières. Dans l'éblouissement du petit matin, il crut revoir le temple au temps de sa splendeur, avec les *cippes*, les stèles de pierre qui délimitaient l'espace sacré, les colonnes à l'entrée et les statues acrotères de divinités ailées perchées au bord du toit. Il baissa les yeux. Sur les rouleaux de lin, l'agencement des caractères avait changé, les lettres formaient des phrases qu'il ne se souvenait pas avoir lues. Il avait du mal à les déchiffrer à cause de la lumière qui devenait de plus en plus intense. Mais de ce qu'il en comprenait, elles parlaient des *Dieux Voilés*, des plus grands et des plus mystérieux dieux étrusques. Elles disaient que ni les hommes ni les autres divinités ne pouvaient soulever leur voile, pas plus qu'on ne peut remonter le fil du temps. Pas plus qu'on ne peut défaire la trame des rouleaux de lin. Avant qu'il ait pu en lire plus, le soleil l'aveugla. Il dut fermer les yeux. Quand il les rouvrit, la vision avait disparu, la pénombre régnait à nouveau sur les collines. Le jour pointait à peine. Quelque part sur les vestiges de la route qui menait à Tarquinia, un rossignol chanta. Culsans leva la tête vers la statue de Thesan. Était-ce la déesse qui l'avait aidé, qui s'était servie de l'aube pour dévoiler les secrets cachés ? Un bref instant, Culsans crut la voir sourire. Allons, se réjouit-il, il était peut-être moins seul qu'il l'avait cru.

L'esprit plus léger, il reporta son attention sur les manuscrits. Dans sa tête tournaient en boucle les quelques phrases que lui avait révélées l'aube. *On ne peut pas remonter le fil du temps, pas plus qu'on ne peut défaire la trame*… Quelque chose clochait. Si effectivement on ne pouvait pas retourner vers le passé, par contre il était assez simple de délier les fils d'un tissu. *Délier les fils*… Une idée nouvelle, étrange et perturbante, naissait lentement dans l'esprit du dieu aux deux visages. Et si c'était cela, la solution de l'énigme ? S'il fallait justement aller contre le sens premier des mots ? S'il fallait… Culsans avait du mal à l'admettre… C'était une abomination, un blasphème… Il n'allait pas toucher à la toile sacrée, à l'ultime héritage des devins. Et pourtant… Les rouleaux se gonflaient entre ses mains comme une colombe prête à s'envoler, sans qu'il y ait le moindre souffle de vent. La vie à l'intérieur ne demandait qu'à se libérer, à sortir. En tremblant, le dieu tira sur la trame au coin du tissu. Il dégagea quelques pouces de fil. Aussitôt celui-ci pointa vers l'est tel un doigt émacié. Il indiquait une direction. Une piste. Culsans la regarda, sidéré.

L'Ondine émergea du *mundus*, du puits sacré. Elle renvoya en arrière ses longs cheveux trempés, des perles d'eau roulèrent sur sa nuque. Culsans se dégagea non sans mal de la fascination qu'exerçait sur lui le tissu vivant. Il rangea rapidement les manuscrits dans leur étui en cuir, se tourna vers la fille des eaux.

Celle-ci papillonna des cils, dévoilant ses splendides iris mauves.

— Un souci ? s'enquit-elle.

Culsans répondit, l'esprit ailleurs :

— Oui… non… Je ne sais pas encore…

Il se reprit :

— Tu as retrouvé l'Oracle ?

— Toujours pas, avoua-t-elle. J'ai demandé à tous les fleuves, toutes les sources, tous les cours d'eau… Mais les petits dieux sont moins rapides à réagir qu'autrefois. Certains sont en sommeil depuis plus d'un siècle. Alors ça prend du temps.

— Ce n'est pas grave, sourit le dieu.

Habituée à trouver Culsans de mauvaise humeur, l'Ondine s'inquiéta presque de le voir si jovial.

— Que s'est-il passé ici ?

— Une révélation, je crois, lâcha-t-il du bout des lèvres.

D'ordinaire, il n'aimait pas employer de grands mots, mais là il venait sans doute de résoudre une énigme aussi ancienne que l'Étrurie, alors un peu d'enthousiasme s'imposait. L'image s'était imprimée dans sa tête, ce fil si fin s'agitant dans la pénombre ambrée, frissonnant, pointant vers… Vers quoi, au fait ? Pour le découvrir, Culsans aurait dû continuer à défaire la trame. Mais était-ce à lui de s'en charger ? Était-ce le bon endroit, le bon moment ?

De sa seconde paire d'yeux, celle qui regardait dans son dos, Culsans discerna un mouvement dans la forêt, parmi les arbres sans feuilles. Des chardonnerets s'envolèrent d'un bosquet de fougères. L'Ondine dressa l'oreille. L'air innocent, le dieu balaya les bois du regard. À présent qu'il les cherchait, il apercevait les silhouettes derrière les branches. Elles les encerclaient, elles ne leur laissaient aucune échappatoire, pas par des moyens naturels en tout cas. *Une porte.* Culsans chercha d'instinct une porte surnaturelle, une de celles que lui seul savait ouvrir, et qui l'attendaient invisibles aux quatre coins du monde. Mais rien. Aucun espoir de sortie. *Sauf* le *mundus*.

— Culsans… appela l'Ondine.

Soudain, les silhouettes bondirent hors des fourrés. C'étaient des hommes vêtus de noir, armés de glaives romains. L'Ondine replongea dans l'eau trouble. Culsans recula jusqu'au puits, scruta les rangs de ses adversaires. L'un d'eux, sans doute le chef, restait en retrait, un pas derrière le cercle. Une écharpe lui couvrait le visage jusqu'aux yeux, et ce n'était certainement pas pour se protéger du froid. Une fibule d'argent brillait sur son épaule, une manticore aux yeux de rubis. Culsans jura. Ce bijou, il ne le reconnaissait que trop bien. Il appartenait à Hécate. Ces hommes servaient la Reine des Cauchemars. Ce qui était tout sauf une bonne nouvelle. Hécate ne devait à aucun prix s'approprier les manuscrits. Mais était-ce vraiment pour eux que ses soldats étaient venus ?

— Que me voulez-vous ? lança Culsans à haute et intelligible voix.

— Viens avec nous, dieu des portes, répondit le chef des reîtres au travers de son écharpe. Suis-nous de ton plein gré, et il ne te sera fait aucun mal.

Culsans éprouva aussitôt un profond soulagement, bien qu'il n'en laissât rien paraître. Les soldats venaient pour lui, pas pour les rouleaux étrusques. Ce qui était logique, au fond. Hécate n'avait aucune raison de croire que les manuscrits se trouvaient entre ses mains.

De son second regard, Culsans scruta le fond du puits. L'Ondine s'était cachée dès que les soldats avaient fait irruption dans le temple. Mais elle ne s'était pas enfuie. Elle était toujours là, à quelques centimètres sous la surface de l'eau. Le dieu devinait la tache claire de son visage.

Les soldats approchaient toujours. Culsans jeta le rouleau de cuir dans le puits d'un geste rapide, presque anodin en apparence, comme s'il s'en débarrassait pour mieux se défendre. Puis il serra les poings. Il n'avait pas d'arme sur lui, à quoi bon ? Avec ses bras chétifs et son adresse relative, il n'avait pas l'étoffe d'un guerrier. Il ne comptait pas remporter ce combat, il n'en avait pas la force, ou plutôt il ne l'avait plus. Des siècles et des siècles plus tôt, quand il incarnait encore le Chaos primordial, le creuset de violence et de folie d'où toute vie était issue… oui, à cette époque il aurait mis en déroute des armées entières comme si elles n'avaient été que des moucherons sur le dos d'une vache, et lui un bon bouvier. Une nostalgie cruelle lui pinça le cœur. Aujourd'hui, il gardait à peine assez d'énergie dans ses veines pour retarder ces hommes. Mais il n'en demandait pas davantage. Il n'imaginait pas vaincre. Par contre, il espérait gagner assez de temps pour permettre à l'Ondine de s'échapper.

Les soldats progressaient avec circonspection. Ils avaient beau être chrétiens, un vieux fond de superstition leur faisait craindre ce dieu suspect à la double figure. Tant mieux, songea Culsans. Ils ont raison de se méfier. Ses poings fermés s'entrechoquèrent. Des étincelles noires crépitèrent entre les jointures de ses doigts. Les hommes marquèrent le pas. Ils avaient eu tort de s'avancer, ils s'en rendaient compte trop tard. Culsans frappa ses poings l'un contre l'autre, encore et encore, jusqu'à ce que ses muscles s'engourdissent. Alors le chaos se libéra.

Pas un grand bouleversement à l'échelle du monde, de l'Empire romain ou même de l'Étrurie. Non, un simple petit chaos circonscrit dans la clairière, dans les ruines du temple. Mais pour ce que souhaitait Culsans, ce serait suffisant. Le sol trembla. Les dalles de la terrasse, sous les herbes folles, se craquelèrent suivant les lignes de leurs lézardes puis explosèrent avec fracas. Des centaines d'éclats de pierre lapidèrent les soldats avant qu'ils aient pu réagir. Culsans en éprouva une satisfaction cruelle. Depuis plus de mille ans, il n'avait fait qu'ouvrir des portes et garder des passages, et à présent le premier cercle de ses adversaires gisait au sol, dans un rond rouge de leur propre sang. Les autres reculaient en désordre.

Leur chef se remit debout au bord de l'esplanade. Son regard clair nargua le vieux dieu. Malgré la poussière, la manticore sur son épaule étincela plus vive, plus provocante que jamais. Culsans à bout de ressource tapa dans ses poings une dernière fois. L'air vibra telle une harpe titanesque. Les ruines du temple se soulevèrent, les arbres les plus proches se déracinèrent et une trombe de vent les emporta en plein ciel. La statue de Thesan s'arracha de sa base, les reîtres hurlèrent à la mort. Toutes les bêtes à des milles à la ronde s'enfuirent frappées de terreur. Pendant quelques secondes, Culsans se grisa de son propre pouvoir, il retrouva le goût familier du chaos sur sa langue, une sensation de vigueur incroyable irrigua ses vieux muscles comme au temps de sa jeunesse, comme au début du monde. Le chaos le submergea puis reflua d'un coup.

Culsans se retrouva seul et faible, au milieu du temple dévasté. Un instant il pensa qu'il avait vaincu, qu'un miracle avait eu lieu. Plus rien ne bougeait alentour. Puis la statue de Thesan roula sur le sol crevassé. Culsans se redressa. Un humain survivant s'extirpa de sous les décombres, reconnaissable à la manticore d'argent qui brillait sur sa cape. Le chef des reîtres avait survécu. Ses vêtements étaient déchirés, couverts de terre, et sa peau se marbrait d'égratignures, là où le tissu l'avait laissée découverte. Cependant, il se tenait encore sur ses jambes. Tant pis, songea Culsans. Il le sentait, l'Ondine était déjà loin. Il n'avait plus de raison de résister. Plus d'envie. L'homme derrière lui tira un filet de sous sa cape, l'emprisonna dans ses rets. Culsans trébucha. Il tenta de se débattre pour la forme. Les mailles du filet mordirent dans sa chair. L'homme le ramena vers lui, ôta son écharpe.

Culsans lui jeta un regard étonné. Il n'avait jamais vu cette figure auparavant, et pour être franc il n'imaginait pas ainsi le mortel qui l'asservirait. Il en était presque froissé. Certes, son pouvoir avait considérablement décru au fil des siècles, mais il n'en restait pas moins un dieu, et en tant que tel, il avait sa dignité. Il aurait accepté d'être vaincu par un Hercule, par un

Persée ou un Achille. Pas par ce jeune homme insipide au faciès indolent, aux yeux ternes, qui paraissait modelé dans une glaise trop molle… Culsans soupira. Ce nouveau siècle s'avérait bien décevant. Enfin, autant apprendre le nom de celui qui le retenait.

— Comment t'appelles-tu, servant d'Hécate ? interrogea le dieu pour la forme.

— Ça n'a pas d'importance, répondit l'inconnu, déplaisant jusqu'au bout. En fait, tu m'intéresses peu. Pour moi tu n'es qu'une curiosité grotesque à exhiber lors d'une orgie. Mais ma maîtresse a besoin de toi.

— Et que me veut-elle, cette charmante dame ?

— Que tu ouvres une porte. Tu as un talent pour ça, non ? Ouvrir des portes… Pourquoi tu ne t'es pas enfui ainsi, au fait ?

Culsans cracha :

— Ce n'est pas aussi facile. Ce n'est pas de la magie, pas comme l'imaginent les *christoforos*. Elle ne t'a pas expliqué ça, ta reine ténébreuse ?

— Elle n'a rien à m'expliquer, répliqua l'homme en noir. Je lui fais confiance. Grâce à elle, je siège au sénat, à Rome. Moi, Gnaeus Aedon, j'ai l'oreille de l'Empereur. Bientôt j'aurai sa place…

— Tu en es convaincu ? railla le dieu. Tu penses qu'Hécate ne souhaite que ton bien ? Je réfléchirais un peu plus loin, à ta place…

Aedon ricana :

— Tu cherches à semer le doute, petit monstre ? N'essaye même pas. Je connais tous ces tours…

Culsans répondit sans se démonter :

— Entre ta déesse et moi, c'est une vieille histoire. Tous deux, nous frayons dans des eaux obscures depuis… depuis bien avant ta naissance. Et j'ai vu de quoi elle est capable. Pas toi.

Aedon se vengea d'un coup de pied ajusté dans les côtes du dieu. Culsans se recroquevilla par réflexe, et s'en voulut aussitôt.

— Merci de vouloir me protéger, conclut Aedon, mais je me débrouillerai très bien sans ton aide. Après tout, c'est toi qui te retrouves prisonnier, et moi qui t'ai capturé. Et ça, c'est un indice de qui a barre sur qui, tu ne crois pas ?

Culsans ne daigna pas répondre. Le jeune patricien ne s'en formalisa pas. D'un sifflement il appela son cheval. Il enveloppa son prisonnier dans de la toile de jute, le ligota bien serré avant de le charger sur sa selle. Culsans ne résista pas, le filet ensorcelé rendait la révolte inutile. Aedon reprit en sifflotant le chemin de Rome. Le matin s'avançait sur l'Étrurie, le ciel d'un bleu très doux perdait ses derniers lambeaux d'aurore, comme une élégante efface l'or qui maquillait ses paupières, après les fêtes de la nuit.

13

Dans les bas-fonds de Rome

Quelques jours plus tard, Aedon arrivait en vue d'autres collines. Les sept collines de Rome. À l'approche de la cité, le jeune patricien se sentit ragaillardi. Il avait hâte de rentrer. Il avait crevé trois chevaux sous lui pour revenir d'Étrurie le plus tôt possible. Sa ville lui avait manqué. Il ne respirait bien qu'à Rome, dans les ruelles saturées de purin et de crasse, et les miasmes fétides qui montaient du réseau d'égouts exsangue, que personne n'entretenait plus. Ici battait le cœur du monde, ou celui de l'Empire romain, ce qui pour Aedon revenait au même. Dès qu'il posait le pied dans la cité, il lui semblait qu'il voyait presque physiquement le maillage des intrigues et des jeux d'influence qui parcouraient ses artères, comme le sang irriguant un grand corps plein de vie. C'est à Rome seulement qu'il se sentait chez lui, dans la cohue, le brouhaha perpétuel, parmi les embarras des rues tortueuses comme parmi la foule des rhéteurs du forum.

Rome n'était plus, depuis un siècle, la capitale officielle de l'Empire romain d'Occident. Mais elle demeurait un symbole, un phare pour tous ceux qui croyaient encore en l'avenir des Romains. C'était encore ici que siégeait le Sénat, l'unique institution qui avait survécu à la Monarchie, à la République, puis à la partition de l'Empire. Et si Aedon réussissait son coup, Rome redeviendrait bientôt ce qu'elle aurait dû rester toujours.

Aedon pénétra dans la cité par la via Ostiensis, bondée comme à son habitude. Comme il s'y attendait, nul ne lui prêta attention. Personne ne lui demanda d'ouvrir le gros sac de jute qui pesait sur sa selle. La sécurité laissait à désirer, jugea Aedon. Mais qui songerait sérieusement à attaquer la puissante Rome ?

Il longea la colline de l'Aventin dans la bousculade. Des odeurs de nourriture sortaient des boutiques basses installées aux rez-de-chaussée des *insulae* de la plèbe. Des effluves de sauge, de porc grillé, d'anguille et de sauce au miel se mêlaient aux relents de sueur et de crottin. Aedon saliva sans s'arrêter. Il n'avait pas mangé depuis l'aube pour ne pas se ralentir. Mais il se restaurerait avec *elle*. *Elle* l'attendait, elle savait sûrement qu'il avait franchi l'enceinte de Rome. Il dépassa le cirque Maxime, dont l'ombre immense s'étendait déjà sur les rues alentour. Le jour baissait vite en hiver. Au pied du monumental édifice, un prêcheur va-nu-pieds exhortait les passants à renoncer aux *ludi*, ces jeux immoraux hérités d'avant le Christ. Les badauds ricanaient sous cape autour de lui. Un enfant loqueteux lui lança une poignée de bouse. Une tache brune s'étala sur le front du religieux, puis une goutte putride coula le long de son nez. La foule rit de plus belle. Le moine blasphéma sur un ton peu chrétien et voulut alpaguer l'impudent. Mais le garçonnet s'était enfui, la foule se refermait sur son sillage. Devant l'air déconfit du moine, Aedon sourit. Il connaissait bien sa ville, ce n'était pas de sitôt que les Romains renonceraient à leurs courses de chars. Il continua son chemin d'encore meilleure humeur. Au fur et à mesure qu'il progressait vers le forum, la circulation ne devenait pas moins dense, mais des chars plus huppés se mêlaient à la plèbe. Il passa au pied du mont Palatin. C'était sur cette colline que séjournait l'Empereur quand il était à Rome. C'était là aussi que se trouvait la villa de Gnaeus Sertor, celle d'Aedon désormais, sur les pentes verdoyantes et douces qui surplombaient le forum. Un endroit où il faisait bon vivre. La plèbe enviait les patriciens qui y habitaient. Pourtant, Aedon ne se dirigea pas vers sa belle demeure familiale. Il avait rendez-vous ailleurs, dans un endroit qui lui convenait davantage, et qui surtout s'avérait plus discret.

Il releva sa capuche avant de traverser le forum, pour ne pas être reconnu par l'un de ses riches amis. Il se fondit dans la cohue qui encombrait l'esplanade devant l'amphithéâtre, sourd aux discussions politiques qui agitaient ce jour-là le centre-ville. Bientôt toutes ces controverses sur l'influence de tel sénateur, de tel général ou de telle courtisane n'auraient plus de sens. Bientôt il n'y aurait plus que lui, Gnaeus Aedon, qui tiendrait les rênes du pouvoir. Il deviendrait alors la seule rumeur du forum. Réchauffé par cette pensée, il continua sa route.

Peu à peu les rues s'étrécirent. On quittait le forum pour entrer dans Subure, dans le plus mal famé des quartiers de Rome. La foule devenait plus miséreuse. La puanteur augmenta, Aedon huma son fumet entêtant comme un parfum délicat, l'odeur d'une femme aimée. Les *insulae*, ici, étaient branlantes et sales, leurs façades pas très droites, leurs peintures écaillées, avec des toits de tuiles verdies et fissurées. L'humidité traçait des lignes de mousse poisseuse sur les murs. Depuis les fenêtres défoncées, aux rideaux troués de couleurs trop vives, s'élevaient des rires obscènes, des chansons paillardes et des éclats de disputes. La neuvième heure du jour venait de sonner aux églises. Des prostituées vieillies et exagérément fardées se glissaient sur le pas des portes, leurs perruques orange ou blondes se balançant en équilibre précaire sur leurs fronts secs et ridés. Les tenanciers ouvraient les huis des bordels, allumaient des lampes à huile grasses qui éclairaient, derrière des tentures miteuses, les corps dénudés de jeunes femmes, de jeunes garçons. Avant de commencer leur journée de travail, quelques catins offraient des offrandes à Vénus, sur de petits autels à l'angle des rues. Bien qu'elles soient toutes chrétiennes désormais, elles n'avaient aucun scrupule à s'assurer la protection des dieux anciens. Une grosse matrone balayait sur le pas de sa porte, repoussant une nuée de mendigots maigres et estropiés qui s'égaillèrent comme des moineaux dans les ruelles torves. Le quartier tout entier s'ébrouait, se réveillait enfin à l'approche du soir. Les *latrones*, les voleurs à la tire, s'assouplissaient les mains avant l'arrivée des premiers clients. Des hommes sans peur et sans scrupules, pourtant aucun d'eux n'aurait tenté de dérober la fibule d'argent d'Aedon. Pas parce qu'ils le craignaient, mais plutôt parce que, d'instinct, ils comprenaient que le jeune patricien était des leurs. Eux vivaient de coups bas à la petite semaine, lui intriguait à l'échelle de Rome, mieux, à l'échelle de l'Empire. Dans ses œuvres, il témoignait de la même hargne, la même amoralité qu'eux. Oui, Aedon était chez lui à Rome, mais plus encore dans Subure.

Aedon alla toquer à la porte d'une *insula* à quatre étages, plus grande et plus solide que ses voisines, dont tous les volets étaient encore clos. Le cœur battant, il entendit des pas légers approcher à l'intérieur. Hécate faisait attention à marcher comme une mortelle dès qu'elle prenait une apparence humaine. Elle lui ouvrit sans faire grincer les vieux gonds de cuivre. Aedon se dépêcha d'entrer en tirant son cheval par la bride. Hécate referma derrière eux. Elle avait son apparence de pseudo-Thya, avec son beau visage ovale, son teint de lait, ses grands yeux verts et ses lèvres couleur cerise. Elle ne s'était pas encore coiffée, cependant ses cheveux noirs ondulaient en vagues splendides sur ses épaules rondes, mettant en valeur, par contraste, le velouté clair de sa peau. *Si elle était ma vraie sœur*, pensa Aedon, *une fois Empereur je promulguerais une loi digne des anciens Pharaons d'Égypte, pour l'épouser et la faire monter avec moi sur le trône.*

Il attacha son cheval dans la cour carrée au centre de l'*insula*. Si de l'extérieur, la bâtisse semblait à peine en meilleur état que le reste de Subure, dès qu'on entrait on se retrouvait dans un endroit luxueux et confortable, au charme païen et légèrement décadent. Dans la cour, la température était plus douce qu'au-dehors. Des statues de vestales, récupérées dans les caves de l'Église, en ornaient les quatre coins. Des lanternes dorées ramenées de Carthage ajoutaient des touches de lumière aux murs. Aedon alla se laver la figure dans l'eau d'une vasque en marbre, annonça :

— J'ai ce que tu m'as demandé, ma reine.

— Je n'en ai jamais douté, répondit la pseudo-Thya avec un sourire adorable.

Elle s'approcha du cheval, fit courir ses doigts fins sur le sac de jute qui contenait Culsans. Le sac regimba. Hécate sourit plus large, laissant apercevoir ses canines un peu trop pointues, légère imperfection dans son si beau visage.

— Le dieu des portes, la meilleure clé au monde, rien que pour moi…

Sa main glissa du sac de jute au bras d'Aedon, remonta jusqu'à sa joue. Le patricien savoura cette caresse comme de l'ambroisie. Hécate résuma, avec une jolie moue boudeuse :

— Dans trois jours le faible et vacillant Empereur Honorius sera en visite à Rome et s'exprimera devant le Sénat. Et ce, alors que son armée et ses généraux combattent les Wisigoths dans les *limes* de l'est. Quel dommage, un si jeune homme sans protecteur…

Des arômes d'ambre et de myrrhe se dégageaient de sa chevelure. Aedon inspira profondément.

— L'Empereur viendra au Sénat, promit-il, je m'en suis assuré.

— Bien, répondit la pseudo-Thya. De mon côté, j'ai mandé à la villa tout ce que Rome compte de musiciens et de percussionnistes pour dans trois jours. Il n'y aura personne pour s'opposer à toi.

Elle ne précisa pas que tous les artistes avaient accepté sa convocation, elle n'en avait pas besoin. Aucun homme n'aurait refusé une fête organisée par Hécate. Aedon avait vu comment elle les charmait. Comment ils succombaient tous, jeunes ou vieux, sénateurs ou mendiants. Au début, cela l'amusait d'assister à ces jeux de séduction. Plus maintenant. Peu à peu, il était forcé de se l'avouer, une jalousie trouble s'était insinuée en lui. Elle couvrait d'un voile terne ses plus éclatants triomphes. Il voulait sa reine pour lui seul. Il lui serra le poignet, plus fort qu'il n'aurait voulu. Elle ne se dégagea pas pour autant, se contenta de demander, perfide :

— Tu as des nouvelles de ta sœur ?

Il la lâcha, brusquement refroidi. Il lui tourna le dos pour décharger le sac de Culsans.

— Non, répondit-il. Thya est une anguille. Mes agents ont perdu sa trace après Constantinople.

Parler de sa vraie sœur lui écorchait la bouche. Cela lui rappelait, de manière cruelle, qu'Hécate ne l'avait choisi que pour ça. Parce qu'il était le frère de cette petite fugitive. Pour soulager ses nerfs, il flanqua un coup de pied en douce dans le sac de Culsans. Le dieu tressaillit, mais ne put crier, le jeune patricien l'ayant proprement bâillonné. Aedon s'étira, se massa les épaules.

— Dans trois jours, soupira-t-il, dans trois jours à peine nous serons maîtres de l'Empire d'Occident. Alors ma chère sœur perdra de son importance, je pense…

Hécate se coula dans son dos, se hissa sur la pointe

des pieds. Ses lèvres incarnates frôlèrent le lobe de son oreille. Il frémit à la sentir si proche, un instant il crut qu'ils pourraient profiter de la soirée ensemble. Mais la reine sombre doucha ses espoirs.

— Ne pense pas, lui murmura-t-elle. Contente-toi d'obéir, tu es meilleur pour ça.

Il tenta de garder son sang-froid.

— Si au moins tu m'expliquais... plaida-t-il. Si tu me disais pourquoi tu tiens tant à Thya... Je te servirais mieux.

— Non, répondit la pseudo-Thya sans s'embarrasser de politesse.

Aedon se retourna vers elle, prêt à répliquer. Il était sénateur maintenant. Personne ne le traitait plus ainsi. Sauf elle. Elle lui sourit, aguicheuse. Il la prit par la taille, oubliant dans son désir et sa colère qui elle était vraiment. Il ne voyait plus Hécate, la déesse magicienne. Dans ses bras n'existait plus que cette ravissante jeune femme avec qui il gravissait d'un pas souple d'acrobate les échelons du pouvoir. Elle leva la tête vers lui, comme pour l'embrasser. Il se pencha vers elle. Elle l'embrassait presque... elle retira ses lèvres au dernier moment, avec un léger rire, le laissant frustré et confus.

— Allons, lança-t-elle sur un ton acerbe, quitte cette triste mine ! Tu as l'air d'une murène à qui on a retiré son esclave, juste comme elle s'apprêtait à mordre dedans.

— Que dois-je faire ? lâcha Aedon avec amertume. Quels miracles dois-je accomplir pour que tu arrêtes de jouer avec moi ?

— Tu es mécontent de notre association ? demanda la pseudo-Thya, glaciale.

— Non ! s'exclama-t-il aussitôt. Bien sûr que non.

Et pour se rattraper, il demanda :

— Tu veux que je porte Culsans à la cave ?

Un silence plana sur la cour. De l'autre côté des murs leur parvenaient les cris et les rires de Subure. Finalement, Hécate décida de se montrer généreuse.

— Non, ce n'est pas la peine. Mes serviteurs vont se charger de lui. Remonte plutôt à la villa. N'oublie pas, tu as rendez-vous avec Julius Augustule, ce soir.

— Tu nous rejoindras ?

Elle hocha la tête.

— Je vais m'assurer que notre nouvel hôte est en sécurité ici, puis oui, je vous rejoindrai. Maintenant dépêche-toi, le vieux Julius n'aime pas qu'on soit en retard.

— Le temps de me changer, et j'y vais.

Hécate sourit, approbatrice.

— Tu vois, tout est plus simple quand tu obéis.

Il ne releva pas cette dernière pique, et alla se débarrasser de ses habits de voyage.

Quand il ressortit de l'*insula*, il avait troqué ses vêtements crasseux contre une longue tunique blanche, simple, mais en beau tissu épais, et il avait passé sur ses épaules une lourde cape en fourrure de loup. Il referma la porte d'un geste sec, repoussa du bout de sa botte quelques poulets étiques qui picoraient sur le seuil. Passer la soirée avec le vieux Julius serait ennuyeux, mais sans risque. Non, le plus difficile, songea-t-il, serait de quitter Subure sans tacher ses vêtements.

14

Aedon avance ses pions

— Lève-toi, portier, c'est l'heure.

Culsans grommela sans ouvrir les yeux. Aedon tira sur ses chaînes. Le dieu aux deux visages leva une paupière de mauvais gré. Trois jours qu'il était prisonnier de la cave d'Hécate, avec pour seule lumière un petit soupirail haut perché, qui laissait filtrer le jour gris depuis la rue. Trois jours à mâchonner sans le desserrer le bâillon qu'Aedon lui imposait à chaque visite. Trois jours à écouter les pires jurons de Subure. La ruelle au-dessus avait tout du cloaque. Aux petites heures de l'aube, quand les habitants nettoyaient les *insulae*, des flots d'eau douteuse se déversaient par le soupirail. Culsans se demandait chaque fois, en plissant le nez, ce qu'il était advenu des légendaires égouts de Rome. Laissez les *christoforos* gérer une cité pendant quelques siècles, et voilà le résultat…

Donc le dieu aux deux visages n'appréciait que très moyennement son séjour dans la prison d'Hécate. Quand Aedon vint le réveiller, il se trouva en proie à des sentiments mitigés : espoir que le jeune patricien le sorte enfin de ce trou puant, et crainte qu'il ne le précipite dans pire encore. Il faisait confiance à l'imagination d'Hécate pour cela.

Aedon enleva d'un coup sec le bâillon du dieu, lui déclara d'une voix calme :

— Si tu cries, je t'égorge.

Culsans grimaça, fit jouer ses deux mâchoires. Ses yeux s'habituaient peu à peu à la pénombre. Enfin il remarqua comment Aedon était habillé. Il haussa un sourcil surpris. Son geôlier portait sa toge de sénateur, d'un blanc immaculé avec une bande rouge.

— Tu sors de la Curie ? demanda Culsans.

— Non, répondit Aedon en se penchant pour ouvrir ses fers. Je vais à la Curie. Et tu m'y accompagnes. Tiens, bois.

Il tendit une gourde de lait à Culsans. Celui-ci se désaltéra sans que cela apaise son angoisse.

— Tu proposes une visite des institutions romaines ? s'enquit-il en massant ses articulations endolories. Ou alors ta reine a perdu la mémoire. Je suis le maître des portes, pas de l'éloquence.

Aedon sourit, de ce sourire sans joie qu'il se permettait quand personne ne le regardait, personne qu'il cherche à tromper en tout cas.

— Il n'y a pas que les mots pour convaincre. Tu tiens sur tes jambes ?

Culsans se releva maladroitement. Il était ankylosé mais oui, il tenait debout.

— Tu ne pourras pas me forcer à ouvrir des passages pour toi, précisa-t-il, le regard dur.

— Je n'aurai pas besoin de te forcer, rétorqua Aedon.

Il s'étira, rajusta sa toge sur son épaule. Un instant, Culsans vit briller la manticore d'argent dissimulée dans les plis du tissu. Aedon le prit familièrement par l'épaule, son haleine empestait les anchois et le vin trop sucré.

— Tu agiras de ta propre volonté, petit monstre. Tu n'as pas encore compris ? Tu es dans le palais d'Hécate ici. Tu t'es imprégné de son atmosphère. La déesse magicienne ne règne pas seulement sur les cauchemars, nous le savons, toi et moi. Elle est aussi la maîtresse des désirs obscurs, elle fait remonter à la surface nos envies les plus profondes, nos rêves enfouis... jusqu'à ce que ceux-ci nous gouvernent, et prennent le pas sur notre raison.

Culsans se fit cinglant :

— Ne te berce pas de chimères. Même dans mes rêves les plus inavouables, je n'ai pas la moindre envie de t'aider.

— Tu ne le feras pas pour moi, rétorqua Aedon sûr de lui. Tu m'aideras parce qu'au fond de toi, plus que tout au monde, tu souhaites que les anciennes religions reviennent.

Il écarta les plis de sa toge pour dévoiler la broche d'argent.

— J'ai renié le Christ. Nous sommes dans le même camp désormais. Si je deviens Empereur, les anciens cultes pourront revivre. Souviens-toi bien de ça, lorsque tu devras choisir.

— Choisir quoi ?

— Tu le verras assez tôt.

Le patricien se redressa, masqua à nouveau sa fibule. Il jeta à Culsans une pénule, une courte cape à capuche.

— Tiens, enfile ça. Et relève le capuchon, inutile de montrer tes deux faciès en ville.

Culsans soupesa le pour et le contre, le vêtement entre ses mains. S'il obéissait à Aedon maintenant, il aurait plus de mal à faire marche arrière plus tard. Mais quel autre choix avait-il ? Moisir dans cette cave jusqu'à la fin des Empires ? Non, raisonna-t-il, s'il sortait de l'*insula*, il aurait une meilleure chance de s'échapper. Et puis il avait envie de voir la suite de l'histoire, découvrir ce qu'Aedon avait préparé. Était-ce la magie d'Hécate qui faisait son œuvre ? Les désirs enfouis du dieu étrusque prenaient-ils peu à peu le pas sur sa conscience ? Il repoussa le début de doute qui s'insinuait dans son esprit. Allons, il s'agissait d'une simple pénule. Brune, en grosse laine rugueuse, qui allait sûrement lui gratter son deuxième nez. Aedon aurait pu choisir une matière plus confortable. Enfin, le tissu n'avait pas l'air ensorcelé, c'était toujours ça… Avec un soupir, le dieu noua l'attache de la cape, releva le capuchon.

— Parfait, déclara Aedon. Sortons d'ici.

Une chaise à porteurs les attendait dans la cour, ainsi que deux esclaves germains blonds tout en muscles. Aedon fit grimper Culsans avec lui dans le véhicule, en ferma hermétiquement les rideaux. L'*insula* était calme, quasi déserte. Hécate avait réquisitionné tous ses serviteurs, naturels et surnaturels, pour la fête qu'elle donnait en ce moment même à la villa, sur les hauteurs du mont Palatin. La fête qui retiendrait loin du Sénat tous les musiciens de Rome. Aedon aboya un ordre aux Germains. Ils soulevèrent la chaise, et l'équipage prit le chemin du forum.

Au cours du trajet, Culsans prêta l'oreille aux bruits de la ville, essayant de reconnaître aux sons les rues qu'ils empruntaient. Il aurait bien aimé s'enfuir, aussi, mais dès qu'ils avaient franchi le seuil de l'*insula*, Aedon lui avait plaqué un poignard sur la gorge, et depuis il le tenait en respect. Le dieu n'avait plus qu'à prendre son mal en patience. Cependant, plus ils approchaient de la Curie, plus il doutait d'avoir fait le bon choix en acceptant de suivre le jeune patricien. Alors qu'ils traversaient le forum, Aedon souleva un coin du rideau.

— Regarde, lui intima-t-il.

Entre les deux pans de velours, Culsans aperçut une file d'adolescents enchaînés, des garçons et des filles dénutris, sales et en haillons. Ils étaient pieds nus, ils grelottaient sous le froid de l'hiver, la faim creusait leurs joues cendreuses, et pourtant ils gardaient la tête haute. Une lueur rageuse flamboyait dans leurs yeux.

— Qui sont-ils ? souffla Culsans.

— Des fidèles des anciens dieux, accusés d'hérésie ou de sorcellerie par l'Église du Christ. Si Honorius reste Empereur, demain, après-demain au plus tard, ces jeunes gens brûleront sur le bûcher, ou pire. Souviens-toi bien de cela. Si les *christoforos* gardent le pouvoir, demain ces fidèles seront du bois pour le feu.

La chaise à porteurs avait ralenti à cause des encombrements du forum. L'équipage longeait la file des condamnés avec une lenteur insoutenable. Culsans savait qu'Aedon était passé ici à dessein, qu'il le manipulait. Il avait utilisé le terme archaïque de *christoforos* pour établir une connivence entre eux deux. Mais comment le dieu aurait-il pu se détourner de la scène ? Pendant quelques secondes, son regard croisa celui d'une prisonnière au premier rang. Elle le toisa avec un mélange de sauvagerie et de morgue qui lui rappela Thya. L'Oracle aurait pu se trouver parmi ces captifs, comprit-il. Une sueur glacée coula le long de son échine. Sans doute l'Oracle croupissait-elle déjà dans les geôles de l'Église, quelque part en Gaule, attendant le jugement des chrétiens. Et lui n'avait plus aucun moyen de l'aider. Ou plutôt si, il avait un moyen. Celui que lui proposait Aedon. Renverser l'Empereur. Changer le destin de l'Empire. Il frissonna. C'était beaucoup de responsabilités pour un simple dieu des portes. Certes un dieu qui avait incarné le Chaos primordial, mais il y avait si longtemps…

La chaise à porteurs dépassa les prisonniers, puis s'arrêta devant un bâtiment massif, un cube de brique recouvert de stuc et de marbre, percé de fenêtres hautes, avec un toit de tuiles rouges. La Curie romaine, détruite et reconstruite toujours au même endroit, depuis les premiers âges de la République. Aedon descendit de son véhicule en tenant fermement Culsans par le poignet. Les gardes à l'entrée le saluèrent avec déférence. Les badauds murmuraient à sa vue. Lui se gorgeait de cette reconnaissance, bien qu'il n'en laissât rien paraître. Sans qu'il ait eu à prononcer un mot, les hautes portes en bronze de la Curie s'écartèrent devant lui avec un raclement solennel. Il entra avec Culsans. Personne ne lui posa de question sur son mutique compagnon. Était-ce un effet de l'influence croissante du jeune sénateur, ou bien des sortilèges d'Hécate ?

À l'intérieur de la Curie, dans l'unique et vaste salle où siégeait le Sénat, les débats battaient leur plein. Des deux côtés de l'allée centrale, des orateurs en toge blanche et rouge s'invectivaient à grand renfort de citations des pères de l'Église et des anciens héros de Rome. Le sujet du jour était, comme souvent, l'autel de la Victoire. Cet autel d'origine païenne était enlevé puis réinstallé au fond de la Curie selon les pétitions des groupes d'influence, l'humeur des Empereurs ou celle des évêques. À cette heure, il était revenu à sa première place, mais pour combien de temps ? Aedon haussa les épaules. Bah, quelle importance ? Cela symbolisait bien la déchéance actuelle. Voilà où en était réduite l'auguste assemblée, voilà à quoi se limitait son pouvoir. Ergoter sur la place d'un autel. Moins d'un an plus tôt, quand il n'était encore qu'un renégat à Rome, Aedon idéalisait le Sénat. Il crevait d'envie d'en faire partie. Depuis il avait perdu quelques illusions.

À côté de l'autel, sur un siège à pattes de lion, trônait Honorius, le fragile Empereur de ce reliquat de puissance. Le petit jeune homme écrasé sous sa pourpre, le front ceint de lourds lauriers d'or, n'exerçait pas plus d'autorité que ces sénateurs chenus. Les véritables maîtres de l'Empire, c'étaient ses généraux, ceux qui combattaient à l'est. Cependant, songea Aedon alors qu'il s'avançait vers Honorius, le gamin détenait quelque chose qui, entre de bonnes mains, pourrait donner fortune et gloire. Son titre. Le titre d'Empereur. Un titre dont Aedon allait bientôt le dépouiller. Et dont il se servirait mieux que lui.

À cette pensée, son sang afflua dans ses veines. Sans s'en rendre compte, il avait lâché le poignet de Culsans, qui pourtant le suivait toujours. Le dieu semblait avoir perdu son libre arbitre depuis qu'il avait vu la prisonnière sur le forum. Aedon et Culsans allèrent s'incliner devant l'Empereur. Honorius fit signe au jeune patricien d'approcher et lui glissa à l'oreille, sur un ton d'enfant mécontent :

— C'est d'un ennui mortel, cette séance. Pourquoi m'as-tu forcé à venir ici ?

Aedon sourit, en bon courtisan.

— Ne t'inquiète pas, *domine*. J'ai prévu quelques… attractions qui devraient te divertir.

— Des baladins, ici, dans la Curie ? Ce serait de mauvais goût…

Aedon se permit un clin d'œil.

— Mieux que ça, seigneur.

Il tira Culsans par la manche.

— Ouvre la porte, lui chuchota-t-il. Maintenant.

Le dieu tressaillit, reprit conscience soudain de la réalité. Il essaya de gagner du temps :

— Quelle porte ?

— Ne joue pas avec moi, siffla le jeune patricien. L'une de ces portes que tu contrôles s'ouvre juste ici, à cet endroit du forum. C'est pour cela que la Curie a toujours été reconstruite à la même place, depuis la fondation de la cité. Pour que les sénateurs puissent s'enfuir au besoin, si Rome était assiégée.

Culsans baissa les yeux vers le dallage. Une porte. Bien sûr. Voilà pourquoi Aedon l'avait amené ici. Il n'eut pas besoin de la chercher longtemps. Elle traversait l'allée centrale. C'était une porte herculéenne, assez large pour laisser passer une légion. Mais s'il l'ouvrait, il devrait choisir. Choisir ce qui se trouverait de l'autre côté. Il prit une profonde inspiration.

— Où veux-tu que la porte mène ? demanda-t-il à Aedon.

— Je veux qu'elle conduise aux Enfers.

Culsans se dégagea.

— Non, je n'ouvrirai pas de chemin vers les Enfers. Menace-moi autant que tu veux, j'ai encore quelque morale…

Aedon lui ceignit l'épaule. Ils formaient un couple incongru tous les deux, le jeune sénateur et le petit homme encapuchonné. Les orateurs se taisaient l'un après l'autre pour les observer. L'Empereur commençait à se poser des questions à leur sujet. Ils n'avaient plus beaucoup de temps.

— Je saurai contrôler l'Enfer, promit Aedon. Hécate s'est arrangée pour ça. Ouvre la porte. Ouvre, ou laisse les chrétiens massacrer les nôtres.

Culsans déglutit. La nausée le gagnait à écouter le jeune patricien. Les regards braqués sur lui le mettaient mal à l'aise. S'il n'y avait pas eu la fille, la captive sur le forum… Elle le fixait avec une rage intacte, elle le défiait de la sauver, comme elle avait défié l'Église et la mort. Simplement, dans l'esprit de Culsans, elle n'avait plus le visage d'une inconnue, mais celui de Thya, celui de la dernière Oracle. C'était elle, c'était l'ultime héritière des devins étrusques, le dernier éclat de son monde, que les *christoforos* allaient sacrifier à leur soif de conquête. Culsans refusa de les laisser faire. Pas tant que lui aurait une once de vie. Il s'agenouilla au centre de l'allée, posa ses deux mains sur les dalles vertes et rouges. Avec un effort surhumain, il ouvrit une faille sombre au beau milieu de la Curie.

L'Empereur hurla de terreur, se leva d'un bond et courut se réfugier derrière l'autel de la Victoire. La stupéfaction figea sur place les sénateurs. Des centaines, des milliers de grosses larves noires et gluantes s'extirpèrent de la faille dans le sol, charriant une odeur âcre de terre soufrée. C'étaient les *larvae*, les mauvais génies des Enfers, qui avaient attendu selon les ordres d'Hécate que quelqu'un leur ouvre un passage vers la surface. Et elles en profitaient à présent. Elles se répandaient en une marée visqueuse sur le sol de la Curie. L'Empereur grimpa sur l'autel en couinant. Les *larvae* ouvraient leurs bouches dentues, s'accrochaient à sa cape pourpre trop longue. Les sénateurs, la stupeur passée, se bousculaient et tentaient de fuir dans le désordre. La plupart se précipitaient vers les portes de bronze, que les *larvae* bloquaient déjà. Les sangsues infernales avaient commencé à grandir. Leurs excroissances noires se collaient aux ferrures des portes, s'étalaient en dessins démoniaques sur le métal gravé des battants. Déjà elles avaient dévoré les gardes. Les sénateurs les plus proches de l'allée centrale s'engluaient dans la masse grouillante en s'arrachant la gorge à force de crier. Le suc corrosif des rejetons infernaux leur rongeait la peau et les chairs. Personne ne venait à leur secours, la panique avait annihilé toute idée d'entraide chez les orateurs finissants. Sur l'autel, Honorius tirait sur le velours de sa cape, pour l'arracher aux crocs acérés des monstres. Il claquait des dents, la peur l'avait rendu blafard, un filet d'urine coulait le long de ses jambes. Culsans assistait immobile au spectacle. Le flot hideux n'épargnait qu'un îlot autour d'Aedon. Culsans leva les yeux vers lui. Il demeurait impassible. Le dieu aux deux visages rejeta sa capuche en arrière, un mauvais goût dans la gorge. Les sénateurs agonisaient dans des souffrances atroces. Sur le forum, le peuple de Rome entendait les cris des sénateurs, leurs appels désespérés, terrifiés. Cependant, personne ne se porta à leur secours. Quelque chose avait été cassé au fil des siècles, un lien entre la plèbe et ceux qui étaient censés la gouverner. Des paris s'organisaient parmi la foule, sur qui sortirait vivant ou non de la Curie.

À l'intérieur, Culsans aurait aimé agir. Même des suivants du Christ ne méritaient pas ça. Mais il n'y avait plus rien à faire. Seule la musique repoussait les *larvae*, or tout ce que Rome comptait de musiciens, de harpistes, de percussionnistes, de joueurs de fifre et de chanteurs… tous perdaient la notion du temps dans la superbe villa d'Aedon, sur les pentes du Palatin, grâce aux bons soins de la fausse Thya.

Honorius dénoua sa cape d'une main fébrile. Elle fut aussitôt déchiquetée par les larves, amalgamée à la marée sombre. Honorius trembla plus fort. Sa jambe glissa, s'écarta de l'autel. Aussitôt un bras ou un fil de bave noire lui enserra la cheville, s'accrocha à sa sandale, brûlant le cuir embossé d'or et l'épiderme en dessous. Honorius tenta de récupérer son pied, en vain. Le lien noir l'entraînait vers le sol, il bascula de l'autel. Il hurla encore quand il tomba au milieu des larves. Puis sa voix s'éteignit d'un coup. Culsans blêmit. Aedon leva la main, avec une nonchalance insolente.

— Assez, déclara-t-il.

Les rejetons infernaux s'immobilisèrent. Le jeune patricien se rengorgea.

— Taisez-vous, lança-t-il aux sénateurs survivants. Et n'essayez pas de fuir, cela ne sert à rien.

Les vieux orateurs ravalèrent leurs cris, tournèrent vers lui leurs figures livides.

— Bien, apprécia le jeune homme. Vous voilà raisonnables.

Les mains dans le dos, il balaya du regard la vénérable assemblée décimée. L'odeur de terre soufrée, le parfum des Enfers lui montait aux narines, plus troublant et plus capiteux que tous les muscs d'Orient. Les sénateurs osaient à peine lever les yeux vers lui.

— Quand nous sortirons d'ici, déclara-t-il, je serai empereur. Et vous, vous raconterez que l'un des vôtres, l'un des morts, choisissez celui que vous voulez, a usé de sorcellerie contre Honorius. Il l'a tué, hélas. Heureusement, j'ai réussi à l'arrêter avant qu'il ne nous massacre tous. Et dans un dernier souffle, Honorius a fait de moi son successeur. Nous sommes d'accord là-dessus ?

Les sénateurs sonnés gardèrent le silence. Aedon reprit, en haussant la voix :

— Nous sommes tous d'accord ?

Cette fois, un murmure d'assentiment lui répondit. Aedon rajusta sa toge sur son épaule, marcha vers l'autel de la Victoire. Les *larvae* s'écartèrent devant lui, dévoilèrent le cadavre d'Honorius ou ce qu'il en restait. Quelques lambeaux sanguinolents sur un squelette blanchi, près duquel gisait une couronne de laurier d'or, recouverte de pus noir gluant.

Aedon la ramassa et l'essuya dans sa toge. Puis il se retourna vers les sénateurs, et d'un geste de bravade posa les lauriers sur son front.

Par tous les dieux, songea Culsans, *qu'ai-je permis ?*

15

Le retour du Faune

Pendant la fin de l'hiver, Aedon Empereur consolida son emprise sur son nouveau domaine. Il ramena la capitale de Milan à Rome, dans cette ville plusieurs fois centenaire où il se sentait chez lui, soutenu par une troupe disparate de viveurs, de *latrones* et de vieux Romains trop heureux de voir leurs traditions revenir. Officiellement, Aedon était encore chrétien. Dans les faits, l'influence de l'Église s'érodait de jour en jour. Les anciens cultes revivaient, surtout l'un d'eux, celui d'Hécate, la déesse magicienne, la Reine des Cauchemars. La protectrice officieuse du nouveau règne. Les généraux qui avaient soutenu Honorius se battaient toujours dans l'est. Ils n'avaient pas pris la mesure des changements survenus à Rome. Pour eux, ce n'était qu'un simple soubresaut de plus, dans la longue lignée de ceux qui secouaient régulièrement les sommets du pouvoir. Ainsi les mois passèrent, et le printemps revint.

Le printemps couvrit de jeunes feuilles les forêts de l'Empire. Les vergers de Varatedo, en Gaule aquitaine, rosirent à nouveau sous les fleurs. La petite *urbs* sur les bords de la Dorononia coulait des jours tranquilles. Qui que soit l'Empereur à Rome, l'oppidum veillait toujours sur la cité calme, les bateaux en partance pour Burdigala se chargeaient toujours de vin miellé au port… L'échoppe d'Enoch avait été reprise par un cordonnier borgne avec une verrue sur le menton, qui ressemelait plutôt bien les sandales, mais ne risquait pas de séduire les jeunettes de l'*urbs*.

Les forêts se peignaient de vert tendre, et des éclats de soleil filtraient entre les arbres. Les dryades jouaient dans les branches des saules, les enfants des villages lançaient des bateaux d'écorce sur les cours d'eau… Le Faune était revenu lui aussi. Un an plus tôt, il veillait sur Thya à distance, il l'avait suivie jusqu'aux frontières septentrionales de la Gaule, il aurait traversé les Enfers pour elle. Mais Thya avait choisi de rejoindre le monde des hommes, et non le sien. Alors il avait dû se détacher d'elle. Elle n'avait plus besoin de lui. Il n'avait plus de raison de rester dans le nord. Il avait regagné l'Aquitania et attendu le retour des beaux jours.

L'Aquitania n'avait pas changé, ou à peine. Certes, ici comme ailleurs, la croisade d'Aedon contre les rivaux d'Hécate avait laissé des traces. Les anciens dieux s'étaient encore affaiblis. Cependant, le Faune devait le reconnaître, ils n'étaient déjà pas bien vaillants *avant* le passage du jeune patricien. Sylvanus, le protecteur des forêts, s'était exilé quelque part dans le nord, sans doute de l'autre côté de la mer grise, dans cette île où les Saxons et les Pictes achevaient de repousser les administrateurs romains. Mais même son absence ne bouleversait pas la routine du coureur des bois. En quelques siècles d'existence, les occasions où Sylvanus et lui s'étaient trouvés face à face se comptaient sur les doigts d'une main.

Au fond, le Faune était le seul à avoir changé. Thya l'avait changé. Il ne lui avait jamais parlé, il s'était contenté de la protéger de loin, avec une efficacité discutable. Pourtant, elle lui avait donné quelque chose, un sens des responsabilités, une conscience du monde et de ses souffrances, qu'il emportait partout désormais. Assis sous un chêne, il arracha quelques accords mélancoliques à une flûte de roseau. Il aimait le printemps avant. Il s'enivrait des parfums du pollen, des jeux de l'ombre dans le vert clair des feuilles, des miroitements du soleil sur l'eau. Il aimait poursuivre les nymphes aussi, mais il y en avait de moins en moins au fil des ans…

Quelques feuilles de frêne lui tombèrent sur la tête. Il se gratta nerveusement derrière l'oreille, comme s'il pouvait ainsi chasser les idées moroses qui s'amassaient sous son crâne. Puis il se leva d'un bond. Il n'allait pas laisser cette belle journée finir ainsi. Il huma l'air plein de sève. Au-delà des odeurs de la forêt, il perçut celles de la ville. Varatedo n'était pas loin. La petite *urbs* n'impressionnait plus autant le coureur des bois, depuis qu'il avait contemplé les murailles gigantesques d'Andemantunnum, la grande cité du nord. Et au bout des quais du port, sur des bateaux au mouillage, on trouvait toujours quelques tonneaux de vin miellé. Le Faune attrapa une cape brune suspendue à une branche, y dissimula ses oreilles en pointe. Avec un entrain forcé, il se dirigea vers la ville.

Il contourna le gros de la cité et se glissa dans les roseaux le long du fleuve pour gagner le bout du port. Très vite il repéra la proie idéale, une barge à fond plat aux voiles repliées, qui se balançait mollement contre un ponton. Des barriques en bois d'érable étaient arrimées contre le mât, leurs rondeurs rousses recelant la promesse de longs rêves avinés. Aucun matelot en vue, ni sur le pont ni sur le quai. Le Faune se serait pincé. Il n'en revenait pas d'une telle chance. Midi approchait, le soleil au zénith avait mangé les ombres. Les marins avaient sans doute quitté le bord pour l'une des tavernes voisines, en oubliant de désigner un homme de quart. Décidément, songea le Faune, la discipline se relâchait. Pourtant, les fûts n'étaient pas vides, le Faune sentait les effluves du vin depuis sa cachette dans les roseaux.

Comme il demeurait immobile, une libellule vint se poser sur sa capuche. Il bougea les oreilles pour chasser la bestiole. Cela le décida, il devait agir maintenant, avant que les humains ne reviennent. Il avança dans le fleuve, entra dans l'eau jusqu'aux épaules, longea de près le ponton. À l'approche du bateau il retint son souffle. Tout d'abord, il ne perçut que le clapotis de l'eau contre la coque, puis une respiration, non, un ronflement qui sortait de derrière les tonneaux. Le coureur des bois sourit. Voilà pourquoi il n'avait pas vu de garde.

Avec une confiance accrue, le Faune se hissa sur le pont. Les barriques dissimulaient sa présence à quiconque regardait depuis le port. Le marin ronflait avec une constance remarquable, rien à craindre de ce côté. Par contre, l'ouïe aiguisée du Faune repéra un autre bruit, plus ténu. Un très léger sifflement, et aussi, plus faible encore, des coups réguliers, comme un battement de cœur. Ce son portait une intense émotion en lui, une angoisse, un désespoir qui ne cadrait pas avec cette belle journée, ce ciel d'azur et ce soleil splendide. Le Faune hésita. Ses poils dégoulinaient sur les planches. Il fut tenté de tourner les talons, d'abandonner le vin et le bateau. Avait-il besoin de nouveaux ennuis ? Cependant, les battements de cœur persistaient. À présent que le Faune les avait entendus, il ne parvenait plus à les ignorer. C'était un appel au secours. Un an plus tôt, il serait parti sans trop de remords. Mais depuis il avait évolué au contact de Thya, de Mettius. Sans le vouloir, il avait pris un peu de leur humanité. Cela le démangeait. Il se frotta le nez par réflexe. Il isola le tonneau d'où provenait l'appel, déplaça le couvercle d'un pouce. Un parfum de vase et de fleurs aquatiques lui sauta aux narines. Sa fourrure se hérissa. La simple prudence lui dictait de laisser là la barrique avant de s'engager trop loin. Mais son instinct, plus tenace, le poussait au contraire à l'ouvrir. Il souleva le couvercle. Il comprit alors qu'il avait fait le bon choix, et en même temps qu'il allait sûrement s'attirer de nouveaux ennuis.

À l'intérieur du tonneau grelottait une Ondine, ses larges yeux mauves cernés de violet sombre, son visage avenant creusé par la fatigue et la peur. Entre ses mains desséchées par la chaleur, elle serrait un rouleau de cuir, de ceux qui servaient à transporter des manuscrits.

— Aide-moi, chuchota-t-elle au Faune. Aide-moi au nom de Culsans.

Cette fois le coureur des bois ne prit pas le temps de réfléchir. Il lui tendit la main.

L'Ondine nagea dans la Dorononia pendant plusieurs heures. Le Faune l'attendit sur la berge, dans la forêt, le rouleau de manuscrits près de lui. Il ne chercha pas à l'ouvrir, il ne savait pas lire. Quand l'Ondine émergea du fleuve, il lui demanda seulement comment elle était arrivée à Varatedo.

— Je remontais la piste de l'Oracle, expliqua-t-elle.

Le Faune dressa l'oreille. L'Oracle, encore. Quand il pensait l'oublier, elle revenait à sa mémoire, comme le printemps sur l'Aquitania. L'Ondine poursuivit, sans remarquer son trouble :

— L'Oracle a navigué sur ce fleuve. C'était il y a un an, mais… je n'ai pas d'autre indice, alors…

— L'Oracle est remontée vers le nord après ça, dit le Faune.

— Tu as croisé l'Oracle ? s'exclama l'Ondine, et des perles d'eau coulèrent le long de ses lèvres pleines.

Il s'efforça de se calmer, de ne pas nourrir de faux espoirs.

— C'est loin, tout ça. Elle a quitté la Gaule aujourd'hui.

— Je dois la retrouver, insista l'Ondine. Je dois lui porter ce rouleau. J'ignore pourquoi, mais c'est important, c'est vital même.

Son regard mauve devint plus triste, elle baissa la tête avant d'ajouter :

— Culsans s'est sacrifié pour cela.

Le Faune leva une oreille.

— Culsans ?

Il imaginait mal le dieu aux deux visages, qui n'avait jamais prôné le martyre et l'altruisme, se sacrifier pour quelque chose ou quelqu'un. Il considéra le rouleau de cuir avec un respect nouveau.

— Pourquoi ? demanda-t-il. Qu'est-ce qu'ils ont de si particulier, ces manuscrits ?

L'Ondine soupira :

— Culsans n'a pas eu le temps de me l'apprendre. C'était… c'est un dieu très secret.

Le Faune opina. Le dieu des portes adorait les mystères, cela faisait partie de son personnage. Mais aujourd'hui ça ne les arrangeait pas.

— Que devons-nous faire ? s'interrogea l'Ondine.

Le Faune réfléchit. Ni lui ni la fille de l'eau ne prenaient de telles décisions d'habitude. Ils étaient faits pour veiller sur les bois et les rivières, pas pour tenir un tel objet entre leurs mains. Le Faune se gratta l'oreille, proposa :

— Nous devons retrouver Thya. Tu étais partie pour ça, non ?

L'Ondine enroula une mèche de ses longs cheveux humides autour de ses doigts clairs.

— J'ai essayé de la retrouver. J'ai demandé aux rivières et aux fleuves si l'un d'eux l'avait vue. Mais ça ne m'a pas beaucoup aidée.

Le Faune ne lui demanda pas comment elle avait fini dans un tonneau. Il n'était pas plus à l'aise qu'elle dans le monde des hommes. Sans l'intervention de Culsans, lui-même moisirait encore dans une cave humide et champignonneuse de Varatedo.

Enfin, partager le récit de leurs mésaventures ne les avancerait guère. Il raisonna à voix haute :

— Nous avons besoin d'un allié. Quelqu'un qui a des relations parmi les humains, qui est à l'aise dans leur monde…

Tout en parlant, il s'aperçut qu'il savait déjà à qui s'adresser. Un dieu que les Romains appelaient Bacchus, mais que lui avait connu avant Rome, sous un autre nom. Dionysos. Le dieu de la fête et du vin, vénéré en secret de Rome jusqu'à l'Inde, jusqu'aux jungles étranges où l'expédition d'Alexandre le Grand, des siècles plus tôt, s'était embourbée. Dionysos était l'un des dieux tutélaires du Faune. Il ne devrait pas avoir trop de mal à l'invoquer. Il fit simplement taire une petite voix insistante qui, au fond de son cerveau, lui rappelait que le dieu en question n'avait pas que des bons côtés.

Pour invoquer Dionysos, ils devaient retourner chercher quelques accessoires à Varatedo. Évitant les chiens qui dormaient dans la cour, le Faune déroba un pichet de vin et un morceau de viande crue dans la cuisine du Dauphin Rouge, l'auberge au bout du port. Les chiens se réveillèrent alors qu'il ressortait. Il tenta de les semer en grimpant sur le toit, ils aboyèrent d'en bas du mur. La matrone qui tenait l'auberge se précipita sur le seuil. Le Faune sauta sur un balcon de l'*insula* voisine, redescendit dans une ruelle en s'accrochant à un lierre. Il arracha une brassée de feuilles et de baies tardives, continua sa course en bondissant par-dessus une fontaine. Les chiens le poursuivaient toujours. Quand ils arrivèrent à la fontaine, une vague d'eau glacée leur fouetta la truffe. Ils reculèrent en glapissant. Au fond de l'eau, l'Ondine sourit. Débarrassé des chiens, le Faune ne ralentit pas pour autant. Il repartit à fond de train vers l'atelier d'un ébéniste, se terra dans l'ombre d'une arcade jusqu'à ce que l'artisan soit pris dans une conversation avec un commanditaire. Alors il s'approcha de la réserve de bois, attrapa un tasseau de figuier. Un chat famélique en profita pour renifler son bout de viande. Le Faune le repoussa du sabot. Le félin miaula. L'artisan se retourna. Le Faune se plaqua contre le tas de bois. Le chat s'entêta. L'artisan se dirigea vers lui d'un pas lourd. Son commanditaire le rappela. Le Faune arracha un lambeau de viande, le tendit au miauleur pour le calmer. Le chat le happa d'une bouchée. Le Faune en profita pour s'éclipser.

Au soir, le Faune amena l'Ondine au cœur des bois, dans une clairière où s'était élevée une villa des siècles plus tôt, aux premiers jours de la Gaule romaine. Cette villa, presque un palais, toute en raffinement et en élégance, avait joui d'une certaine réputation au temps de sa splendeur. Il s'y donnait alors des fêtes étranges, dont les échos résonnaient jusqu'aux bords du fleuve. Des réjouissances qui duraient des semaines entières et dont les participants, murmurait-on, revenaient *différents*. Nul ne savait à l'avance qui était invité, ou pourquoi. Pas plus qu'on ne savait comment se déroulaient ces fêtes, et pourtant elles exerçaient une telle fascination sur les notables d'Aquitania que beaucoup étaient prêts à de véritables bassesses pour y assister une fois. Il se murmurait aussi que le maître des lieux avait été initié aux mystères de Dionysos, sur l'île lointaine de Naxos, que ses agapes recelaient en leur sein des rituels obscurs, mêlant à la magie des débauches et des sacrifices. Qu'enfin, parmi les convives, certains n'étaient pas humains.

Puis les fêtes s'étaient éteintes, la villa avait été abandonnée, et les raisons mêmes de cet abandon avaient été effacées de la mémoire des hommes ainsi que de celle des êtres surnaturels. Tout au plus le Faune avait-il entendu des contes sur une jeune prêtresse, fille de proconsul, qui aurait détourné l'un des favoris de Dionysos de son dieu, puis aurait plongé dans la folie. Le père vengeur aurait fait raser la villa. D'autres légendes encore invoquaient un oracle, qui aurait défié le Destin en pleine ivresse, et aurait fini déchiré par les Ménades, les suivantes démentes du dieu de l'ivresse. On n'assassinait pas si facilement les devins à l'époque. Les autorités avaient lancé une enquête. Mais quand les légionnaires s'étaient présentés à la villa, ils avaient trouvé les lieux déserts. Cependant, d'autres sources chuchotaient que la villa s'était retirée de ce monde d'elle-même, de par sa propre volonté. À l'apogée de sa gloire, elle avait préféré disparaître plutôt que de déchoir. Cette dernière version était la préférée du Faune. Il se délectait des histoires douces plus que des récits de tuerie et de sang.

Quoi qui ait provoqué la fin de la villa, ses ruines avaient gardé un lien avec Dionysos. Et, espéra le coureur des bois, Dionysos ne ferait pas de mal à un des siens, à un faune. Il déposa ses offrandes au centre de ce qui avait été le péristyle, entreprit de dégager l'herbe tout autour, révélant une mosaïque où des danseuses, des échansons et des joueuses de flûte entrecroisaient leurs pas en une farandole complexe. Les couleurs des carreaux de faïence étaient passées et affadies par le temps. Cependant, dès que le Faune y laissa tomber quelques gouttes de vin, elles se ravivèrent, retrouvant leur éclat d'antan, des pourpres, des rouges, des mauves et des ors profonds et denses, qui n'avaient rien à envier à la splendeur du crépuscule. Encouragé par ce premier résultat, le Faune se mit à racler la mousse qui recouvrait les trois pans de mur encore debout.

— Aide-moi ! lança-t-il à l'Ondine.

Elle le rejoignit d'un pas léger, tira à son tour sur les lambeaux bruns et verts. En dessous, une fresque reprenait les personnages de la mosaïque, et y ajoutait de nouveaux noceurs, des patriciens allongés sur des banquettes moelleuses, des satyres et des faunes jonglant avec des grappes de raisin. Et d'autres femmes encore, échevelées, les seins nus. Celles-là évoquaient plus qu'une simple fête. Leurs vêtements pourtant coûteux étaient déchirés, presque déchiquetés, et leurs visages… leurs visages trahissaient une véritable folie.

L'Ondine lâcha son morceau de mousse, interrogea le Faune du regard.

— Ce sont des Ménades, répondit-il, des suivantes de Dionysos, droguées aux baies de lierre et atteintes de folie sacrée. Mais elles ne blessent que les humains imprudents, tu n'as pas à t'inquiéter. Et nous ne resterons pas assez longtemps en leur présence pour les voir perdre la raison.

— Dieux merci, soupira l'Ondine.

Elle leva les yeux vers le ciel. Le crépuscule n'était plus qu'un fin trait de rose au-dessus des bois. L'Ondine entendait la Doronomia couler derrière les arbres. Elle sentait dans ses veines la présence de l'eau, de toutes les sources, tous les ruisseaux d'Aquitania grossis par les pluies du printemps. Ces présences amies la réconfortèrent face à la nuit qui s'annonçait. La réputation de Dionysos était plus trouble encore que celle de la villa en ruines. À tout prendre, l'Ondine aurait préféré se retrouver face à Pluton, dieu des morts. Mais Pluton ne pouvait pas les aider.

Le Faune écrasa du sabot les baies de lierre au centre de la mosaïque, là où était représenté un masque de théâtre. Les fruits écrasés se mêlèrent au vin. Le liquide imbiba la viande crue et le bois de figuier. Le Faune s'assit en tailleur devant cet autel improvisé, tira sa flûte de sa ceinture et commença à jouer.

Une mélodie allègre monta sous les étoiles. L'Ondine se laissa gagner par la musique malgré son appréhension, se surprit à onduler en cadence. Bientôt d'autres instruments se joignirent à sa flûte. Ce ne furent d'abord que des soupirs, à peine distincts de la brise dans les feuilles. Mais très vite ils se précisèrent. L'Ondine discerna des clochettes, des flûtes de Pan, des sistres, des cymbales, une cithare et un tambourin… Des rires les suivaient, et des pas de danse. Des pieds martelaient le sol en rythme. L'air se chargeait d'arômes capiteux d'alcool et de fruits mûrs. Malgré l'obscurité, l'Ondine crut voir les cortèges sur les fresques s'animer. Le Faune accéléra la cadence, joua plus aigu et plus leste. L'orchestre invisible s'accorda à sa flûte. Comme entraînés par la musique, danseuses et échansons se mirent à descendre des murs, puis des satyres, des Ménades. Mais des Ménades encore raisonnables, encore aimables, leurs chevelures lisses et leurs robes intactes virevoltant à chaque tour de ronde. Des bracelets de bronze cliquetaient à leurs chevilles. L'Ondine écarquilla les yeux, sa gêne la reprenait au milieu de cette foule. La fête restait bon enfant, mais les convives descendaient sans cesse plus nombreux des pans de murs. Les esclaves avec leurs amphores, les patriciens sur leurs banquettes, les rondes et les farandoles encombraient la clairière. Des lampes s'allumaient un peu partout dans les branches, comme en écho au ciel constellé d'étoiles. L'Ondine demeurait immobile, interdite au milieu de la liesse. La tête lui tournait, elle voulut appeler le Faune à son aide. Une gerbe d'étincelles jaillit au milieu de la mosaïque, accompagnée de crépitements et de fumée. Le Faune recula à croupetons. Les noceurs toussèrent et clignèrent des paupières.

Quand les émanations se furent dissipées, un nouvel arrivant se dressait en majesté au centre de la fête, avec un sourire enjôleur et un regard ardent. Des explosions de joie presque inhumaines saluèrent son entrée. L'Ondine se raccrocha à l'épaule du Faune. L'homme n'était vêtu que d'un pagne et d'une couronne de vigne, mais son aura, sa prestance, son charisme l'habillaient mieux que de la soie et de l'or. Car il s'agissait de Dionysos, fils de Zeus, vénéré depuis le mur d'Hadrien jusqu'aux jungles de l'Inde. Son corps blanc était marbré de larges taches rouges parce qu'arraché avant terme au ventre de sa mère, il avait fini sa gestation dans la cuisse de Jupiter.

Les noceurs le dévoraient des yeux. Ils avaient interrompu leurs jeux et leurs danses, guettant un geste de leur maître, un mot, un regard… D'un pas souple et sensuel, le dieu s'avança vers le Faune. Le coureur des bois tétanisé lui présenta une coupe de vin. Dionysos but avec délectation, puis demanda :

— C'est toi qui m'as appelé ?

— Oui, *domine*. J'implore ton aide pour…

— Plus tard, l'interrompit le dieu, plus tard…

Il lâcha sa coupe qui tinta contre la mosaïque, où un petit satyre puant le bouc s'empressa de la ramasser. Le dieu se lécha les lèvres, se tourna vers l'Ondine qui rougit devant autant d'attention. Il lui prit la main et elle sentit une chaleur équivoque lui rosir la peau.

— Voilà une bien jolie partenaire, le Faune, remarqua Dionysos d'une voix enveloppante. Il est rare que les froides filles de l'onde assistent à mes fêtes embrasées. Dis-moi, princesse des sources, m'accorderas-tu une ronde ?

L'Ondine avait les pieds cloués au sol. Elle aurait adoré se dégager de l'emprise de Dionysos, mais on n'échappait pas si facilement à un dieu. Alors, faute de mieux, elle tenta de recentrer la conversation :

— Nous sommes venus quémander ton secours, *domine*. L'Oracle…

— Mais bien sûr, je vous aiderai ! s'exclama le dieu avec un grand rire clair. Et je n'exigerai que très peu de vous, en échange. Mon prix, beaucoup le prendraient pour une faveur. Participez à ma fête. Cette fête. Après, je ferai ce que vous voudrez.

Le Faune dressa une oreille.

— C'est tout ? dit-il, dubitatif.

Il se méfiait toujours des coups tordus des dieux.

— Je vous en fais le serment, jura Dionysos une main sur le cœur. Sur tout ce que je tiens pour sacré, sur la cuisse de mon père qui m'a donné le jour. Une fête, et je vous aiderai.

— Une seule fête, insista l'Ondine.

— Une seule.

Le Faune et l'Ondine échangèrent un regard. Dionysos était noceur, buveur, séducteur, mais il tenait toujours ses promesses. C'était son seul bon côté, celui sur lequel le monde surnaturel s'accordait. Le dieu du vin n'avait qu'une parole.

— Très bien, nous acceptons, soupira le Faune.

Il ne croyait pas prendre trop de risques. Il avait vieilli depuis sa jeunesse trépidante en Colchide, cependant il devait encore tenir quelques danses.

Dionysos claqua des doigts. Les réjouissances reprirent de plus belle. Avant que le Faune ait pu esquisser un geste, le dieu attira l'Ondine contre lui, l'embrassa et de leur étreinte monta un parfum de vin mêlé de lys. Le Faune voulut protester, il se retrouva pris dans une farandole, une gigue sauvage qui l'entraîna loin du couple enlacé. Le son des sistres grinçant résonnait comme un rire aigre à ses oreilles. Il se demanda soudain s'ils avaient bien fait d'accepter une invitation pareille. *Nous faisons cela pour Thya*, se répéta-t-il. *Thya.* Son nom, son image étaient leur viatique, leur talisman pour traverser indemnes les excès de la nuit.

16

Le chemin des dieux

Thya ne regardait plus les étoiles, plus depuis qu'Enoch était mort. Elle fixait l'horizon de la Route. La piste sèche et grise était infiniment plus large, plus longue que la plus grande des voies romaines. Même à cette heure tardive, alors que le dernier rai de soleil mauve s'évanouissait au fin fond des étendues arides du Khorasan, la Route n'était pas encore en sommeil. Les caravanes lentes s'étiraient dans le crépuscule. Les sabots lourds des chameaux, ces intrigantes mais placides bêtes à deux bosses, soulevaient de fines arabesques de poussière. Des cavaliers hans aux yeux bridés, aux cheveux noirs noués en chignons, montés sur des chevaux graciles, essayaient de gagner quelques milles avant la nuit. Eux venaient de l'Orient profond, au-delà de l'Empire d'Ērān, du mythique pays de Seres où, disait-on, étaient nés les vers à soie.

Le vent couchait les acacias des sables. Dans des trous creusés au bord de la route, des feux éternels coloraient d'or liquide le noir de la roche. De temps à autre un *effrit*, un génie des flammes, s'échappait de ces puits étranges, aussi les nomades évitaient-ils de monter leurs campements trop près. Au loin, parmi les crêtes rocheuses, des *yartangs*, des cavaliers afshârs chassaient les fées Paris. Les crissements des ailes bleues des fées résonnaient dans le crépuscule, mêlés aux soupirs du vent.

Si Enoch avait été là, Thya aurait adoré la Route, de nuit et encore davantage de jour, quand tous les peuples d'Orient se mélangeaient sur la piste, transportant sur la moitié du monde connu la soie, le jade, l'ivoire, l'ambre, les épices, et les bois précieux laqués de rouge sang. Cette opulence chamarrée évoquait les décors des riches tapis persans. Thya et Aylus apportaient leur propre touche dans le paysage, le brun des tenues parthes qu'ils portaient depuis le Caucase. Thya avait gardé son bonnet phrygien sous lequel elle rentrait ses cheveux noirs. Elle passait ainsi pour un adolescent, c'était plus pratique sur la route. Elle avait vendu ses bijoux pour payer le voyage depuis le Caucase. Un an plus tôt, cela lui aurait arraché le cœur. Maintenant elle s'en moquait. Elle n'avait gardé que la broche en forme de colombe que le maquilleur lui avait rendue dans une petite ville de Gaule, dans ce qui lui paraissait un autre monde, une autre vie.

Depuis la mort d'Enoch, une rage incandescente consumait la jeune oracle. Jour et nuit une flamme irascible couvait dans ses yeux verts, comme le feu liquide dans les puits de roche. Cependant, elle ne pleurait pas, jamais, pas une larme. Sa peine était aride comme l'air sec du Khorasan. Sa douleur était féroce. Elle effrayait même Aylus, qui pourtant n'était pas un agneau. Elle se jugeait responsable de la mort du maquilleur bien sûr. Responsable et coupable. Mais elle n'était pas la seule en cause. Les Dieux Voilés avaient pris leur part dans ce deuil, et elle irait leur demander des comptes. Ils n'auraient jamais dû lui prendre Enoch. Ils n'en avaient pas le droit.

Ce soir-là, Aylus et elle s'arrêtèrent devant un camp de nomades, une dizaine de tentes rondes recouvertes de peaux tannées, à quelques *actus* de la route. Des chameaux et des chevaux dessellés paissaient l'herbe rase entre les habitations de toile, et des enfants jouaient tout près avec une balle de crin. Contre une des tentes, une très vieille femme en turban pinçait les trois cordes d'un *komuz*, et sa musique mélancolique évoquait un sanglot très doux. L'instrument pleurait pour Thya, à sa place.

Les deux devins ne savaient pas trop ce qui les attendait dans ce camp. Ils ne faisaient plus appel aux augures depuis cette bataille qui avait coûté la vie au maquilleur. Ils avaient entendu beaucoup de choses sur l'occupante de la tente, et très peu étaient engageantes. Mais ils avaient besoin d'aide. Du genre d'aide qu'on ne trouve pas dans des endroits bien famés.

Thya souleva le pan de grosse laine qui tenait lieu de porte à l'entrée de la tente. À l'intérieur, une autre femme attendait, une nomade sans âge, installée en tailleur sur des coussins de cuir. Un trait gras de khôl alourdissait ses paupières. Des breloques de toutes sortes et de toutes origines pendaient en un plastron cliquetant sur sa robe à rayures. Entre ses cuisses, dans un panier d'osier, sifflait un nœud de serpents.

Elle salua la jeune oracle d'un hochement de tête. Thya s'efforça de ne pas regarder les breloques, et s'adressa à elle en sogdien, la langue des nomades :

— Bonsoir, Mère de la Route.

— Bonsoir, voyageuse. La rumeur m'avait annoncé ta venue. Je t'en prie, installe-toi.

Elle lui désigna les tapis au sol, d'un geste élégant qui fit tinter ses bracelets de cuivre. Ses mains étaient tatouées de spirales et de symboles au henné, que l'on ne distinguait qu'à moitié dans la lueur des lampes à graisse. Thya s'assit. Aylus resta debout, un pas derrière elle.

— Tu parles notre langue, remarqua la nomade intriguée. Dis-moi, où l'as-tu apprise ?

— En chemin, répondit simplement Thya. Mon père… – elle ravala sa salive, elle avait encore du mal à parler du général – mon père disait que c'était une marque de respect, d'apprendre les mots des gens à qui on parle.

— Ton père était un homme sage.

— Pas toujours, nuança la jeune fille.

Elle reprit très vite, elle n'était pas venue ici pour discuter de lui. Elle remarqua :

— Tu savais que j'allais arriver, mais sais-tu pourquoi ?

La Mère haussa les épaules.

— Pour la même raison que tous les autres. Pour me poser une question. À ton tour de me répondre : comment m'as-tu trouvée ?

— La rumeur de la route…

Dans son dos, Aylus jetait des coups d'œil discrets vers les ombres qui peuplaient la tente. Il n'était pas tranquille ici. Lui qui avait si longtemps été attaché à un lieu, à une terre, il éprouvait envers les nomades la méfiance instinctive des sédentaires. Son regard tomba sur le panier de serpents. Il réprima un sursaut de dégoût. Ce qu'il avait pris tout d'abord pour de simples reptiles était en fait des sortes d'orvets pourvus de minuscules ailes membraneuses, à la façon des chauves-souris. S'il l'avait pu, il aurait empêché Thya de poser un orteil dans un tel endroit. Mais le peu d'influence qu'il avait eue sur elle, il l'avait perdue quand Enoch était mort. Il fit tourner son bracelet runique autour de son poignet, d'un geste nerveux.

— Dépêche-toi, Thya, glissa-t-il à sa nièce en latin. Pose ta question et partons loin d'ici.

— Ton garde du corps n'a pas l'air ravi d'être ici, remarqua la Mère de la Route.

— Il s'en accommodera.

Elle profitait de ce que son oncle ne comprenait pas le sogdien aussi bien qu'elle pour mener ses affaires à son gré. Pour s'arranger avec sa conscience, elle se rappela qu'auparavant lui aussi l'avait manipulée.

— Que cherches-tu ? dit la nomade.

— Je veux trouver des dieux.

— Quels dieux ?

— Les Dieux Voilés. Ceux qui règnent sur le Destin. Ceux qui vivent dans le Dasht-e Lut, dans le désert du Vide.

Un silence plana sous la tente. L'un des orvets ailés tendit la tête hors de son panier, avec un sifflement qui ressemblait à une mise en garde. Sans comprendre le pourquoi de cette tension soudaine, Aylus referma les doigts sur la garde de son glaive. Les pupilles de la sorcière noircirent davantage sous ses traits de khôl.

— Pourquoi ? demanda-t-elle.

Thya croisa les bras devant sa poitrine.

— Cela me regarde.

— Très bien, décida la sorcière. Je te trouverai un guide pour te conduire jusqu'au désert. C'est tout ce que tu demandes ?

— Non, tu t'en doutes, répliqua Thya. Je veux…

Elle s'interrompit. Ce qu'elle s'apprêtait à dire frôlait le sacrilège. Non, se reprit-elle. C'était bel et bien un sacrilège. Mais c'était nécessaire. Elle prit une profonde inspiration avant de sauter le pas :

— Je veux qu'ils souffrent.

L'ombre sous la tente parut plus profonde soudain. Les orvets ailés se tordaient et crachaient comme des chats dans leur panier. Les lignes au henné se déformèrent sur les mains de la sorcière. Peu impressionnée, Thya poursuivit :

— Je veux détruire leur temple, mettre le feu à leur sanctuaire, réduire leurs statues en cendres.

Elle darda sur son interlocutrice un regard provocateur.

— Pour ça aussi, vous m'aiderez ?

La Mère ne baissa pas les yeux.

— C'est vraiment ce que tu souhaites ?

— Oui.

À cette réponse un vent d'outre-monde s'infiltra sous la tente, souleva les franges des vieux tapis et fit tinter les breloques sur le plastron de la sorcière. Aylus tira son *gladius*.

— Laisse ! lui ordonna Thya.

Il rengaina. Le vent s'apaisa. La lumière revint au centre de la tente.

— Je t'aiderai, dit la Mère à la jeune oracle. Maintenant, paye-moi.

Les dents serrées, Thya décrocha de sa veste la broche en forme de colombe. Ce bijou qu'Enoch lui avait rendu à Paris, qui avait fini par symboliser leur amour. L'épingle lui piqua le pouce. Une goutte de sang perla au bout de son doigt, rouge comme un fard à lèvres, comme un des baumes d'Enoch.

— Tu sais à quoi tu t'engages ? s'assura la Mère.

— Je sais, dit la jeune oracle dans un souffle. Quand tu auras rempli ta part du marché, les souvenirs attachés à cet objet t'appartiendront. Et moi je perdrai… – elle ravala sa salive, elle avait reculé ce moment autant que possible – … je perdrai la mémoire d'Enoch.

— Tu es prête à ce sacrifice ?

— On n'a rien sans rien, crâna Thya pour masquer sa douleur.

D'un geste brusque, elle déposa la fibule dans la paume de la Mère. Aussitôt le bijou disparut dans le plastron sous les autres prises de guerre. La sorcière se rencogna dans ses coussins, ferma ses châles sur sa poitrine. La conversation était terminée.

Thya se releva, rajusta sa veste parthe. Elle se dirigeait vers la sortie, Aylus à sa suite, quand soudain une forme humaine surgit des ombres de la tente, la saisit par les épaules et lui plaqua un couteau sur la gorge.

— Merci, Mère, de les avoir retenus pour moi, lança l'agresseur en sogdien.

Il se retourna vers Thya, déclara :

— Et maintenant, Oracle, tu vas travailler pour moi.

— Jamais, cracha la jeune fille.

Elle lui flanqua un coup de pied dans le mollet. Il cria sans la lâcher. Profitant de la diversion, Aylus bondit jusqu'à la Mère de la Route, lui pointa son *gladius* sur le cœur.

— Relâche Thya, exigea-t-il. Tout de suite.

— Écarte-toi de ma mère, rétorqua le nomade.

Thya laissa les deux hommes se jauger quelques secondes. La lame commença à lui râper la peau, elle remarqua haut et fort :

— Bien, toutes les conditions me semblent réunies pour que nous entamions une négociation, n'est-ce pas ?

17

Le peuple de la route

Après une brève hésitation, Aylus et l'inconnu convinrent qu'en effet ils se trouvaient dans une impasse. Mieux valait résoudre ça par la discussion plutôt que de s'entretuer. Tous s'assirent en cercle au centre de la tente, Aylus tenant la Mère au bout de son glaive et l'inconnu menaçant toujours Thya du sien. Celle-ci profita de ce que l'atmosphère s'apaisait pour jeter un regard en coin à son agresseur. Il était jeune, avec un profil acéré, la peau tannée par la route, des yeux très noirs et une cicatrice déjà ancienne courant de l'oreille au menton. Bien décidée à mener la négociation, Thya s'adressa à lui en premier :

— Tout d'abord, déclara-t-elle d'une voix posée, je dois connaître ton nom. Je ne marchande pas avec un anonyme.

Le nomade cilla. Aylus en ressentit un élan de fierté. Même sous la menace, sa nièce affichait une constance de vieil officier romain. C'était déstabilisant pour son interlocuteur, il le savait, elle aussi. Le nomade lui concéda une première victoire.

— Je m'appelle Ādur, répondit-il, toujours en

latin, pour être sûr qu'Aylus et elle comprennent. Ādur Mihr-Yazd.

— Bien.

Thya se racla la gorge, lissa par habitude un pli sur sa veste parthe poussiéreuse. Elle reprit :

— Tu veux t'assurer mes services. Pourquoi ?

— Parce que tu es oracle.

Thya se raidit.

— Qui te l'a dit ? Et ne me parle pas de la rumeur de la route, elle n'en sait pas autant.

La sorcière intervint, en repoussant de sa main peinte la lame d'Aylus.

— Ce sont les Paris qui lui ont dit, les fées du Khorasan. Ādur dialogue avec elles depuis qu'il est enfant.

Thya s'attarda sur cette réponse. L'orvet le plus audacieux se faufila hors du panier, tenta de battre de ses ailes, mais elles étaient trop faibles pour le porter. Il serpenta en direction d'Aylus, qui le repoussa d'un coup de botte.

— Admettons, décida enfin Thya. Donc les fées ont découvert que j'étais devin.

Elle tapa sur le pli de sa veste qui refusait de s'aplatir, ajouta :

— Et tu t'es douté que je consulterais la Mère de la Route ?

— Tout le monde vient tôt ou tard voir la Mère. Tous ceux qui ont un compte à régler. Et toi, tu portes tellement de colère…

Thya fit mine de ne pas entendre. Sa vengeance ne concernait qu'elle. Elle et les dieux. Elle revint au principal sujet de la négociation :

— Tu as besoin d'une oracle… Dans quel but ?

Le nomade se tourna vers la lampe au centre du cercle, présenta à Thya son profil en lame de couteau.

— Je suis un Afshâr, expliqua-t-il face à la flamme. Mes ancêtres vivaient libres sur la route bien avant le passage des armées d'Alexandre. Et depuis aussi longtemps, les puissants des Empires que nous traversons nous harcèlent. Ils tentent de réduire notre liberté à coups de décrets et de lois, ils nous arrêtent sous le moindre prétexte. Nous avons réussi à nous échapper, toujours. Cependant…

Son visage se durcit. Thya sentit une violence sourde affleurer sous son hâle.

— Cependant, reprit-il, depuis peu nous avons un nouvel ennemi. Quelqu'un dirige dans l'ombre les gardes qui nous pourchassent, et les mercenaires au service des riches marchands de Samarcande. Quelqu'un les aide à frapper là où ils nous font le plus mal…

La lueur de la lampe soulignait le dessin anguleux de ses pommettes, son profil évoquait une lame courbe, de celles que maniaient les guerriers des déserts. Il prendrait assez mal un refus, c'était évident. Pourtant, Thya n'avait ni l'envie ni les moyens de l'aider.

— Je ne me sers plus de mes visions, déclara-t-elle. Je ne peux rien pour vous.

Ādur sourit, un sourire aussi tranchant qu'un poignard.

— Allons, ce n'est pas une négociation, si de ton côté tu n'as rien à offrir.

— La vie de votre Mère, rappela Aylus, qui tenait

toujours son glaive contre les côtes de la sorcière. Ça devrait peser dans la balance, non ?

Avec une habileté de prestidigitateur, la Mère décrocha une breloque de son plastron, la jeta sur les genoux de Thya où elle lança un éclair d'argent. C'était sa broche, sa colombe, celle qui renfermait ses souvenirs d'Enoch.

— Notre offre, commenta Ādur. En échange de tes talents.

Thya aurait aimé reculer, mais le bijou sur ses genoux semblait peser le poids d'un homme, le poids du maquilleur et de tout ce qui les avait liés, elle et lui. Les plumes de métal luisaient doucement dans la pénombre. Bien qu'elle s'en défendît, Thya avait envie de les caresser, de les prendre au creux de sa main. Elle devait se l'avouer, elle était tentée. Si elle pouvait se venger *et* se rappeler Enoch… Non, se reprit-elle, elle ne devait même pas formuler une telle pensée. Car alors celle-ci deviendrait de plus en plus réelle.

Le *komuz* au-dehors jouait un chant d'adieu. Ses accords lancinants traversaient les parois de peaux de la tente, touchaient directement au cœur de la jeune oracle. Elle aussi devait dire adieu, adieu à la vie dont elle avait rêvé, où elle ne serait plus seule, où elle ne serait plus devin…

— Alors, demanda Ādur, que décides-tu ?

Thya referma les doigts sur la broche. Quelques mèches folles s'échappèrent de son bonnet phrygien.

— Mes visions ont un prix désormais, prévint-elle.

— Je prends le risque, répliqua Ādur. Et puis les fées me protègent. Ta malédiction n'aura pas d'effet sur moi.

Soudain la Mère leva la main, leur intimant de faire silence. Thya dressa l'oreille. Le *komuz* s'était tu.

— Les gardes de la route, chuchota Ādur. Ou pire encore.

Il se retourna vers Thya.

— Nous avons un marché ?

Elle fourra la broche dans sa poche.

— Nous avons un marché.

Il se leva d'un bond.

— Sortons.

Ādur repoussa la porte en tissu. Thya voulut le suivre. Il la bloqua derrière lui. De tous les côtés, il apercevait des étendards de mercenaires, de ceux qu'engageaient les nobles de Samarcande. Des Loups Gris sur fond vert qui claquaient dans le *simoun*, le vent du crépuscule.

— Nous devons partir, dit-il. Nous tous. Toi aussi, Mère.

La sorcière ne protesta pas, ramassa son panier de serpents et se mit debout dans un cliquetis de bijoux.

— Attendez, tempéra Aylus. Thya et moi n'avons rien à faire dans vos histoires…

Le nomade lui adressa un regard carnassier.

— Vous êtes avec moi, chez la Mère de la Route. Pour ces gens-là, ce sera amplement suffisant.

Suffisant pour quoi, Aylus ne perdit pas de temps à le demander.

— Ouvre la marche, dit-il à Ādur.

Ils se glissèrent en une seule file hors de la tente. Les mercenaires approchaient dans des nuages de poussière. Ādur prit Thya par la main. Dans le camp, les nomades nouaient les portes de leurs tentes, chargeaient leurs maigres possessions sur leur chameau, fuyaient tant qu'ils le pouvaient…

Ādur détacha son cheval, monta en selle et hissa Thya derrière lui. Déjà les mercenaires fonçaient au galop vers les tentes. Les chameaux blatéraient de terreur. Une mère affolée tira son enfant par le bras pour le faire rentrer. D'autres nomades au contraire organisaient la riposte. Des guerriers au visage aussi boucané qu'Ādur sortaient de chez eux à la hâte, empoignaient leurs sabres courbes, sautaient sur leurs montures. Thya tourna la tête, essaya de repérer Aylus au milieu du désordre, alors que les premiers duels s'engageaient. Elle ne l'aperçut nulle part.

— Accroche-toi à moi, lui ordonna Ādur. Nous allons forcer le passage.

Elle lui agrippa la taille. Il fit claquer ses rênes. Le cheval partit à fond de train. Tête baissée, Ādur chargea vers les rangs des mercenaires qui encerclaient le campement. Deux sicaires vêtus de vert se détachèrent du groupe, galopèrent dans sa direction. Ādur ne dévia pas sa trajectoire d'un pouce. Thya le sentait contracter sa ceinture abdominale, là où elle le serrait dans ses bras. Son pouls s'accéléra, pourtant elle n'avait pas peur, pas pour elle-même ni pour le jeune nomade. Il savait ce qu'il faisait, où il les entraînait. Il se redressa juste avant l'impact, son poignard à la main. Les mercenaires surpris relevèrent leurs sabres. Aussitôt Ādur se baissa à nouveau, se coucha carrément sur l'encolure de son cheval, et Thya l'imita. Les sabres des sicaires se croisèrent au-dessus de leurs crânes, tandis que d'un coup de lame le nomade tranchait dans les côtes de celui qui se trouvait sur sa droite. Le sang gicla. Ādur ne ralentit pas pour autant. Au contraire, il pressa davantage sa monture. Les doigts serrés de Thya lui meurtrissaient les muscles. La jeune oracle toussait et crachait dans la poussière. Mais qu'importe, ils avaient franchi le cercle et cavalaient vers la route. Thya se crut hors de danger. Mais déjà de nouveaux mercenaires leur barraient le passage, s'interposaient entre eux et la route. Thya jeta un regard en arrière, comme si elle espérait, contre toute logique, qu'Aylus apparaîtrait et viendrait à son secours. Elle ne vit rien que de la poussière, et les mercenaires dont Ādur venait de briser les rangs, qui déjà se remettaient en formation pour fondre sur eux.

18

Au pays des dragons et des fées

Au moment où Ādur et Thya forçaient les rangs des mercenaires, Aylus et la Mère de la Route se retrouvaient acculés au fond de l'enclos des chameaux, cernés par trois sicaires à cheval. Eux deux étaient à pied, bien sûr. Décidé à résister jusqu'au bout, le devin fit passer la sorcière derrière lui, leva son *gladius*. La lame romaine étincela dans les derniers feux du couchant, une arme d'un autre temps, d'un autre empire. Les sicaires tirèrent leurs sabres. Ils voulurent charger à l'unisson, mais les chameaux les gênaient. Les chameaux couraient en tous sens sans réussir à s'échapper de l'enclos.

Aylus dévia le coup du premier cavalier. Le sabre cogna contre son *gladius*, le choc résonna jusque dans son épaule, descendit le long de ses côtes vers sa mauvaise hanche. Il cria, tomba un genou à terre. Il tenta de se remettre debout avec son glaive comme béquille. Les mercenaires allaient l'achever. La Mère de la Route lança devant les sabots de leurs chevaux une poignée de serpents ailés. Les orvets se tordirent en sifflant dans l'herbe rase. Les chevaux se cabrèrent. La douleur faisait éclater des bulles de lumière devant les yeux d'Aylus. Les orvets se redressaient, ils grandissaient à une vitesse irréelle, leurs membranes alaires se développaient jusqu'à masquer un pan du ciel. Ils ouvrirent des gueules démesurées. Ce n'étaient plus des serpents, c'étaient des dragons. Leurs ailes claquaient, leurs écailles luisaient dans le crépuscule. Chameaux et chevaux s'écartaient devant eux. Les mercenaires reculèrent en jurant dans leur langue. Aylus n'en revenait pas d'assister à un tel prodige. La Mère de la Route lui passa un bras sous l'aisselle.

— Viens, il faut partir.

Elle rattrapa un chameau par la bride et le força à s'agenouiller. L'animal bavait de terreur, mais il lui obéit. Elle récupéra le glaive d'Aylus, aida le devin à s'installer sur la selle entre les deux bosses, s'assit derrière lui. Il manqua de tomber lorsque l'animal se releva, elle le retint avec une force inattendue pour une femme de sa carrure. Les dragons-serpents fouettaient l'air de leurs queues puissantes. La Mère fit obliquer le chameau vers l'horizon. Ils s'éloignèrent vers les étendues grises et sèches des plaines du Khorasan.

— Thya… lâcha Aylus malgré la douleur. Je ne peux pas… abandonner Thya…

— Elle est avec Ādur, répondit la sorcière sans douceur. Il s'occupe d'elle.

— Non, grimaça Aylus. Il faut qu'on retourne là-bas. Les dragons…

— Mes dragons ne sont qu'une illusion, facilitée par l'ombre et le vent de la plaine. Dès que le charme se dissipera, les mercenaires se lanceront à notre poursuite. C'est à ça que tu dois penser maintenant, sauver ta peau. Mort, tu ne seras utile à personne.

— Mon glaive…

— Je l'ai avec moi.

Le devin grimaça. Le pas chaloupé du chameau mettait sa hanche au martyre. Il devait retourner en arrière, protéger Thya…

— Non, déclara la sorcière, comme si elle avait lu dans ses pensées.

Sans plus écouter ses protestations, elle fit presser leur monture. Peu à peu, les cris au loin s'éteignirent, les lueurs de la route et des puits de feu disparurent. Ils avaient été avalés par la nuit.

Au moment où Aylus tentait de se défendre au milieu des chameaux, de l'autre côté du camp Ādur et Thya étaient pris en tenaille entre deux bataillons de mercenaires. Le gros des soldats les séparait de la route. C'était pourtant par là qu'Ādur voulait fuir. S'il parvenait à rejoindre la route, il se fondrait dans la foule avec l'Oracle, il serait presque impossible à suivre dans la cohue. Les mercenaires ne se pressaient pas pour attaquer, certains de leur avantage. Ādur fit volter sa monture dans un sens, puis dans l'autre, comme s'il hésitait sur la direction à prendre, puis d'un coup il piqua vers les rangs ennemis. Dans son élan il arracha le drapeau d'un des sicaires. Il recula vers l'un des puits de feu, un *effrit* crépitant bondit hors du trou. D'un geste souple, Ādur enroula le génie de flammes autour de la hampe du drapeau puis le jeta vers ses adversaires. L'*effrit* se scinda aussitôt en une centaine de flammèches qui allumèrent autant d'incendies dans les rangs des mercenaires. Le brasier gagna la route. Une flammèche s'égara sur le palanquin d'une noble sassanide bien en chair, ses rideaux s'embrasèrent d'un coup, ses esclaves la lâchèrent et elle zigzagua sur la route en hurlant, ses longs cheveux changés en torche. Une pluie d'escarbilles s'abattit sur un chariot chargé d'huile, et sur un troupeau de moutons. Les bêtes paniquées se dispersaient dans la foule, les amphores d'huile roulaient du chariot calciné et éclataient sur la route en lâchant de longues langues incandescentes. Une fumée âcre s'éleva dans le crépuscule. La foule abandonnait la route. Ādur obliqua, se fraya un chemin à contre-courant des fuyards. Son cheval renâclait mais avançait quand même. Ādur et Thya nouèrent leurs écharpes devant leur nez pour filtrer la fumée. Le cheval se mit au pas. Thya n'avait plus besoin de serrer Ādur par la taille, elle ne le lâcha pas pour autant. Il l'avait attaquée par-derrière, tout à l'heure sous la tente, mais à sa place elle aurait agi pareil. Aussi paradoxal que cela puisse paraître, elle se sentait en sécurité avec lui. Parce qu'elle le comprenait, elle venait de le rencontrer et pourtant elle le cernait déjà, il était un guerrier, comme Mettius qui l'avait protégée en Gaule, comme son père. Comme elle l'aurait été, si elle avait eu plus de muscles et moins de visions. Elle cala son menton contre le dos du nomade, le contact de ses omoplates dures et saillantes sous sa veste la rassura plus qu'elle n'aurait cru possible. Mais c'était sans doute à cause de l'exaltation du combat.

Au milieu de la nuit, Aylus et la Mère firent halte derrière un tumulus éboulé. Aylus descendit du chameau le corps perclus de douleurs. La Mère l'aida à s'asseoir le dos contre les pierres, que le soleil avait chauffées tout le jour. Le devin soupira. La chaleur coulait comme de l'eau le long de sa colonne vertébrale, se diffusait lentement dans sa chair meurtrie.

— Merci, dit-il à la Mère en latin. Même si vous nous avez tendu un piège.

La sorcière secoua la tête.

— Je ne comprends pas… répondit-elle en sogdien.

Aylus se creusa la tête. Il n'était pas aussi doué que sa nièce pour les langues. Il essaya toutes celles qu'il connaissait, des dialectes germains, du grec, quelques bribes de phénicien… Quand il passa à l'araméen, enfin la nomade sourit.

— Ton oracle est plus futée que toi. Elle, elle a entendu la route. Mais cette langue suffira.

— Je suis oracle moi aussi, déclara Aylus, les yeux levés vers les étoiles.

Il ne voyait pas à quoi cela aurait servi de le cacher maintenant. Dans la situation où ils se trouvaient, la mère aurait du mal à utiliser cette information contre lui. Elle n'essaya même pas, demanda simplement :

— Alors pourquoi la route m'a-t-elle parlé de la fille, et pas de toi ?

— La fille s'appelle Thya, remarqua Aylus.

— C'est ta fille.

— La fille de mon frère, expliqua-t-il.

Il ne savait pas dire *nièce* en araméen. Les constellations ici, au Khorasan, semblaient briller plus vivement qu'en Gaule. Autrefois, Thya aurait pu contempler ce ciel durant des heures. Mais à présent…

— Ton guerrier, demanda-t-il, il est doué ?

— Ādur est un des meilleurs, répondit la Mère sans orgueil particulier – elle énonçait une évidence.

— Tant mieux, grimaça Aylus. Il lui faudra bien ça pour rester en vie, aux côtés de Thya.

— Pourquoi ? insista la sorcière. Si tu es bien devin, pourquoi la rumeur sur la route la cherche *elle*, et pas toi ?

— Je ne sais pas… Parfois, quand je réfléchis à tout ce qu'elle a vécu, tout ce par quoi elle est passée, j'ai l'impression qu'elle est… particulière. Plus puissante que moi, que n'importe quel augure. Peut-être parce qu'elle est la dernière.

— La dernière des devins ?

Aylus réfléchit. Il se retourna vers la sorcière. Elle n'attendait rien de lui, le laissait s'exprimer à son rythme. Elle semblait avoir l'éternité devant elle. Autour d'eux la plaine était vide, et le vent emportait leurs paroles. Ce calme encouragea le devin.

— Oui, avoua-t-il enfin. La dernière de tous.

Il se sentit soulagé. Plus léger, plus jeune presque, malgré son corps de vieillard. En face, la sorcière demeurait impassible, sereine et calme comme la plaine.

— Et cela te fait peur ? demanda-t-elle.

— Parfois, oui, admit-il. Parfois cela me soulage au contraire. Ça me plaît d'espérer que plus personne après Thya et moi ne portera notre fardeau. Personne n'endurera ce que nous avons enduré.

Une ombre de sourire glissa sur son visage las. Il se reprit très vite :

— Mais c'est égoïste, sans doute, de penser ça.

La Mère haussa les épaules, ramena les pans de son châle devant son plastron de breloques.

— Non, dit-elle. Votre don est un carcan, et aucun homme n'est fait pour vivre en cage. Tu aspires simplement à être libre, ou au moins à ce que demain d'autres le soient.

Aylus ne répondit pas. La Mère de la Route se releva dans un cliquetis de bijoux, alla traire le chameau qui en réalité était une chamelle. Aylus laissa son esprit vagabonder. Il n'avait jamais imaginé à quoi aurait ressemblé son existence s'il n'avait pas été oracle, et désormais il était un peu tard pour cela.

La Mère lui rapporta une gourde pleine de lait de chamelle. Il but une longue gorgée. C'était plus doux que le lait de vache ou de chèvre auquel il était habitué, plus liquide, avec un arrière-goût un peu salé. Il remercia la nomade, en araméen cette fois. Il ignorait pourquoi il lui avait dévoilé ainsi ses doutes, ses angoisses, lui qui d'ordinaire ne se confiait à personne. Et si l'explication était là ? S'il avait vécu trop longtemps sans s'entretenir à cœur ouvert avec un autre être humain ?

Son bracelet d'argent glissa le long de son poignet amaigri. La nuit était très claire sur la plaine. La lune baignait de nacre le paysage, et les arabesques au henné sur la peau de la Mère.

— Mon fils aurait apprécié les dessins sur tes mains, lui dit Aylus.

Elle le regarda avec surprise.

— Mon fils était maquilleur, expliqua-t-il. Il s'appelait Enoch, et lui aussi…

L'émotion lui noua la gorge. Il dut s'y reprendre à deux fois pour conclure :

— Lui aussi était très doué.

Alors qu'Aylus contemplait les étoiles quelque part sur la plaine, ailleurs sur la route Thya et Ādur approchaient d'une auberge, des bâtiments clairs aux toits plats devant lesquels brûlaient des feux âcres d'huile de roche. Les volets de l'auberge étaient fermés, mais de la lumière filtrait entre les planches. Ādur contourna l'édifice, alla frapper à une porte de derrière selon un code complexe. Après une courte attente, un petit homme borgne en turban vint ouvrir, une lampe à huile à la main. Lorsqu'il aperçut le nomade, son visage ingrat se fendit d'un large sourire édenté.

— C'était donc vrai, chuchota-t-il ravi. Ils ne t'ont pas capturé.

— J'ai eu de la chance, répondit le nomade.

— Tu es trop rapide pour eux, rétorqua le petit homme, voilà pourquoi.

Il désigna Thya du menton, demanda :

— Et ton compagnon, qui est-ce ?

— Un allié, expliqua Ādur.

Il ne détrompa pas l'aubergiste. Si Thya passait pour un garçon, ça faciliterait les choses. Il continua :

— Nous sommes épuisés, tu nous trouverais un coin pour dormir ? Un endroit discret, où ni les satrapes ni les mercenaires du Loup Gris ne viennent nous tirer par les pieds ?

Le petit homme plissa les sourcils, réfléchit puis décida :

— J'ai ça. Venez.

Silencieux comme une ombre, il les conduisit vers une dépendance à l'écart. Il sortit un trousseau de clés bien fourni, mit quelques secondes à trouver la bonne. Il ouvrit le verrou, poussa la porte et invita les fuyards à entrer dans la pièce. Des amphores et des sacs pleins à craquer s'alignaient le long des murs. Au fond, une vieille échelle menait à une trappe, qui elle-même s'ouvrait sur un étage.

— Vous pourrez dormir là-haut, proposa l'aubergiste. Il n'y a qu'un seul accès, facile à surveiller. Ah, et une ouverture dans le toit.

— Ce sera très bien, dit Ādur en appuyant sur l'échelle pour éprouver sa solidité. Merci.

Le borgne haussa les épaules, ajouta :

— Je vais emmener votre cheval à l'écurie. Nous sommes complets, parmi toutes les autres bêtes personne ne le remarquera.

Satisfait de son inspection, le nomade se retourna vers lui.

— Je te payerai de mon mieux pour tes services. J'ai quelques marchandises sur moi, pas grand-chose, mais elles sont à toi.

Le borgne secoua la tête.

— Garde-les.

Impulsivement, Ādur le serra dans ses bras.

— Tu es un vrai ami.

Le petit homme se dégagea en masquant mal son émotion.

— Ce n'est rien, assura-t-il. C'est bon pour mon commerce, des personnages comme toi sur la route. Ça entretient la légende… Bon, je vais m'occuper de ton cheval.

Il se gratta la joue, chercha une phrase ou deux à ajouter, mais ne trouva rien de pertinent. Il emmena la monture et laissa sa lampe à huile à Thya et Ādur.

À la lumière de la lune, il n'aurait pas de mal à trouver l'écurie.

Après son départ, Ādur referma à clé la porte de la resserre, grimpa en haut de l'échelle.

— Passe-moi la lampe, dit-il à Thya d'un ton feutré.

Elle la lui tendit. À la lueur de la flamme, il inspecta l'étage. Celui-ci était bas de plafond, mais assez propre. Dans un coin s'entassaient des sacs vides et quelques caisses qui sonnaient creux. Au centre du toit, une ouverture carrée, à peine plus large qu'un homme, permettait de voir le ciel. Se servant d'une des caisses comme marchepied, Ādur passa la tête par cette issue. Dehors le toit plat était désert.

Rassuré, le nomade fit signe à Thya de le rejoindre à l'étage. Avec les sacs vides, ils improvisèrent deux matelas. Thya ôta son bonnet phrygien. Ses longs cheveux noirs cascadèrent sur ses épaules, sur sa veste parthe râpée. Dans cet écrin d'encre son visage paraissait plus fin, plus délicat, presque fragile, et ses yeux verts plus brillants. Ādur marqua un arrêt, surpris de la trouver si séduisante, désarmante même. Jusqu'alors, il n'avait vu en elle qu'un être utile à sa cause, comme un cheval rapide ou un bon forgeron. C'était si pratique… Mais à présent, il s'apercevait qu'elle avait du charme, quelque chose d'émouvant et d'étrange qui retenait le regard, qu'on ne pouvait plus oublier dès lors qu'on l'avait vu. *Elle est une oracle*, se serina Ādur pour se remettre les idées en place. *Et elle est dangereuse, elle ne m'a pas menti sur ce point.* Cependant, cette aura sombre qui l'entourait la rendait plus attirante encore. Et Ādur aimait un peu trop le danger.

Il se détourna avec brusquerie, s'allongea sur un des deux matelas, en présentant son dos à la trop désirable jeune femme.

— Dormons, déclara-t-il. Une longue journée nous attend demain.

Thya moucha la mèche de la lampe, s'étendit à son tour. Le froid descendait avec la nuit. Elle ramena quelques sacs sous son menton en guise de couverture. Par l'ouverture carrée dans le toit étincelaient les constellations. Le ciel si clair du Khorasan lui serra le cœur. L'éclat des étoiles ranimait toujours le souvenir des espoirs passés. Enoch disparu. Pour ne plus y penser, elle ferma les paupières.

Elle dormit d'un mauvais sommeil, se réveilla en pleine nuit. Elle repoussa d'une main ses épais cheveux noirs, balaya la pièce du regard. Le lit d'Ādur était vide, mais elle entendit des crissements qui venaient du toit. À l'aide de la caisse marchepied, elle se hissa au-dehors.

Le spectacle sur le toit la laissa un instant sans voix. Certes, elle avait l'habitude de croiser des êtres surnaturels. Cependant, elle n'avait encore jamais contemplé de fées Paris. Et cette nuit, une demi-douzaine d'entre elles entouraient Ādur. Elles voletaient à quelques pouces au-dessus du toit plat, leur corps bleu longiligne entouré d'un vague halo lumineux. Leurs ailes translucides crissaient en se frottant les unes contre les autres. Les prêtres chrétiens disaient d'elles qu'elles étaient des anges reniés par le Créateur, mais Thya accordait peu de crédit à ces fables.

Elle se racla la gorge. Les fées tournèrent vers elle leurs grands yeux curieux. Elles n'avaient pas de bouche, ce qui rendait leur visage d'abord troublant, mais leur regard était si vivant, si expressif, que l'on passait vite sur cette étrangeté. Leurs ailes crissèrent plus fort. Thya se raidit.

— Ce n'est rien, sourit Ādur. C'est leur façon de s'exprimer. Elles sont heureuses de t'accueillir.

Thya jeta un coup d'œil au-delà du toit, vers l'auberge et la route derrière. Elle remarqua :

— Tu ne manques pas un peu de discrétion, avec tes amies lumineuses ?

Le nomade la rassura :

— Elles savent se rendre invisibles, et nous avec. Hors du toit, on ne perçoit que le crissement de leurs ailes. Ce bruit, les gens d'ici y sont habitués.

La lueur bleue des fées soulignait sa cicatrice courbe, et Thya se demanda soudain ce que racontait cette blessure, comment et quand il l'avait reçue.

— Les fées m'ont dit que ton protecteur allait bien, poursuivit Ādur. L'homme qui t'accompagnait, qui a des yeux verts comme toi. Elles l'ont aperçu dans la plaine.

— Tant mieux, soupira la jeune fille, soulagée.

Elle alla s'adosser contre le rebord du toit plat. Le vent de la nuit jouait dans ses cheveux lâchés. Il y avait des semaines qu'elle n'avait plus prêté attention à ces sensations. Elle prit une profonde inspiration. L'air sentait l'huile de roche, le poivre et la poussière. Les doigts du vent dans sa chevelure lui rappelaient ceux d'Enoch, quand il la coiffait lorsqu'ils étaient ensemble. *Sauf qu'Enoch tirait beaucoup plus sur mon crâne*, rectifia-t-elle avec un demi-sourire. Son deuil la rattrapa. Enoch ne lui meurtrirait plus jamais le crâne. Parce qu'Enoch était mort. Son cœur se rétracta en une petite boule glacée. Les fées crissèrent plus doucement des ailes.

— Elles compatissent à ton chagrin, dit Ādur.

Il lui mit une main sur l'épaule. Elle se dégagea. Elle n'avait pas besoin de pitié. Elle avait besoin de colère. Elle se recroquevilla sur sa rage comme sur un trésor précieux. Elle n'avait plus que ça pour continuer à marcher. Le regard des fées posé sur elle était d'une douceur presque insupportable. Elle baissa la tête. Ses cheveux tombèrent devant son profil, la séparant du monde en un rideau mouvant. Elle lâcha d'une voix sourde :

— Mon chagrin ne concerne que moi, et moi seule.

Malgré cette rebuffade, Ādur vint s'installer à côté d'elle. Les fées vibraient autour de lui.

— Je suis comme la Mère, dit-il, j'appartiens à la route. Je me moque que tu veuilles te venger de dieux qui ne sont pas les miens. Je t'aiderai si tu m'aides. J'ai une morale. Mais je pense que tu fais un mauvais choix.

— Ton jugement…

— Mon jugement t'est égal, j'avais déjà compris, l'interrompit Ādur. Je suis jeune, je sais, mais j'ai déjà rencontré des prêtres de toutes les religions sur la route. Et je crois que les dieux ne souffrent pas quand on les attaque ou qu'on les hait, mais quand on les ignore.

Thya ne prit pas la peine de répondre. Elle croisa les bras devant sa poitrine, signifiant par là qu'elle mettait fin à la discussion. Le silence régna quelques minutes sur le toit de la resserre, habité seulement par les crissements des fées. Puis Ādur remarqua :

— Regarde, c'est l'aube.

Thya redressa la tête. Au loin, un trait d'aurore rose colorait le gris de la plaine. Les fées n'allaient plus tarder à partir. La jeune oracle repoussa ses longs cheveux en arrière comme pour dissiper un mauvais rêve. Inutile de s'appesantir sur son sort, c'était indigne d'elle, indigne d'Enoch. Elle en voulut aux fées et au nomade de l'avoir entraînée sur le terrain de l'émotion. Elle ne s'y laisserait plus prendre. Elle changea de sujet.

— Avec quoi comptais-tu payer notre hôte, si ce n'est pas indiscret ? Ne le prends pas mal, mais tu ne sembles pas le genre d'homme à posséder des fortunes…

Le nomade sourit, assumant sans souci sa veste râpée et ses bottes éculées. Il sortit de sa poche un petit pot en étain.

— Tiens, en ce moment je transporte ça le long de la route. Et j'en ai d'autres dans les fontes de mon cheval.

Thya dévissa le bouchon du pot. L'intérieur était plein d'une pâte noire épaisse qu'elle identifia aussitôt.

— C'est du fard, dit-elle d'une voix lente.

— Du fard à sourcils persan, précisa Ādur. Les Hans en raffolent.

Thya ne lui demanda pas comment il s'était procuré le fard, s'il était hors-la-loi, contrebandier… Cela n'avait pas d'importance. Elle fit tourner dans sa paume le petit pot de noir. Elle cligna des paupières, c'était sa manière de pleurer sans larmes.

— Qu'est-ce qui ne va pas ? s'inquiéta le nomade.

— Ce n'est rien, répondit-elle. Ça va passer.

Elle n'allait certainement pas se confier à lui. Elle lui rendit le fard avec un rictus. Cette simple pâte noire l'avait prise en traître. Elle ne s'était pas attendue à trouver ici, sur un toit au fin fond du Khorasan, un objet qui lui rappelle autant Enoch. Le Destin avait de ces ironies…

Le jour se levait sur la plaine. Thya lista en pensée tout ce qu'il lui restait à accomplir. Elle devait retrouver Aylus, se dépêtrer des pattes d'Ādur, affronter les Dieux Voilés. Venger enfin la mort d'Enoch. Alors, avec un peu de chance, elle souffrirait un peu moins.

L'auberge se réveillait en contrebas, les premiers équipages quittaient l'écurie. Un brouhaha apaisant montait jusqu'au toit de la resserre. Les fées s'envolèrent l'une après l'autre dans le ciel clair et rose. Thya les regarda s'éloigner. Ses yeux piquaient. Mais c'était sans doute parce qu'elle avait mal dormi. Allons, songea-t-elle, elle allait se reprendre. Enoch méritait mieux que des accès de sensiblerie. Elle allait se rendre plus dure, plus forte. Le Destin lui avait asséché le cœur ? Elle le prendrait à son propre jeu, elle deviendrait plus aride, plus impitoyable encore. Et cette fois, les dieux en payeraient le prix.

19

Le feu azur

Pendant un instant, Enoch fixa son visage sans le reconnaître. Dans la glace en amalgame d'argent et de mercure, son image était bien plus nette que dans n'importe quel miroir de bronze romain. Le jeune homme était paré presque autant qu'un noble sassanide. Sa protectrice y tenait et il pouvait bien lui accorder ce plaisir, elle lui avait sauvé la vie et encore davantage. Il portait une barbe courte et les cheveux vraiment longs, plus bas que ses épaules. Il les nattait la nuit pour qu'ils bouclent le jour. Dans l'Empire d'Ērān, les hommes se maquillaient, et le jeune Node suivait cette coutume, même s'il ne parvenait toujours pas à trouver cela naturel. Il avait redessiné au fard noir ses sourcils châtains, souligné d'ocre ses yeux clairs. Sur sa peau pâle de barbare, les couleurs ressortaient par contraste. Le maquillage accentuait sa différence, lui conférait un aspect troublant.

Il portait une tunique ajustée à manches longues, en soie cramoisie teinte à la cochenille, martelée de soleils d'argent. Un pantalon vert olive complétait son costume. Des boucles d'oreille en or à tête de bélier étincelaient à chacun de ses mouvements. Un collier torsadé au ras du cou dissimulait sa cicatrice à la carotide, discret témoignage de ses épreuves passées. Il portait aussi un poignard à la ceinture, une lame courbe au fourreau surchargé de pierres précieuses, un jouet de grand prix qui servait d'ornement, mais ne tiendrait jamais le choc d'un vrai combat. Là n'était pas son emploi. Enoch n'avait plus besoin d'arme pour se défendre. Il possédait beaucoup mieux. Il se détourna du miroir, de cette figure hybride, mi-persane, mi-germaine, qu'il avait du mal à faire sienne.

Il reporta son attention sur ses mains restées nues, sans bagues ni gants. Il se concentra quelques secondes à peine. Très vite, avec une facilité insolente, des flammèches bleu pâle s'allumèrent au bout de ses doigts. Il sourit. Il maîtrisait le feu azur désormais, le feu de foudre, et la magie ne le fatiguait plus, ne l'épuisait plus comme avant. *Elle* lui avait appris. Il laissa les flammes translucides remonter le long de ses poignets. Elles s'enroulèrent autour de ses manches en bracelets irréels, sans même roussir le tissu de soie. Un frisson de plaisir et d'excitation mêlés descendit le long de son échine. Le feu bleu agissait comme une drogue. Un afflux de puissance enivrante accéléra l'écoulement du sang dans ses veines. Il leva les bras. Pendant quelques minutes, il se contenta d'admirer son œuvre. Les flammes grandissaient et lui dessinaient comme des ailes bleues, des ailes de fée Pari. Il les maintint dans cet état encore un peu, savoura son emprise sur elles, sur cette manifestation splendide et mortelle des forces dépassant l'être humain. Puis il les libéra d'un coup, il se laissa recouvrir par elles. Un cocon de feu de foudre l'enveloppa. Les flammes s'élevèrent jusqu'au plafond de nacre, léchèrent les paravents de bois précieux. Enoch ferma les yeux. Il se sentait bien dans son œuf d'azur, protégé des souffrances, des doutes et des épreuves du monde. À l'abri, enfin. Cet abri qu'il avait si longtemps cherché.

Toute son existence avait été bouleversée depuis que la femme aux cheveux d'argent l'avait tiré de sa tombe. À présent il vivait dans un palais persan. Dehors, les jardins suspendus débordaient de végétation luxuriante. D'imposants Sîmorghs de pierre, des oiseaux légendaires à pattes de lion et plumes de paon, veillaient sur l'enceinte depuis de hautes tours carrées. Le domaine lui-même était une sorte de paradis terrestre, une jungle aménagée où s'ébattaient en liberté toute une faune sauvage, des gazelles, des lièvres, des sangliers, des fauves… mais aussi, dans les ombres les plus profondes, des créatures plus étranges, qu'il valait mieux ne pas rencontrer.

La maîtresse des lieux y organisait des chasses, des battues où se pressaient les *āzādāns*, les nobles de Samarcande. Tous ces puissants étaient zoroastriens, ils vénéraient le feu comme symbole du divin. Aussi, quand elle voulait s'assurer la loyauté inconditionnelle de certains de ses hôtes, elle organisait pour eux une démonstration des pouvoirs d'Enoch. Ici, au pays d'Ērān, la femme aux cheveux d'argent se faisait appeler Heydeh. Parfois le maquilleur se demandait si c'était son véritable nom. Elle semblait venir d'ailleurs, de bien plus loin que Samarcande. Ce mystère ajoutait à son charme. Et puis Enoch n'avait pas de raison de questionner celle qui lui avait sauvé la vie. Celle grâce à qui il déployait ses pouvoirs.

— Tu as tort, ami humain, lâcha une petite voix derrière lui.

Enoch rouvrit les yeux. Au travers du voile mouvant de ses flammes, il aperçut le Sylvain perché sur le rebord du balcon.

— Tu as tort de te perdre dans tes sortilèges, reprit le petit être en fronçant ses sourcils d'écorce. Tu devrais être dehors en train de chercher Thya.

Le maquilleur abaissa d'un cran l'intensité de son brasier, répondit :

— Heydeh a envoyé des émissaires dans tout l'Empire pour la retrouver.

— Et tu lui fais confiance ?

— Pourquoi me mentirait-elle ?

— Nous l'avons rencontrée dans une tombe, rappela le Minuscule. Tu ne t'es jamais demandé ce qu'elle faisait là ?

— Si. Elle était venue me secourir.

Enoch soupira, rappela ses flammes. Il ne comprenait pas le Sylvain. Bien sûr, lui aussi se languissait de Thya. Plus que quiconque il voulait la rejoindre, la réconforter, la serrer dans ses bras… Cependant, chaque fois qu'il pensait à Heydeh, qu'il sondait ses motivations, il ne parvenait pas à mettre sa parole en doute. C'était comme si son esprit s'émoussait lorsqu'il tentait de cerner sa protectrice. Il n'était plus capable d'émettre un jugement, ou il n'en avait plus envie.

Le Sylvain descendit de son perchoir en s'accrochant au rideau de la fenêtre, de manière un peu maladroite, car ses deux doigts noircis ne se fermaient plus. Enoch détourna le regard sans s'en rendre compte. Une fois au sol, le Minuscule poursuivit :

— Heydeh nous cache des choses, ami humain. Tu es trop serein avec elle, ta vie ici t'est trop douce.

— On ne nous jette pas des pierres à la figure, répliqua Enoch, et personne n'a tenté de m'arracher la peau ces derniers mois. Alors oui, le changement est plutôt agréable. Je ne vais pas me fustiger parce que je l'apprécie.

— Et moi je te dis qu'il y a de la magie là-dessous, insista le Sylvain.

Le maquilleur se baissa, assit son ami sur sa main.

— Pourquoi Heydeh voudrait-elle me séparer de Thya ?

— Pour te garder pour elle.

— Elle n'est pas amoureuse de moi, si c'est ce que tu insinues. Et elle n'en a pas après mes pouvoirs, les siens me dépassent de loin.

Le Sylvain cligna ses yeux en amande.

— Méfie-toi de la magie, ami humain. Tu crois la connaître, mais tu ignores beaucoup à son sujet. Beaucoup trop.

Enoch chercha une réponse. Il entendit un pas derrière lui. Il remit le Sylvain sur le rebord du balcon. Quand il se retourna, Heydeh entrait.

— Je ne te dérange pas ? s'enquit-elle. J'ai cru entendre parler, j'avais peur d'être indiscrète.

— Non, répondit-il, nous discutions de Thya. La jeune fille qui m'accompagnait, est-ce que tu as de ses nouvelles ?

— Thya ? demanda Heydeh en lissant ses longs cheveux d'argent. C'est donc elle qui te préoccupe ?

— Oui.

Il jeta un coup d'œil au Sylvain sur le balcon. Pendant une demi-seconde, à peine, le soleil lui parut moins vif, la chaleur moins forte. Les mots du minuscule flottèrent dans son esprit. Qu'est-ce qu'il connaissait à la magie ? Puis il regarda Heydeh à nouveau, son visage empreint de sérénité, de confiance. Comment avait-il pu la remettre en cause ? Malgré tout, par loyauté envers son ami d'écorce, il hasarda :

- Je devrais partir moi-même à sa recherche. Sortir de Samarcande.

Heydeh s'approcha dans un froissement de ses amples jupes persanes, dont l'incarnat tranchait avec ses cheveux d'argent.

— Tu es libre, Enoch, lui assura-t-elle. Je te fournirai un cheval, de l'or et une escorte, si tu le souhaites.

Elle le dépassa, alla s'adosser au balcon. Le Sylvain s'écarta d'elle à croupetons, disparut parmi les plis du rideau. À l'intérieur de la pièce flottait encore un léger parfum de combustion. Dehors pépiaient tous les oiseaux du jardin.

— Simplement, reprit Heyded à l'attention d'Enoch, fais attention au feu bleu. Ne l'utilise pas devant n'importe qui. Surtout ici, dans l'Empire.

— Bien sûr, répondit le jeune homme.

Elle ne pense qu'à me protéger, songea-t-il. *C'est pour cela qu'elle m'a amené dans son palais. Elle me protège depuis notre rencontre, depuis qu'elle m'a réveillé dans la tour.* Il s'en voulut d'avoir presque cru qu'elle…

— Quand veux-tu partir ? demanda-t-elle, interrompant ses réflexions.

Il se retrouva sans réponse, bras ballants. Au fond, il n'avait aucun désir de quitter le palais. Elle dut le comprendre, reprit :

— J'aimerais que tu m'aides une dernière fois, avant de t'en aller.

— Tout ce que tu veux, répondit-il très vite, soulagé qu'elle lui offre une échappatoire.

Elle sourit, se cala contre le balcon.

— L'un de mes amis a quelques ennuis avec des nomades, des contrebandiers qui sévissent sur la Route de la Soie. Leur chef, Ādur Mihr-Yazd, parle aux fées et se bat avec les djinns à ses côtés. Mon ami a assez mal géré la situation, cet Ādur est devenu une sorte de légende, et depuis il bénéficie de nombreux soutiens, ce qui n'arrange pas les choses…

— Qu'attends-tu de moi ? Je ne suis pas un guerrier, tu le sais.

— Tu es un mage, ceux qui luttent contre Ādur ne croient plus à la victoire. Ils ont bien besoin d'un mage à leurs côtés, pour leur redonner confiance et espoir…

Dans le creux du rideau, le Sylvain n'attendit pas la fin de la scène. Enoch allait accepter. Il disait oui à tout ce qu'Heydeh demandait. Profitant de ce que plus personne ne s'intéressait à lui, l'être d'écorce se glissa de sa cachette vers le mur du palais. La façade était recouverte de volutes en stuc, et plus bas sur les premiers étages, de mosaïques jaunes et turquoise. Pour une créature de la taille du Sylvain, toutes ces décorations formaient autant d'escaliers et de prises, qui lui permirent de descendre jusqu'au jardin. Arrivé là, le Sylvain scruta les environs. Ni serviteur ni garde en vue. Tant mieux.

Le Sylvain se dissimula sous les palmes d'un latanier nain, se carra les pieds dans le sol. Lentement, il laissa des racines lui pousser sous les orteils, s'infiltrer profond dans l'humus. Du bout des radicelles il sonda le jardin autour de lui, il écouta *vivre* les arbres, les feuilles, les fleurs, jusqu'au moindre brin d'herbe battant dans le vent. Toutes leurs voix se mêlaient en un murmure semblable aux bruissements d'un millier d'ailes. Le Sylvain avait du mal à en isoler une des autres. Cependant, depuis des semaines qu'il vivait ici, il avait appris à en reconnaître certaines. Les soupirs des ciguës, les chuintements des cyprès centenaires. Le timbre bas et rauque du vieux chêne où nichait une colonie d'écureuils de Zagros. Les chuchotis aigus des rhubarbes et des renoncules. La végétation foisonnante le régénérait. Depuis trois mois qu'ils habitaient dans le palais d'Heydeh, le Sylvain avait regagné toute son énergie passée, et davantage. Certes, les premiers jours, il avait craint l'adaptation à de nouvelles essences, une nouvelle forêt. Ici, même les chats étaient différents de ceux de Gaule. C'étaient des *manuls* au visage rond, aux petites oreilles écrasées, et aux yeux obliques intrigants. Ils ressemblaient à de vieux sages avec une barbe à longs poils. Mais loin d'avoir affaibli le Sylvain, ce nouveau régime lui insufflait un surcroît d'énergie.

Pourtant, très vite, il avait perçu une menace au sein de cet éden. Une force qui, elle, n'était pas entièrement naturelle, pas comme le reste du jardin.

Il avait essayé de communiquer avec elle. Elle lui échappait toujours. Le parc était immense. Le Sylvain avait mis des semaines rien que pour en comprendre la structure. Il était composé de sept zones, comme les sept *kišvars*, les sept continents de la mythologie persane. En trois mois, le Sylvain avait exploré les trois plus proches du palais, un verger, un parc floral constellé de fontaines, et un bois au sol sableux où croissaient les cèdres. Au travers de ses radicelles, il avait aussi écouté les voix plus fluettes du fond du jardin. Il avait déjà appris que les quatre zones reculées étaient les plus vastes, qu'il y avait de la jungle et un marécage là-bas. Et c'était là que la présence vagabondait. Avait-elle un lien avec le sortilège qui retenait Enoch en ces murs ? Le Sylvain la traquerait jusqu'à ce qu'il obtienne une réponse.

Ses radicelles s'enroulèrent autour du système racinaire du latanier près de lui, s'étendirent jusqu'aux rhizomes des massifs de fleurs, jusqu'aux vergers, jusqu'aux cèdres… Il s'assit puis s'allongea sur le sol, et de nouvelles pousses s'élancèrent depuis ses fesses et son dos en écorce. Son corps végétal absorbait la sève des jardins et la réinjectait dans ses pousses. La sève circulait dans ses veines, son cœur minuscule battait à un rythme calme et régulier…

Il contrôlait les racines des arbres et des plantes, il les tordait et les tressait entre elles sous la terre, en un immense réseau qui s'étendait sous la surface du parc, plus loin, toujours plus loin. Par l'intermédiaire d'un roseau penchant, il toucha les eaux stagnantes des marais, il sentit une carpe frôler la base immergée de sa tige. Soudain, des cigognes s'envolèrent des herbes hautes dans un grand battement d'ailes. Au travers du roseau, le Sylvain frémit. La menace approchait. Devant cette créature fuyait toute la vie rampante du marécage. L'instinct du Sylvain le poussait à se retirer du roseau, à s'éloigner lui aussi de la menace. Il tint bon. Des sabots s'enfonçaient dans la vase. Un pas après l'autre, la chose avançait.

Le Sylvain se figea, afin qu'aucun mouvement suspect dans le roseau ne trahisse sa présence. Une haleine brûlante frôla la tige creuse, une respiration qui portait en elle des relents de soufre et de mort. Le Sylvain dut projeter toute sa force dans le réseau de racines pour que ses liens végétaux résistent à la peur. Et soudain il *vit* au travers du roseau. Des détails au milieu d'un grand flou. Un naseau humide, piqueté de sueur. Une paupière rosâtre frangée de longs cils. Elle s'ouvrit d'un coup sur un œil perçant, la pupille très noire et l'iris orange, flamboyant, veiné de rouge. L'œil tourna dans son orbite, fixa le Sylvain par-delà les distances. Le minuscule se retrouva expulsé de sous le palmier, ses radicelles arrachées du sol. Il roula dans l'herbe tandis que son cerveau jouait des percussions dans son crâne. Ses plaques d'écorce se rétractèrent. Ses fesses et son dos saignaient un mélange de lymphe et de sève. Il se redressa en se tenant la tête. Le ciel vacillait au-dessus de lui. Le sol tanguait sous ses pieds endoloris. Les sensations, les images se bousculaient entre ses tempes. Les naseaux, l'œil, le souffle, les pas sur la vase… reconstituaient dans son esprit un être vague mais terrible. Le Mal, comprit le minuscule. Par l'intermédiaire du roseau il s'était retrouvé face à face avec le Mal. Avec la corruption au cœur de l'éden, le monstre qui endormait son ami humain.

20

La Grande Nuit

Ce même jour, en fin d'après-midi, Aylus et la Mère de la Route arrivèrent aux portes du désert. Non pas le Dasht-e Lut, le désert du Vide, mais son grand frère, le Dasht-e Kavir, où alternaient rocailles et dunes. Après des heures à dos de chameau, le devin âgé ne sentait presque plus sa mauvaise hanche. Il était passé par tous les stades de la douleur. Quand elle s'était réveillée, il avait eu envie de hurler. Puis à force d'être sollicitée, sa vieille blessure s'était comme lassée, elle ne lui provoquait plus qu'un étirement lancinant. Aylus était bien conscient qu'il payerait bientôt pour ce relatif bien-être, que quand elle reprendrait ses droits, la souffrance serait d'autant plus vive. Il profitait de son répit. Il ignorait où la Mère les menait, mais faute d'un meilleur plan il se laissait conduire. Et c'était reposant. La sorcière embaumait le musc et le santal, des parfums d'Orient qui montaient à la tête de l'augure romain.

Au crépuscule ils s'arrêtèrent à l'entrée d'une grotte entre la plaine et le désert. La Mère fit s'agenouiller le chameau, mit pied à terre et aida Aylus à en faire autant. Le devin grimaça quand son talon toucha le sol. Tout le côté gauche de son corps était raide, il manqua de s'écrouler. La Mère le retint, l'allongea près du chameau. Il crispa les mâchoires. Il détestait se l'avouer, mais il allait plus mal encore que la veille. La Mère lui murmura des paroles apaisantes dans un mélange d'araméen et de sogdien, il n'en saisit pas complètement le sens, mais elles lui faisaient du bien. Elle lui enleva en douceur sa veste parthe, souleva sa tunique pour dégager sa hanche. Sa cicatrice, celle qu'il avait gagnée lors de l'assaut de Brog vingt ans plus tôt, traçait sur sa peau pâle une crête brun-rouge. Un rappel des cimes de Gaule, du Monte Vosego où il avait risqué sa vie pour son frère. Comme son bracelet runique était un souvenir d'Heledd.

La Mère sortit un petit pot de santal d'une poche cachée dans ses jupes. Dedans luisait une pâte nacrée, à l'odeur de jasmin. Elle en prit un peu sur le bout des doigts. Aylus frémit lorsqu'elle lui appliqua l'onguent frais sur la peau.

— N'aie pas peur, lui dit-elle. Il n'y a pas de sortilège là-dedans.

Il desserra les dents. Sous l'action du baume, son corps se détendait, sa souffrance s'éloignait peu à peu, comme si elle s'écoulait de sa chair sur le sol du désert. La Mère lui massa la hanche avec précaution, ses doigts doux et fripés aidaient l'onguent à pénétrer sous sa peau.

— Je n'ai pas peur des sortilèges, répondit-il. Ma femme… Pour beaucoup de gens, ma femme était une sorcière. Elle pouvait invoquer le brouillard et le feu de foudre.

— Elle était plus puissante que moi, alors, sourit la Mère.

— Elle était… elle était courageuse, et libre…

— Et cela te plaisait, qu'elle soit magicienne ?

Aylus réfléchit. Il n'avait jamais envisagé les choses sous cet angle. Mais quand il se rappelait Heledd, il la revoyait toujours entourée de ses brumes ou de ses lueurs bleu pâle, comme de petits animaux familiers. Oui, il devait le reconnaître, il avait aimé cela, cette aura irréelle qui ornait sa belle d'étranges bijoux tremblants. Il aimait cette différence, ce qui la rendait unique, et les regards que les autres posaient sur elle, mélange de crainte, de respect et d'admiration. Le danger que cela ajoutait à leur histoire, même. Ce frisson du risque qui n'était jamais bien loin, quand ils étaient ensemble.

— Oui, conclut-il à voix haute. Oui, cela me plaisait.

Les mots sonnaient bizarrement dans sa bouche. Il parlait peu d'Heledd depuis que la vie les avait séparés. Cependant, à l'évoquer aujourd'hui, il avait l'impression qu'un noyau dur de chagrin et de deuil cédait enfin au fond de lui, qu'une peine très ancienne s'en allait avec sa souffrance… Pendant vingt ans, il s'était efforcé de garder en lui toutes ces émotions, il avait cru que s'il faisait la paix avec elles il serait infidèle à Heledd. Comme il s'était trompé… Il le comprenait enfin, peut-être parce qu'il était si loin de Gaule, si loin de chez lui et de tous les lieux où s'étaient noués les fils de son destin. Il s'abandonna à une mélancolie douce, mêlée de quelques regrets. S'il ne s'était pas recroquevillé sur son propre deuil tel l'avare de Plaute sur sa marmite d'or, il aurait sans doute mieux agi envers Enoch, envers Thya… Pour Thya, il n'était pas encore trop tard. Pour Enoch… Enoch, il l'avait perdu. Mais un jour, peut-être, il parviendrait à se pardonner. Il soupira, sa cage thoracique se creusa sous les doigts de la Mère.

— Tu vas bien ? s'inquiéta-t-elle.

— Je vais mieux.

Il était sincère. Il inspira profondément. Ses poumons lui semblaient dégagés pour la première fois depuis vingt ans.

— Je vais récupérer quelques orvets, lui dit-elle. Attends-moi ici, je ne tarderai pas.

— Non, dit-il en rajustant sa chemise avec une grimace. Je viens avec toi.

— Ne sois pas ridicule, sourit-elle. Je n'ai pas besoin d'un homme pour me protéger. Et de toute façon, tu n'es pas en état.

— Je ne te laisse pas seule, je ne te fais pas confiance, rétorqua-t-il. Après tout, tu nous as bien piégés, ma nièce et moi, sur la Route.

Peu touchée par cette accusation, la Mère remarqua :

— Tu n'aurais pas agi différemment à ma place.

— C'est possible, admit Aylus. Mais je ne te quitte pas des yeux pour autant.

Il se remit debout avec peine, chancela, manqua de tomber. La Mère s'élança à son secours. Il se raccrocha à son épaule, l'agrippa d'une poigne ferme. Il ne la lâcherait pas facilement. C'était de bonne guerre. La Mère le lui concéda.

— Très bien, tu m'accompagnes. Mais en bas,

dans la caverne, surtout ne dis rien, ne t'épouvante de rien, et reste près de moi.

— Si je te lâche, je tombe, répondit Aylus. Et il en faut beaucoup pour m'effaroucher.

— Si tu tombes, je ne te rattraperai pas, menaça la Mère.

Là, Aylus eut du mal à la croire.

Abandonnant le chameau qui broutait un épineux, le couple bancal pénétra dans la grotte. La Mère alluma une lampe à graisse et souffla sur la flamme pour attiser la lumière. Au fond de la caverne, une volée de marches plates et érodées par le ruissellement souterrain descendait sous la terre, un escalier trop ancien pour qu'on sache s'il avait ou non été taillé par la main de l'homme. Aylus glissa, se retint d'une main contre la paroi, et de l'autre serra plus fort l'épaule de la Mère.

— Fais attention, prévint-elle avec un léger retard. Le sol est humide ici.

— J'avais compris… Dis-moi, qu'est-ce qui se terre là-dessous ?

— Tu le découvriras assez tôt.

Aylus tiqua. Il avait suivi la Mère sur un coup de tête. À présent, il se demandait, un peu trop tard aussi, dans quoi il s'était engagé. Au cours de la descente, quelque chose se ranimait tout au fond de lui, une sorte de prescience, une forme très ténue de ses dons d'augure. Il avait l'impression de voir les marches suivantes alors qu'elles étaient encore plongées dans l'ombre, qu'une voix murmurait dans les ténèbres où pourtant il n'y avait personne. Le Destin lui jouait-il un nouveau tour ? Le rattrapait-il encore ici ? Mais non, se morigéna-t-il. C'était Thya qui avait provoqué les dieux, Thya qui était la dernière oracle… Ce qu'il prenait pour des visions, ce n'étaient sans doute que des effets secondaires de la fatigue, ou de ce baume avec lequel la Mère l'avait soigné…

Il avait presque réussi à s'en convaincre, quand une nouvelle image s'imposa à son esprit. Il entrevit le fond de la grotte avant même qu'ils l'aient atteint, une salle souterraine vaste comme un palais, où un serpent d'une taille titanesque s'enroulait autour d'une colonne de pierre, au sommet de laquelle reposait un œuf d'albâtre. Un vieil homme vêtu de blanc était assis sur l'un des anneaux du serpent, il se tourna vers Aylus… Le devin revint à la réalité juste avant de discerner son visage. La tête lui tournait. Son cœur cognait trop fort. Il marqua le pas.

— Tu as mal ? demanda la Mère.

— Non. Juste un peu de fatigue.

Il reprit son souffle.

— Ça va mieux. Nous pouvons y aller.

Ils se remirent en marche.

Bientôt ils arrivèrent au fond de la grotte, Aylus reconnut la salle qu'il venait d'entrevoir. La caverne vaste comme un palais, zébrée de longues stalactites piquetées de quartz et de micaschiste. Les lampes à graisse qui brûlaient dans des niches sur les parois. Les flammes qui se reflétaient sur les cristaux de roche. Le serpent titanesque, dont les anneaux noirs comme de l'huile de roche luisaient en roulant doucement dans la lumière. La colonne de pierre au centre, surmontée de l'œuf d'albâtre. Le vieil homme vêtu de blanc… Non, Aylus regarda mieux, ce n’était pas un vieil homme, mais une vieille femme, vêtue d’un ample chiton grège, un vêtement d’une autre époque, d’un autre pays. De longues mèches grises pendaient sous son capuchon de laine, qui masquait son profil aux visiteurs. Elle serrait dans sa main un bâton de cornouiller.

Le malaise d’Aylus augmenta. La vieille femme était une énigme. Le devin sentait qu’il possédait la réponse, quelque part au fond de sa mémoire. Mais il n’arrivait pas à la retrouver. Des monstres de petite taille grouillaient dans les anneaux du serpent géant, des orvets ailés, des scolopendres cornues, et des macaques aux pattes griffues qui pour les plus proches essayaient de s’accrocher aux jupes de la Mère et aux chevilles du devin. Celui-ci les repoussa d’un pied nerveux.

— Bienvenue, Aylus l’Oracle, prononça en grec la gardienne de l’œuf, en modulant chaque syllabe.

Pour le saluer, elle utilisait une formule de politesse archaïque, passée de mode autant que son chiton.

— Qui es-tu ? répondit le devin dans la même langue, avec une méfiance accrue.

— Tu me déçois, répondit l’entité d’un ton cassant. J’espérais que tu me reconnaîtrais.

— Qui es-tu ? insista-t-il, la gorge sèche.

— Je suis le premier et la première, le plus doué et la plus douée des nôtres.

— Que dit-elle ? murmura la Mère de la Route en araméen. Elle ne m’a jamais parlé…

— C’est à moi qu’elle s’adresse, comprit Aylus.

Il lâcha l’épaule de la Mère, s’avança vers l’inconnue d'un pas chancelant, donna un coup de talon dans un singe qui s'enfuit avec de petits cris suraigus.

— Qui es-tu ? martela-t-il pour la troisième fois. Pourquoi ai-je vu un homme à ta place ?

La femme en chiton laissa échapper un rire.

— Allons, tu peux faire mieux que ça !

Il sourit sans joie. Malgré tout il se prenait au jeu. Il avança encore, jusqu'à frôler le premier anneau du serpent.

— Tu es mortelle ? hasarda-t-il.

— Je l'étais, à ma naissance. Je n'en suis plus certaine désormais.

La gardienne se tourna face à Aylus. Cette fois il vit son visage. Il tressaillit. Les yeux de la femme étaient deux taies blanches laiteuses. Elle était aveugle. *Et elle avait un bâton de cornouiller,* ajouta Aylus *in petto. Et elle était aussi un homme…* Le devin secoua la tête.

— Non, c'est impossible…

— Tu la connais ? demanda la Mère dans son dos.

— Je ne la connais pas, répondit-il en revenant au sogdien. Elle n'est pas réelle.

— Pas réelle ? reprit l'entité en grec, avec une ironie mordante. Mon pauvre Aylus, voilà que tu te mets à te poser des questions de foi et de croyance, comme si j'étais le dieu colombe et toi l'un des *christoforos…*

— Nomme-toi, la défia-t-il. Finis-en avec tes mystères.

— Toi, nomme-moi, répliqua la gardienne. Et alors je répondrai à ta deuxième question, celle que tu n'as pas encore posée.

Aylus inspira. Autant boire la coupe jusqu'à la lie.

— Tu es Tirésias, le premier parmi les devins, le plus puissant d'entre nous. Tu es née femme, mais par le sortilège d'un nœud de serpents, tu peux à ton gré changer de sexe. Tu fus courtisée par Apollon, dieu des prophètes, qui te rendit aveugle quand tu te refusas à lui. Tu as prédit la chute de Troie et le chaos parmi les dieux, bien avant la création de Rome…

Il reprit son souffle. Il avait encore du mal à croire à ce qu'il disait.

— Tu te déplaces avec un bâton de coudrier, conclut-il. Maintenant, dis-moi, quelle est ma deuxième question ?

— Tu te demandes si notre rencontre était préméditée, je me trompe ?

Aylus se retint de rire. Toute cette conversation virait à l'absurde.

— Tu ne te trompes jamais, répondit-il. Alors, tu as arrangé notre entrevue ?

— Oui et non, répondit Tirésias sans s'engager. Tu es l'un des derniers devins à arpenter cette terre, nous étions voués à nous rencontrer.

— Ici ? Au fin fond du Khorasan ? Pourquoi pas en Grèce, ou dans des ruines d'Ionie ?

La gardienne eut une moue, fit tourner son bâton entre ses mains fripées.

— Trop de *christoforos* en Grèce. Mes amis ont tous quitté le pays. Les seuls païens qui subsistent là-bas sont les sectateurs de Mithra ou d'Isis, qui répètent sans fin leurs rituels inutiles…

À présent qu'Aylus avait accepté, plus ou moins, l'existence de Tirésias, tout s'éclaircissait.

— Ton serpent… dit-il.

— … est le fameux serpent de Delphes, celui qui protégeait les pythies autrefois. Et l'œuf qu'il entoure, c'est l'Omphalos.

— L'œuf qui marquait le centre du monde, compléta Aylus.

Sa hanche l'élançait à nouveau. Il s'assit à même le sol, sur la dernière marche de l'étrange escalier. Les anneaux écailleux du légendaire serpent de Delphes se mouvaient à deux pas de lui, au centre de la grotte l'Omphalos blanchissait la pénombre. Aylus n'en revenait pas de ce qu'il contemplait.

Tirésias le rejoignit en enjambant les anneaux du serpent, s'accroupit face à lui et lui prit les mains. Ses ongles un peu longs frôlèrent le bracelet d'argent d'Heledd, celui qu'Aylus gardait au poignet depuis plus de vingt ans.

— Que me veux-tu ? demanda Aylus avec défiance.

Les doigts et les paumes de la vieille femme étaient secs et ridés, à peine tièdes, comme si des siècles d'existence avaient lentement absorbé leur chaleur.

— Nous sommes devins, toi et moi, répondit-elle. Devine.

— Tu veux me prédire l'avenir ? Ça ne m'intéresse pas.

Aylus voulut retirer ses mains. Peine perdue. Tirésias faisait montre d'une poigne implacable. Elle l'emprisonnait dans deux anneaux de fer. Son timbre rauque prit une ampleur inhumaine, se développa en longs échos sous les voûtes. Aylus détourna la tête sans parvenir à lui échapper. Il songea que les mots des Sybilles devaient résonner ainsi au cœur de Delphes, des siècles et des siècles plus tôt.

— Thya ne doit pas pénétrer dans le désert du Vide. Elle ne doit pas parler aux dieux qui y sont reclus. Car sinon elle provoquera la fin du monde.

C'en était trop pour Aylus. Trop d'énigmes, trop de menaces. Il releva la tête, plongea son regard dans les yeux sans éclat de Tirésias. Son esprit se retrouva happé par ces orbites pâles. La caverne disparut, et la Mère, le serpent, l'Omphalos…

Aylus se retrouva seul avec Tirésias dans un néant absolu, une nuit sans étoile, un océan de ténèbres sans borne, sans début et sans fin.

— Où sommes-nous ? lâcha-t-il d'une voix nerveuse. Que sommes-nous venus chercher ici ?

— Nous sommes dans la Grande Nuit, le néant au-delà du Temps et du Monde, qui englobe le Monde et le Temps.

— Il n'y a rien ici, constata Aylus, nerveux.

— Bien sûr que si, répondit Tirésias. Regarde mieux. Regarde…

Soudain, Aylus aperçut une corde immense, d'un blanc immaculé presque aveuglant, qui fendait le noir des ténèbres. Elle était composée de milliards de fils opalins qui se tressaient et s'entrecroisaient jusqu'à l'infini. Elle était si imposante qu'Aylus se demanda par quel tour de passe-passe il ne l'avait pas remarquée plus tôt.

— Ce que tu contemples, c'est le Temps, expliqua Tirésias, les milliards d'existences que filent les Parques qui se tressent ensemble depuis l'origine du Monde. Si Thya entre dans le désert, les Dieux Voilés trancheront la corde.

— Ils ont ce pouvoir ? s'étonna Aylus, avec un frisson dans le dos.

— Certainement, répondit Tirésias.

— Pourquoi ne l'ont-ils pas déjà fait, alors ? Pourquoi attendent-ils ma nièce ?

— Je l'ignore. Je ne suis pas omnisciente. Je ne connais que ce que j'ai vu, ici ou dans l'avenir. Et j'ai vu que Thya leur était nécessaire.

— Thya n'acceptera jamais de les aider.

— Thya n'aura sans doute pas le choix. Ils sont des dieux. Elle est une mortelle. Que pèsera-t-elle face à eux ?

Aylus aimait de moins en moins la tournure de cette histoire. Il se sentait dépassé par les événements. Il ne savait même pas sur quoi il tenait debout, ni ce qu'il respirait ici, dans la Grande Nuit. Il voulait retrouver un sol sous ses pieds, l'air sec du désert dans ses poumons, au-dessus de lui les étoiles… Mais il avait encore une question à poser.

— Que se passera-t-il si les dieux coupent cette corde ?

— Je te l'ai déjà dit, le sermonna Tirésias. Mais tu n'écoutais pas assez. Ce sera la fin de notre monde.

La fin… Aylus avait du mal à y croire. La corde se tressait au loin dans les ténèbres, les vies se liaient les unes aux autres, s'entrelaçaient sans fin en une osmose fascinante, d'une beauté irréelle. Comment pouvait-on seulement songer à rompre un tel prodige ? Et pourtant… Pourtant, Tirésias disait vrai, Aylus le savait. Il n'allait pas nier l'évidence.

— Voilà pourquoi tu m'as amené ici, conclut-il. Pour que j'aille arrêter Thya avant qu'elle traverse le désert du Vide. Avant qu'elle parle aux dieux.

Aylus hocha la tête. Une odeur d'humidité bien réelle lui monta aux narines. Il cligna des yeux. Sans s'en rendre compte, il était revenu dans la caverne. Tirésias relâcha la pression sur ses mains.

— Tu as encore des attaches en ce monde, lui dit-elle, et sa voix était humaine, un peu éraillée, une voix de vieille femme pour la première fois. Tu as une raison de te battre. Ton fils Enoch est vivant.

21

Évasion

La nuit descendait sur le palais de Samarcande. Enoch rentra dans sa chambre. La journée avait été harassante, Heydeh l'avait traîné de réunion en réunion, avec des satrapes dont il comprenait à peine la langue, et encore moins les références politico-religieuses. Le tout, dans une chaleur étouffante, même à l'intérieur du palais. Le maquilleur node supportait toujours mal le printemps trop doux du pays d'Ērān.

Il ôta sa tunique avec un soupir las. La sueur marquait d'auréoles sombres le cramoisi de la soie. Il alluma une flammèche au bout de ses doigts, dévisagea son reflet dans le miroir. Le fard ocre avait bavé sous ses yeux, il creusait davantage ses cernes, lui donnait un air maladif et paradoxalement aguicheur. Il l'essuya d'un revers de la main, ne réussit qu'à l'étaler davantage. Il se détourna du miroir. Ses bijoux lui pesaient. Il les enleva à la hâte et les jeta sur son lit, se passa les doigts dans les cheveux pour défaire ce qu'il restait de ses boucles…

Un soir comme celui-ci, il voulait devenir barbare, plus qu'il ne l'avait jamais été. Il voulait chasser l'auroch torse nu dans les forêts de Germanie, dormir dans une hutte de terre, s'abreuver de neige fondue, se nourrir de viande à peine cuite sous la cendre… Il alla s'accouder au balcon, inspira la relative douceur de la nuit. Il ne comprenait pas trop ce qui lui arrivait. Quand il n'était encore que maquilleur, à Varatedo, dans cette minuscule *urbs* au fin fond de la Gaule, il ne rêvait que de monter dans une grande ville, dans la haute société. Et voilà qu'il habitait un palais, qu'il fréquentait les puissants d'un Empire à côté duquel celui de Rome passait pour une pauvre province… Pourtant, il n'était pas tranquille. Et pas seulement parce que Thya lui manquait.

Il balaya la chambre du regard. Quelqu'un d'autre était absent. Le minuscule. Enoch ne l'avait pas vu depuis le matin, et ils s'étaient quittés fâchés. Il avait envie de s'excuser. Et puis il s'inquiétait un peu. D'ordinaire, le Sylvain s'arrangeait pour le croiser plusieurs fois par jour. Et là il n'était même pas rentré à la tombée de la nuit. Enoch souleva le rideau, vérifia par acquit de conscience que son ami ne dormait pas dans les plis du tissu. Rien. Il passa dans le couloir, demanda aux serviteurs qui allumaient les lampes s'ils n'avaient pas vu le Sylvain, en pure perte. *Le jardin*, songea-t-il. Le minuscule était sûrement descendu dans le jardin. C'était là qu'il se ressourçait.

Enoch sortit sans prendre la peine de remettre sa tunique. Dehors le jardin jungle bruissait plus fort avec le crépuscule. Heydeh conseillait à ses hôtes de ne pas s'aventurer trop loin sous les futaies lorsque s'avançait la noirceur. Enoch tenta de se rassurer.

Le Sylvain n'avait aucune raison de braver les dangers sous les plantes. Il était sûrement resté proche du palais. Mais il se serait caché, aussi, réfléchit Enoch. Il se méfiait des humains en général, et plus encore des gens du palais. Avec précaution, Enoch avança dans le jardin. Qu'est-ce qui ferait une bonne cachette ? Il écarta d'une main les hautes tiges d'un massif d'iris, plongea le bras au cœur d'un buisson d'absinthe… Il grimpa dans un pin où il avait cru voir quelque chose bouger, ce n'était qu'une petite chouette qui s'envola en hululant. Enoch redescendit au sol, hésita un instant à enflammer sa main, préféra se contenter de la lueur de la lune. Il s'engagea à quatre pattes sous les palmes d'un latanier nain, sentit des éclats d'écorce dans l'herbe. *L'écorce du Sylvain…* Il serra le poing sur les éclats de bois, jusqu'à ce que ses ongles s'enfoncent dans sa paume. Quand tout allait bien, le minuscule ne perdait jamais son écorce… Il devait le retrouver, et vite.

À croupetons, il inspecta la zone autour du latanier. Une piste d'herbe écrasée menait de l'arbuste jusqu'à un bosquet de jasmin. Il la suivit. En approchant du bosquet, il entendit une respiration faible et hachée qui sortait de sous les fleurs. Les mains moites, il dégagea la masse odorante, découvrit le Sylvain dans un nid de vrilles et de feuilles. Il le ramassa avec un luxe de douceur. Sur le moment il se sentit mieux, mais son soulagement fut de courte durée.

Le Sylvain était tout gluant dans sa main, ce n'était pas normal. Enoch pour mieux voir alluma une flammèche au bout de son pouce. Une rage froide le consuma soudain. Le Sylvain était dans un état critique. Enoch ne l'avait jamais vu aussi mal. Son écorce, depuis ses épaules jusqu'aux talons, et même la plante de ses pieds, était déchiquetée et visqueuse. Le Sylvain souffrait, sa respiration chuintante se faisait de plus en plus difficile, son pauvre corps martyr était parcouru de tremblements…

— Ne me lâche pas, le supplia Enoch. Pas maintenant…

Le Sylvain toussa, une toux rauque qui sembla lui déchirer la gorge. Il entrouvrit une paupière. Des larmes de sève blanche bordaient ses yeux en amande. Il parvint à articuler :

— De l'eau… Mets-moi… dans l'eau.

— Tout de suite, ne t'inquiète pas.

Enoch ramena le Sylvain dans sa chambre sans rencontrer âme qui vive. Il déposa le Sylvain dans une vasque d'eau claire, allongé sur le dos. Le minuscule flotta à la surface, les yeux clos. Son corps sembla se détendre. Ou peut-être Enoch le croyait-il, parce qu'il souhaitait tellement que son ami aille mieux. Il attrapa un tabouret, le rapprocha de la vasque. Puis il alluma des flammèches au bout de ses doigts. Dans la lumière bleue, il veilla le Sylvain, toute la nuit.

À l'aube, il tombait de sommeil. Il laissa choir une étincelle azur sur le tapis, une odeur de brûlé s'éleva des fils de soie noués. Il sursauta, étouffa d'un coup de talon le début de braise. Il éteignit ses doigts avant de faire plus de ravage, revint vers la vasque. Dans l'eau claire, des radicelles fines comme des cheveux d'ange avaient poussé sous le dos du Sylvain. Enoch espéra que c'était bon signe. Il retint son souffle. Le

Sylvain cligna des paupières. Enoch se permit enfin de sourire.

— Aide-moi à sortir de l'eau, demanda l'être d'écorce d'une petite voix.

Enoch le récupéra dans sa main en coupe et le porta sur son lit. Le Sylvain s'assit sur les draps brodés d'or. Ses radicelles se rétractèrent. Il remarqua à voix haute :

— J'ai faim.

— Je vais te chercher du gâteau, proposa Enoch.

— Au miel ? tenta le Sylvain avec un regard malicieux.

— Tout ce que tu veux, s'exclama le maquilleur.

Il restait de l'eau dans la vasque, il s'en aspergea la figure pour avoir l'air plus frais. Alors qu'il partait pour les cuisines le Sylvain le rappela.

— Ami humain ?

Enoch s'arrêta sur le pas de la porte.

— Autre chose ? demanda-t-il avec bonne humeur.

Le Sylvain prit une profonde inspiration, le fixa de ses yeux en amande.

— Merci.

Quand Enoch remonta avec des gâteaux et des fruits, le Sylvain s'était lové plus confortablement dans les draps d'or. Il se jeta sur un biscuit, le dépiauta de ses doigts avides et en enfourna au moins la moitié dans sa bouche avant de parler à nouveau.

— Il y a un monstre dans le jardin, déclara-t-il enfin.

— C'est lui qui t'a blessé ?

Le minuscule opina. Enoch avait encore du mal à accepter ces révélations, quelque chose au fond de lui, l'influence sombre au cœur de la jungle, le poussait à refouler ce qu'il avait vu. Mais cette fois, il refusait de s'y laisser prendre. Il se concentra sur les pires images de sa nuit, celles du Sylvain inanimé dans ses bras, de son dos d'écorce en lambeaux… Il se cramponna à sa colère pour ne rien oublier.

— Le monde de la magie n'est pas bon, lâcha le minuscule d'une voix dure. Il n'est pas pur. Ici, la magie est mauvaise.

— Et Heydeh ne me permettra jamais de partir, c'est ça ? compléta Enoch avec amertume.

Il tapa du poing sur le lit. Il se sentait si stupide… ! Comment avait-il pu s'imaginer qu'une femme telle qu'Heydeh ne lui voulait que du bien ? Qu'elle était sincère envers lui ? Elle était… eh bien, il n'avait qu'une idée très vague de ce qu'elle était réellement, mais elle possédait une richesse, un pouvoir, une place sur cette terre qui rendaient un maquilleur node plus qu'insignifiant en comparaison. Même un maquilleur node capable de manier le feu de foudre. Non, il n'était qu'un pion dans un jeu qui le dépassait, dont personne ne lui donnait les règles. Il se recoiffa d'une main fébrile. Il comprenait ce que ressentait Thya, quand le Destin la ballottait d'un bout à l'autre de Gaule. Lui aussi en avait assez d'être poussé par la main d'une autre. Il allait reprendre sa liberté.

— Viens, dit-il au Sylvain. On s'en va.

Le minuscule leva les yeux vers lui, la bouche pleine, marqua un temps d'arrêt, puis avala et dit :

— Maintenant ?

— Tout de suite, répondit Enoch, et il tira de sous le lit sa vieille besace, celle qu'il avait gardée depuis la Tour du Silence, et son voyage encore avant.

Rapidement, il noua dans un foulard de soie les bijoux et les fards que lui avait offerts Heydeh, fourra ce paquet au fond du sac, roula par-dessus sa veste parthe.

— Grimpe là-dedans, dit-il au Sylvain.

Le minuscule obéit sans barguigner. Son ami humain voulait prendre Heydeh de vitesse. Il avait recouvré un peu de sa lucidité, il n'allait pas attendre que les charmes du palais le reprennent.

Le Sylvain dans sa besace, Enoch redescendit au rez-de-chaussée à pas de velours, en s'arrangeant pour éviter les serviteurs. Dans les cuisines, il profita de ce que les gâte-sauces avaient le dos tourné pour dérober du pain de semoule, un coutelas, des dattes et une outre d'eau. Il sortit du palais par une des portes de derrière. Il avait l'impression de reprendre possession de sa personne, un peu plus à chaque pas. C'était presque grisant. Le jardin se réveillait en pépiant dans l'aube claire, des gouttes de rosée perlaient sur les feuilles, l'air encore frais était agréable sur son torse nu.

Il vérifia d'un coup d'œil que personne ne les observait. De ce côté-là, tout allait bien. Heydeh ne croyait pas aux gardes. Elle se reposait sur les forces obscures du jardin pour protéger ses secrets. Ce qui, dans certains cas, présentait quelques avantages, par exemple quand on voulait s'éclipser au petit matin. Il se pencha vers le Sylvain dans sa besace.

— Tu connais le coin mieux que moi, chuchota-t-il. Où allons-nous ?

Le minuscule réfléchit.

— Évitons les marais. C'est là que j'ai rencontré…

Il frémit. Il ne trouvait pas de mots pour décrire la créature. Enoch l'en dispensa, de toute façon.

— Nous passerons par les vergers, qu'en penses-tu ?

— Les vergers, pourquoi pas ? Derrière il y a la jungle, et derrière encore…

— La muraille… reprit Enoch. Nous trouverons bien un moyen de l'escalader. Et derrière…

Il s'interrompit. Il ignorait totalement quel monde les attendait au-dehors. Il ne s'appesantit pas là-dessus. Il avait déjà survécu à pas mal d'épreuves, et ce, à une époque où il ne pouvait pas allumer un incendie rien qu'en tapant des mains. Sa besace ballottant contre sa hanche, il se dirigea d'un pas alerte vers les vergers.

Cette section du jardin était particulièrement soignée, avec des parterres de tulipes et de lys sans une mauvaise herbe, et des allées de sable blanc mêlé de turquoises. Pourtant, Enoch n'avait jamais vu aucun serviteur y travailler. Ce matin encore, seules les abeilles s'affairaient sur les plates-bandes, jardinières industrieuses, et saupoudraient l'arc-en-ciel des corolles ouvertes d'une délicate poudre d'or.

Derrière les parterres s'étendaient les vergers. Quand Enoch pénétra sous les orangers en fleurs, une pluie de pétales odorants lui tomba sur les épaules. Il s'efforça d'y voir un bon présage. Il remonta une allée entre deux rangées d'arbres, aux aguets malgré tout. La nuée de pétales brouillait la vue sous les frondaisons, et leur tapis mou au sol étouffait le bruit des pas. La beauté du verger pouvait s'avérer traître autant qu'une jungle ou qu'un marécage. À chaque instant, le maquilleur s'attendait à voir des hommes en armes, ou pire, surgir de derrière les troncs.

Cependant, alors qu'il s'enfonçait dans le verger, et que le soleil montait dans le ciel, il se rendit peu à peu à l'évidence. Il était seul sous les branches fleuries, seul avec le Sylvain dans sa besace, comme s'il se trouvait dans l'un de ces jardins merveilleux désertés en plein jour par les lutins qui s'en occupent la nuit.

Vers midi il s'assit au pied d'un des orangers. Il partagea un quart du pain semoule avec l'être d'écorce. Celui-ci compléta son repas en mâchouillant quelques pétales. Enoch appuya la tête contre le tronc de l'arbre. Même à l'ombre des fleurs, la chaleur montait, l'engourdissait de manière insidieuse. Son excitation retombée, il commençait à ressentir les effets de sa nuit sans sommeil. Il but une grande rasade à sa gourde, s'ébouriffa les cheveux pour rester éveillé. Jusqu'à présent son évasion avait été trop facile. Le jardin et Heydeh conspiraient-ils pour endormir sa méfiance ? Ou peut-être sa protectrice avait-elle surestimé son pouvoir. Peut-être le croyait-elle encore sous son emprise. Et c'est vrai que s'il n'y avait pas eu le Sylvain…

Enoch soupira. Il allait se remettre debout, quand il perçut un son ténu derrière l'arbre, un craquement minuscule. Il s'immobilisa. Le Sylvain lui jeta un regard étonné. D'un doigt sur les lèvres, il lui fit signe de se taire. De nouveaux craquements. Il se coula de l'autre côté du tronc d'un mouvement souple. Ce qu'il découvrit le laissa interloqué. Entre deux racines de l'oranger, sur le tapis de pétales, dans un nid de plumes bleues, trois œufs étaient en train d'éclore. Ils étaient gros comme des vases de Thessalonique, leur surface bleuâtre parcourue d'un miroitement doré très fluide, presque vivant. Gagné par une étrange fascination, Enoch fixa les coquilles qui s'effritaient par petits bouts. Bientôt des oisillons duveteux pointèrent leurs becs hors des œufs. Les craquements se multipliaient un peu partout dans le verger. Le Sylvain tira sur le pantalon d'Enoch. Celui-ci reprit ses esprits, se releva à la hâte. Il regarda autour de lui. Il y avait des nids semblables partout, quasiment sous chaque arbre. Des oisillons pataudes bleus et jaunes s'extirpaient de leur enveloppe et secouaient leurs ailes humides. Ils picoraient çà et là parmi les pétales. Enoch ramassa le Sylvain et le mit dans sa besace. Les oiseaux bleus et or se dandinaient vers lui sur leurs petites pattes maigres, ils convergeaient vers lui par dizaines depuis le fond du verger. Ils poussaient de petits cris stridents, ouvraient grand leurs becs… Et, remarqua Enoch, *leurs becs avaient des dents…*

Il décida d'avancer bon pas. Les boules de plume étaient sans cesse plus nombreuses, elles prenaient de plus en plus d'assurance. Déjà certaines commençaient à essayer leurs ailes, tressautaient puis s'élevaient à quelques pouces du sol. Il accéléra encore. Le tapis de pétales chuintait sous ses semelles. Ses longues jambes cisaillaient l'air parfumé. Le Sylvain se balançait contre sa hanche, s'accrochait de ses poings minuscules au cuir de la besace. Pourtant, les oisillons gagnaient du terrain. Plus rapides qu'ils n'en avaient l'air, les premiers d'entre eux plantèrent bientôt leurs petits becs dans le cuir de ses bottes. Il les repoussa en secouant les pieds, sans s'arrêter. Quelques-uns décrochèrent, d'autres plantèrent leurs becs plus profond. Enoch tira son poignard. D'autres oisillons s'envolèrent sous la voûte de branches roses, puis fondirent en piqué sur le maquilleur. Ils n'étaient pas gros, mais extrêmement nombreux, une nuée de mordeurs et perceurs. Il les repoussa tant bien que mal à grands coups de couteau. Le sang gicla, les boules de duvet à dents le harcelèrent de plus belle, tentant d'atteindre ses yeux. Il leva le bras gauche pour se protéger le visage, il n'osait pas utiliser ses flammes ici, au moindre coup de malchance il mettrait le feu aux arbres. Il émergea du verger le corps couvert d'écorchures, dans un maelström vorace et criard.

En face de lui s'étendait une jungle, et entre elle et le verger une bande de terrain vide. Au milieu se dressait une tour de guet rudimentaire. Il en défonça la porte d'un coup d'épaule, grimpa quatre à quatre jusqu'au sommet, toujours poursuivi par les volatiles. L'un d'eux parvint à passer sous son bras, lui piqua le visage juste sous l'œil, là où était tatouée sa larme node. Il réussit à le repousser, mais l'emplumé s'accrocha à son poignet, entreprit d'en arracher des bouts de peau. Heureusement, Enoch arrivait en haut de la tour, sur une plate-forme de pierre qui surplombait le jardin. Alors il s'enflamma d'un coup. Il devint une torche azuréenne. Les oiseaux s'embrasaient sur ses flammes comme des papillons perdus par la lumière. Une odeur atroce de plume grillée se mêla au parfum des fleurs.

Quand Enoch éteignit le brasier, des oiseaux ne restaient plus que des cendres, une couche grise et douce qui lui arrivait aux chevilles. Sa besace par contre n'avait rien eu, pas une brûlure, il contrôlait de mieux en mieux son pouvoir. Le Sylvain ressortit la tête à l'air libre, un peu de duvet collé entre ses cornes. Il toussa, renifla.

— Ils ont brûlé ? demanda-t-il.

— Je crois, oui, répondit Enoch.

Il s'apprêta à descendre de la tour, même s'il lui répugnait de piétiner cette couche poudreuse, elle lui rappelait un peu trop qu'il avait failli finir ainsi, dans les montagnes de Gaule, à l'époque où il ne maîtrisait pas le feu. Il leva un pied et alors, comme s'il n'avait attendu que ce signal, un bec denté, bien vivant, caqueta au milieu des cendres. Enoch se figea. Un deuxième, un troisième bec pointaient vers le ciel. Les oiseaux se reconstituaient peu à peu, déjà des têtes entières, des débuts d'ailes se reformaient tout autour de lui.

— Des phénix ! s'exclama Enoch. Ce sont des phénix !

— Cours ! lança le Sylvain en rentrant la tête dans le sac.

Le maquilleur ne se le fit pas dire deux fois. Il dévala l'escalier et s'échappa vers la jungle, tandis que dans son dos, la nuée d'oiseaux aux plumes d'or se reconstituait plus vigoureuse et plus belle, leurs chants déchirant la quiétude du jardin.

22

Dans le foie de la colombe

— Voilà mon campement, le campement des Afshârs, annonça Ādur avec fierté, en montrant à Thya les tentes rondes disposées en cercle dans une cuvette creusée naturellement dans la plaine, entre la poussière et l'herbe grise.

En croupe derrière lui sur le cheval, Thya repoussa ses longs cheveux emmêlés pour mieux voir.

Des hommes s'affairaient entre les tentes, la plupart vêtus de tenues d'équitation très simples, dont les couleurs neutres se confondaient avec le gris du paysage. Des chevaux s'ébattaient tout autour. Ils paraissaient semi-sauvages. Des colombes roucoulaient dans un pigeonnier de bois clair. Quelques chameaux placides paissaient dans un enclos écarté.

À l'entrée du campement, un grand homme à longue barbe noire les attendait. Lui n'était pas vêtu de grisaille. Il gardait les bras croisés sur un long caftan orange aux motifs de fleurs et d'oiseaux délavés, et au regard qu'il lança à Ādur, Thya sentit que le jeune guerrier à la cicatrice n'était pas le bienvenu pour lui.

L'homme désigna Thya du menton, remarqua avec un rictus de mépris :

— C'est pour elle que tu t'es donné tant de mal ? Que l'un de nos camps s'est fait attaquer en bordure de la Route ?

Ādur ne se formalisa pas de cet accueil peu aimable.

— Moi aussi, je suis content de te revoir, Moshen. Et Thya qui m'accompagne est l'Oracle dont m'ont parlé les Paris.

— Ah, oui, les fées… grommela Moshen. J'ai toujours trouvé ça étrange, qu'elles ne se confient qu'à un *christoforos*…

Ādur tressaillit comme si l'homme l'avait giflé. Thya le regarda avec étonnement. Il était bien la dernière personne qu'elle aurait cru chrétien… Et effectivement, il lâcha entre ses dents :

— Je ne sers pas le Christ, Moshen. Je ne suis pas mon père.

Les gens du campement se rassemblaient autour d'eux. Ādur haussa la voix pour que tout le monde l'entende :

— Et j'ai ramené une Oracle. Toi, Moshen, qu'as-tu fait pour contrer nos ennemis, ces derniers temps ?

Un murmure houleux secoua les rangs des Afshârs. Tous se tournèrent vers la jeune fille qui, même si elle était habituée à tant d'intérêt, trouvait toujours cela un peu gênant. Ādur descendit de cheval et lui tendit la main. Elle mit pied à terre sans son aide, darda sur le grand homme barbu un regard rageur.

— Ainsi, tu vois l'avenir ? lui demanda ce dernier avec un soupçon de raillerie. Eh bien dis-moi, devineresse, va-t-il pleuvoir demain ?

— Les augures ne sont pas là pour amuser les foules, répliqua-t-elle tranchante.

Moshen se rapprocha d'elle. Il comptait sur sa stature pour la dominer, Thya le savait, mais il en fallait beaucoup plus pour l'impressionner. Il lui souffla ses accusations à la figure :

— Des gens sont morts à cause de toi, dans le campement de la Mère. Alors ne crois pas que je m'amuse ici.

Elle se retint de lui dire ce qu'elle pensait vraiment, que l'attaque des mercenaires était due au manque de préparation des Afshârs. Cela n'aurait rien arrangé. Elle se contenta de lui faire face, avec toute la morgue dont elle était capable. La tension entre eux deux monta d'un cran. Ādur intervint :

— Elle a des pouvoirs, assura-t-il. La Mère l'a senti elle aussi.

— Mais la Mère n'est pas avec vous… remarqua Moshen, critique.

Thya s'interposa.

— Nous sommes ici pour parler du passé ou bien de l'avenir ?

Moshen se rembrunit davantage.

— Tais-toi, gamine. Tu parleras quand je le permettrai.

— Je porte l'héritage de grands devins étrusques, rétorqua-t-elle, en forçant encore sur son arrogance naturelle. Je n'ai pas d'ordre à recevoir de toi.

Elle était bien consciente de le pousser à bout. Mais c'était ce qu'elle voulait, au fond. Elle cherchait la confrontation, le danger, tout ce qui pouvait, pendant quelques instants, la distraire de son deuil. C'était sans doute pour ça qu'elle souhaitait tant défier les Dieux Voilés. Prendre le Destin à partie, pour un devin, c'était le risque ultime. Le dernier jeu.

— Très bien, petite présomptueuse, gronda Moshen en sourdine. Montre-nous donc tes grands talents. Voyons s'ils justifient une telle assurance.

Thya ricana.

— Il me faut un endroit tranquille… commença-t-elle.

— Une tente, ça conviendra ?

— Oui, si on me laisse seule. Et j'aurai besoin de lumière aussi. Et d'un sacrifice.

— Un sacrifice ?

Thya pinça les lèvres. Ce n'était pas la partie qu'elle préférait, mais il fallait en passer par là.

— Une colombe, dit-elle, ça suffira.

Plus tard, sous la tente, elle fixa devant elle le foie encore tiède de la colombe, ses moirures rouges et brunes qui se développaient à la lueur des lampes à graisse. Des plumes blanches répandues çà et là sur le tapis montraient que la petite victime s'était débattue avant de mourir. Cela aussi était un présage. Thya s'attendait à voir des images de violence et de sang. De toute façon, elle avait rarement des visions de bonheur. Elle avait ramassé ses cheveux sur sa nuque. Elle concentra toute son attention sur le petit organe humide, sur ce qu'elle voulait découvrir. Le futur des Afshârs, pas le sien. Surtout pas le sien.

Les images se formèrent devant elle avec une fluidité, une rapidité presque irréelles. Ses visions ne lui tenaient pas rigueur de sa longue abstinence. Elles étaient simplement ravies de revenir, elles déboulaient dans son esprit comme l'eau d'un fleuve en crue après les pluies de printemps. Elle vit les mercenaires du Loup Gris arriver au galop par l'est, attaquer le campement des Afshârs. Des détails du combat, comme autant de coups de poing, surgirent du foie rouge pour frapper la jeune oracle. La lame d'un sabre déchirant une tente, la pointe d'une lance perçant un sternum, le colombier abattu roulant au sol, les colombes écrasées mourant dans des flaques sanglantes. Et ce n'était que le début, ce n'était qu'une avant-garde. D'autres troupes les suivaient, des soldats de l'armée régulière cette fois, menés par des satrapes en uniforme. Aiguillonnée par ses visions, Thya s'élança encore plus loin, déchira plus avant les brumes. Le paysage se mit à changer, la plaine se gonfla en longues dunes de sable, le Dasht-e Kavir, le premier des déserts sassanides, celui qui menait au Dasht-e Lut, le désert du Vide où se terraient les dieux, Thya se vit elle-même, aux côtés d'Ādur dans une oasis, un éclat d'émeraude sur le sable. Une menace approchait, elle le sentait, quelque chose sourdait derrière la ligne de dunes. Thya projeta son esprit de l'autre côté, passa la barrière de sable. Et soudain elle vit… La vision lui brûla les pupilles. Elle hurla.

Ādur l'entendit du dehors. Il se précipita dans la tente, la trouva roulée en boule sur les tapis au sol, les mains crispées dans sa chevelure en désordre. Il s'accroupit près d'elle. Elle avait les yeux révulsés. Ses lèvres bougeaient de manière convulsive. Elle parlait, mais trop bas pour que le guerrier puisse la comprendre. Elle tremblait. Le jeune homme la prit dans ses bras, la serra contre lui jusqu'à ce qu'elle se calme. Avec délicatesse, il décrocha un à un les doigts pris dans ses cheveux.

— Le feu bleu, répétait-elle dans un état de semi-conscience. Le feu…

Moshen à son tour passa la tête dans l'embrasure de la toile. Il considéra la scène, Ādur étreignant l'oracle balbutiante, d'un regard pour le moins critique.

— Ah, constata-t-il, notre invitée a trouvé une échappatoire…

— Elle ne joue pas la comédie, répliqua Ādur, cinglant. Je ne sais pas quel résultat elle comptait obtenir, mais ça ne devait pas… ça ne devait certainement pas se finir ainsi…

— Elle t'a ensorcelé avec ses grands yeux verts, ses yeux d'étrangère. Mais je doute qu'il y ait de la magie là-dessous.

Alors qu'il terminait sa phrase, Thya revint à elle. Elle secoua ses cheveux en désordre, mit un temps à comprendre où elle se réveillait. Elle tenta de se rappeler ses visions. Il y avait des Loups Gris qui arrivaient de l'est, qui allaient attaquer le camp des Afshârs. Et ensuite… Elle était presque certaine qu'il y avait quelque chose ensuite. Mais impossible de s'en souvenir. Tant pis. Elle se débrouillerait sans.

— Une prédiction, ma belle ? railla Moshen.

— Oui, répondit-elle en le fixant sans ciller. Des mercenaires avancent vers vous. Ils viennent de l'est. Ce n'est qu'une avant-garde, ils précèdent l'armée régulière. Et ils seront bientôt ici.

Moshen n'était pas homme à se remettre en question. Pourtant, quelque chose dans le regard de Thya, dans ces iris verts qu'il venait de mépriser, le déstabilisa malgré lui. Ādur s'en aperçut, s'engouffra dans la brèche.

— Laisse-moi y aller, dit-il à Moshen. Laisse-moi prendre quelques hommes avec moi et chevaucher vers l'est. Nous verrons bien si Thya dit vrai.

Moshen hésita, pas longtemps.

— Tu n'en feras qu'à ta tête, comme toujours. Mais tu ne prendras pas plus de cinq hommes avec toi. Je ne veux pas dépeupler le campement, pas maintenant, pas pour traquer des chimères.

— Jusqu'à maintenant, se permit d'ajouter Ādur, mes initiatives nous ont plutôt aidés.

Le grand barbu ne releva pas sa remarque, ordonna juste :

— Dépêche-toi de partir, je veux que tu reviennes avant la nuit.

Sur ce, il quitta la tente.

— Aide-moi à me relever, dit Thya à Ādur dès que Moshen eut le dos tourné.

— Non, tu es encore faible, tu dois te reposer.

— Plus tard, répondit-elle d'un ton sans appel.

Et elle commença à se mettre debout en prenant appui sur ses coudes. Renonçant à la raisonner, il décida de l'aider.

— Merci, dit Thya. Mon couteau ! s'exclama-t-elle soudain. Où est-il tombé ?

Ādur ramassa la lame qui tachait les tapis, l'essuya dans sa veste avant de la lui rendre. Sur le tissu sombre, le sang ne faisait pas de trace.

Ils sortirent ensemble de la tente, Thya encore blême et Ādur résolu. Les Afshârs rassemblés les attendaient dehors.

— Cinq volontaires avec moi ! lança Ādur. Les Loups Gris arrivent de l'est, nous allons les surprendre.

— Six des nôtres, contre les Loups ? s'exclama l'un des guerriers. Sait-on combien ils sont, au moins ?

— Trente ou quarante, répondit Thya d'une voix sèche. Il y avait beaucoup de mouvement, c'était difficile de compter…

— Trente ou quarante contre six ! reprit l'Afshâr qui venait de parler. C'est du suicide.

Moshen prit sur lui de le calmer :

— Il ne s'agit pas de les combattre, mais de vérifier qu'ils sont bien là.

— Pourquoi ? s'étonna l'homme.

— Thya a eu une vision, déclara Ādur. Elle a vu les Loups arriver. Et je lui fais confiance.

— Je n'ai rien contre cette demoiselle, nuança Moshen, mais je ne la connais pas assez pour accorder autant de crédit à ses paroles.

— Mais la Mère a assuré qu'elle voyait l'avenir, non ? demanda l'une des femmes du campement.

— La Mère n'est pas ici, rétorqua Moshen. Et Ādur, si respecté soit-il, ne peut parler en son nom.

Thya sentit le jeune guerrier se tendre dans son dos. Un instant, elle crut qu'il allait se révolter. Mais il dit simplement :

— Ne tardons pas.

Il rassembla ses volontaires. Thya aurait voulu les suivre, mais elle savait qu'elle les ralentirait.

— Fais attention à toi, dit-elle à Ādur juste avant son départ. Le Destin n'envoie pas de visions pour nous aider.

— Qu'est-ce que tu as vu dans le foie de la colombe ? demanda Ādur. À part les mercenaires ? Qu'est-ce qui t'a mise dans cet état ?

Thya s'humecta les lèvres, chercha dans son cerveau.

— Je ne me souviens plus... s'énerva-t-elle. Je voudrais tellement me souvenir...

— Repose-toi, lui conseilla Ādur. Et ne t'angoisse pas pour moi. Je suis meilleur cavalier qu'eux. Ils ne me captureront pas.

Il partit au galop dans un nuage de poussière, en encourageant ses hommes de grands cris barbares. Thya le regarda s'éloigner. Soudain, elle espéra que les fées le protégeaient vraiment, qu'elles empêcheraient les Dieux Voilés de lui nuire. C'était la première fois qu'elle s'inquiétait pour lui. Elle enfonça son bonnet phrygien sur son crâne. Allons, se morigéna-t-elle, elle devenait sentimentale. Elle ferait mieux de dormir. Et dans son sommeil, peut-être... Il y avait une chance infime pour qu'elle se souvienne de ce qui se lovait dans ses visions.

23

Sous l'emprise de la licorne

Les phénix à ses trousses, Enoch détala vers la jungle. Dès qu'il pénétra sous le couvert des arbres, à sa grande surprise les oiseaux abandonnèrent la poursuite. Le maquilleur s'arrêta près d'un palmier, se courba pour reprendre son souffle. Des mèches de cheveux humides tombèrent devant son visage. Il jeta un coup d'œil par en dessous vers les volatiles amassés à la lisière. Ils avaient cessé de pépier. Certains avaient encore des traînées de cendre sur leurs ailes. Ils s'ébrouaient et grattaient leurs plumes du bec pour s'en débarrasser. En ligne bleue et or devant le vert de la jungle, ils guettaient les moindres mouvements de l'humain qui venait de leur échapper. Enoch sourit, se dit qu'il était monté en grade. Dans son ancienne vie, il était poursuivi par des petites frappes de Varatedo, parce qu'il avait séduit une fille d'officier. Et maintenant, c'étaient des oiseaux légendaires qui l'auraient volontiers écharpé. Il y avait donc du progrès.

Le Sylvain pointa sa tête hors du sac.

— Ils ont abandonné ?

— Oui, et j'aimerais bien savoir pourquoi, répondit Enoch en se redressant. Tout ça ne m'inspire guère confiance.

Il laissa les phénix à leur veille inutile, se tourna vers les profondeurs vertes de la jungle. Elle était si touffue que le regard se perdait parmi les ombres. Qu'est-ce qui, là-dedans, tenait les phénix à distance ? Ce n'était pas forcément un allié, songea le maquilleur. Il reprit sa marche avec un surcroît de prudence. La chaleur ici était plus moite que dans le verger, plus lourde aussi. Enoch avait l'impression qu'elle collait sur son torse nu comme du suint. Des insectes insolites s'échappaient du sol spongieux devant ses pas. La terre ici était noire et grasse, les plantes luxuriantes, et pourtant... Pourtant, quelque chose le gênait au sein de ce paradis. Il fronça les sourcils.

— L'été, comprit soudain le Sylvain.

— Qu'est-ce que tu veux dire ? demanda le maquilleur.

— C'est l'été, ici. Plus le printemps.

Plus le printemps. C'était assez inconcevable, et pourtant cela faisait sens, Enoch devait bien l'admettre. Il leva les yeux. Au-dessus de lui les branches d'un plaqueminier ployaient sous le poids de kakis trop mûrs, ronds et luisants dans la pénombre. Certains avaient éclaté déjà, de la pulpe et du jus sucré coulaient par les craquelures, et des abeilles butinaient autour. Plus loin c'était un grenadier qui croulait sous les fruits, plus loin encore des citronniers... Cette manne dégorgeait de parfums, de couleurs... Enoch se surprit à saliver. Son estomac grommela. Il avait faim tout à coup, une faim dévorante qu'un peu de pain semoule et de dattes ne réussirait pas à combler. Et il était affaibli, à cause de sa nuit sans sommeil. Des fruits frais lui feraient du bien. Malgré lui il imaginait le moelleux des kakis fondant sur sa langue, l'amer des citrons réveillant son palais. Bien sûr, il connaissait quantité d'histoires, quantité de mythes où des inconscients dévoraient des nourritures diverses dans des lieux plus ou moins défendus. Cela se terminait toujours mal. Soudain, Enoch se vit en train de tendre le bras, ses doigts effleuraient déjà l'un des kakis ventrus. Il recula vivement, donna un coup de poing dans un arbre, si fort qu'il s'écorcha les phalanges. Tant mieux, il voulait avoir mal. Son propre corps était prêt à le trahir. S'il avait mal, il resterait lucide.

Il jeta un regard vers le Sylvain. Le minuscule observait avec une incrédulité presque comique des baies rouges, rondes et luisantes, en train d'éclore un peu partout sur sa peau d'écorce. L'été le gagnait lui aussi, cet été surnaturel et malsain qui étouffait lentement la jungle. Les pousses inconnues sur son propre corps l'hypnotisaient, il n'en avait jamais vu de pareilles. Il en cueillit une du bout des doigts, mordit dedans et un goût d'alcool, de macération lui piqua la langue. La tête lui tourna, il cracha, rentra précipitamment au fond du sac, se roula en boule contre les foulards d'Enoch, qui sentaient fort les parfums et le musc. Là il ferma les paupières et les maintint closes avec fermeté. Enoch, lui, sortit de sa poche une fiole d'essence de thym et s'en aspergea le visage. L'odeur herbacée faisait diversion, masquait un peu les relents miellés des grenades, l'acidité suave des agrumes... Il pressa le pas. Bientôt il déboucha dans une clairière. Il se figea sur le seuil. La beauté du lieu lui coupait le souffle.

Au fond d'un écrin de verdure, de papillons et de fleurs, cascadait une eau si claire, si cristalline, que le soleil en se réfléchissant sur les gouttelettes semblait nimber d'or liquide l'air même qu'elles traversaient. La cascade se déversait dans une piscine naturelle. Enoch s'en approcha d'un pas prudent, s'agenouilla et trempa le bout des doigts dans l'eau. Une fraîcheur délicieuse lui parcourut tout le corps. Il avait oublié quel bien cela faisait. Il eut envie de se baigner. Aussitôt son instinct se hérissa. Ce n'était pas prudent, le prévint une petite voix intérieure. Certes, rien n'était innocent ici, rien n'était vraiment naturel. D'un autre côté, raisonna le maquilleur, il était à bout de forces, presque assommé par le manque de sommeil, ajouté à la canicule. S'il ne se rafraîchissait pas, il allait s'endormir sur l'herbe, et s'accorder une sieste dans ce jardin ne lui paraissait pas moins dangereux qu'une baignade. Et puis, se dit-il pour se convaincre, il n'allait rien avaler, après tout.

Il prit une profonde inspiration. L'écrin végétal baigné de soleil était du même vert que les yeux de Thya, que les iris de sa belle oracle. Cela acheva de le décider. Il se déshabilla à la hâte et plongea dans le bassin. Pendant quelques secondes, plus rien n'exista que l'extraordinaire sensation de fraîcheur. Il sortit la tête de l'eau dans une gerbe cristalline, rejeta en arrière ses cheveux trempés. Sur la berge, le Sylvain s'extirpa de la besace, il commença à arracher ses baies l'une après l'autre. Il en était à celles du pied gauche, quand un pas derrière lui résonna dans l'humus. Il frissonna. *Le monstre ?* Il devait prévenir Enoch, il voulut crier, mais sa voix resta bloquée dans sa gorge. Tout à sa baignade, le maquilleur ne s'était aperçu de rien, il s'essorait les cheveux, penché sur la piscine. Quand il releva la tête, la créature lui faisait face depuis la rive.

Au début il ne ressentit aucune appréhension, à peine une légère chair de poule, mais il attribua cela à la température du bassin. L'animal était gracieux, sa silhouette fine et élancée, si l'on exceptait ses sabots épais et noirs. Son corps évoquait une gazelle, avec une fourrure fine et douce, d'un blanc rosé zébré de gris. Ses naseaux humides se plissaient d'un air interrogateur. Mais surtout, ce qui frappait, c'était sa corne unique, longue et nacrée, qui saillait telle une gemme fabuleuse au milieu de son front. Ses paupières frangées de longs cils dissimulaient à demi son regard. Elle ne bougeait pas, ou à peine, elle se tenait devant lui avec une humilité, un calme qui la rendaient plus fascinante encore. Enoch avança vers elle d'un pas, un pas encore. L'eau clapotait contre ses cuisses. La beauté de la licorne semblait rayonner sur le paysage tout autour. Cependant, à mesure qu'il approchait, Enoch sentait un léger malaise le gagner insidieusement. Quelques détails le gênaient, l'immobilité quasi parfaite de la licorne, ses paupières toujours baissées. Ses yeux… Comment étaient ses yeux ? Il essaya de les regarder par en dessous, en vain. Il appela la licorne d'un claquement de langue. Elle ne lui répondit pas, se contenta de taper du sabot sur le sol. Enoch avança encore, mais cette fois pour contourner l'animal, pour récupérer ses vêtements, son sac, son Sylvain, et s'enfuir. Le bassin était de plus en plus froid, du givre se formait à la surface, lui enserrait les jambes dans des bracelets glacés. Il voulut invoquer le feu azur, mais celui-ci ne lui répondait plus. Quelque chose, dans son esprit, refusait de lui obéir. Un pouvoir bien supérieur au sien bloquait ses dons surnaturels. Il commença à s'inquiéter sérieusement. Il tenta d'allonger son pas. Impossible. Il n'arrivait même plus à dégager ses cuisses de la glace. Le froid le tétanisait. Ses lèvres violacées gerçaient et tiraillaient. En tremblant, il serra les poings, cogna sur l'eau gelée sans parvenir à se libérer. Il jeta un coup d'œil au Sylvain. Celui-ci, debout sur la rive, désespérait de trouver un moyen d'aider Enoch.

— Cours ! lui lança le maquilleur.

Le minuscule hésita.

— Fuis ! répéta Enoch. Va chercher Thya !

À ce moment, la licorne se tourna vers l'être d'écorce. Cela surtout le décida. Il partit à fond de train au travers de la jungle. Pour éviter que la licorne le suive, Enoch siffla, tapa des mains… La créature revint vers lui. Une petite victoire. Il continua à appeler, claquer de la langue… tout en se frictionnant les épaules, car le froid l'engourdissait de plus en plus. Il ne sentait plus ses pieds, ni ses mollets, ni ses genoux. Le froid remontait le long de ses cuisses, le maquilleur allait perdre la partie, quand enfin Heydeh apparut.

Heydeh, la maîtresse des lieux, la reine aux cheveux d'argent, traversa la clairière d'une démarche nonchalante, qui faisait bruire la soie de ses robes. D'une main chargée de bagues, elle caressa le poitrail de la licorne. La créature ploya l'échine, enfouit sa tête dans le sein de la magicienne.

— Eh bien, Enoch, remarqua celle-ci d'une voix traînante, tu en avais assez de mon hospitalité ?

— Laisse-moi partir, prononça-t-il, assez distinctement malgré ses dents qui claquaient.

Heydeh vint s'accroupir au bord du bassin, remarqua, en arquant les lèvres :

— Pourquoi ? Tu n'es pas bien ici ?

— Tu ne m'aurais jamais rendu ma liberté, lui renvoya Enoch.

Après tout, il avait de grandes chances de finir nu et gelé dans un étang au fin fond de l'Empire sassanide, alors l'heure n'était plus à la diplomatie.

— Je t'ai donné bien plus que la liberté, répondit-elle. Je t'ai donné un rang, du pouvoir, une position dans ce monde. Tout ce que tu as toujours voulu.

Il grogna entre ses gerçures :

— Tout ce que je veux, c'est Thya.

— Thya ?

Rassemblant ses dernières forces, il provoqua encore une fois la magicienne :

— Thya, insista-t-il. Elle est plus forte, plus courageuse, plus douée que tu ne le seras jamais.

— Oh, mais je le sais bien, sourit Heydeh, et quelque chose dans ce sourire glaça Enoch plus encore que le gel du bassin.

La magicienne continua, jouissant du supplice qu'elle faisait endurer à sa proie :

— Je sais ce que vaut ton oracle, mon beau barbare. Pourquoi crois-tu que tu es ici ? Tu ne comptes pas pour moi, tu n'as jamais compté. Je ne t'ai pris sous mon aile, je ne t'ai poli, civilisé, éduqué, que pour pouvoir l'atteindre elle.

Un élan de rage pure souleva le cœur d'Enoch.

D'un coup la colère fit éclater les barrières que le jardin et la licorne avaient érigées dans son esprit. Sans qu'il ait à invoquer quoi que ce soit, ses mains s'enflammèrent, le lac fondit autour de lui. Dans un cercle de feu, il émergea de l'eau. La magicienne recula. Le feu azur réduisait l'herbe en cendres sous les pas d'Enoch. Des flammèches s'accrochaient aux gerçures de ses lèvres. Il n'avait jamais été mêlé autant au brasier. Sa colère alimentait l'incendie, son amour pour Thya, sa soif de liberté, de revanche. Ses émotions n'avaient jamais été aussi intenses. Dans un éclair de lucidité, il comprit, sans prétention aucune, qu'à cet instant il pouvait meurtrir Heydeh. Qu'il en avait le pouvoir. Il tendit la main vers la magicienne. La licorne ouvrit les yeux.

La licorne darda sur lui son regard cruel, la pupille d'encre et l'iris orange, malsaine, veinée de rouge. Enoch tressaillit au milieu de ses flammes. Sous cet œil rond et fixe sa fureur se calmait, ses sentiments s'atrophiaient. Le feu azur baissait, le brasier l'abandonnait comme une peau morte. Son corps mollissait, ses désirs, ses envies perdaient leur importance… Il résista de son mieux. Il essaya de se rappeler ses pires souvenirs, les jours les plus noirs de sa vie. Mais même ses drames ne l'atteignaient plus, plus vraiment. Ce qu'il avait ressenti autrefois se diluait dans un flot tiède, sans couleur, sans saveur. Ce n'était même pas désagréable. C'était le néant, le vide qui l'anesthésiait, tel un médecin d'Éleusis expert en potions opiacées. Car il s'était avancé trop près de la licorne, et à présent elle réclamait son dû, elle le prenait comme offrande. Il chancela, s'écroula sur l'herbe.

Heydeh se pencha sur lui, dans un tintement de bracelets et de pendants d'oreille. Elle tendit un miroir devant ses lèvres, qui se ternit de buée. Il respirait. Tant mieux, ç'aurait été difficile de le faire revenir d'entre les morts une deuxième fois. Ou alors il n'aurait plus été frais. Ç'aurait été dommage. Certes, il était un peu rustre, un peu trop germain au goût de sa protectrice, mais il était esthétique quand même, il ornait plutôt bien son palais.

Il s'était révélé coriace aussi, plus qu'elle ne s'y attendait. Elle joua du bout des doigts parmi ses cheveux clairs, presque trop soyeux pour un homme, enroula quelques mèches autour de ses phalanges. Il serait moins faraud au réveil. Cela lui manquerait, sans doute, cette étincelle qu'il avait dans le regard, cette tension dans ses muscles… Mais au moins, songea-t-elle, il ne risquerait plus de lui faire faux bond. Elle se redressa. Il y avait trop d'enjeux, elle avait trop à perdre pour laisser place au hasard. Et puisqu'elle en était à prendre des précautions… il restait un petit Sylvain évadé dans la nature.

Elle tendit l'oreille, écouta les voix du jardin jungle. Le Sylvain filait vers le fond du parc, il atteindrait bientôt le mur. Il allait plutôt vite, pour un minuscule. Mais des milliers d'yeux d'insectes le suivaient, l'espionnaient… Un instant, Hécate songea à envoyer les taons, les scorpions et les scolopendres à l'attaque de l'être d'écorce. Mais non, décida-t-elle, elle préférait s'en charger en personne. Le Sylvain était beaucoup trop… *fuyant* pour qu'elle laisse quoi que ce soit au hasard. Elle releva sa jupe et partit le rattraper.

Le Sylvain zigzaguait entre les herbes, des fougères plus hautes que lui le giflaient au passage. La jungle murmurait et conspirait autour de lui, des lianes se tendaient et se tordaient tels des serpents devant ses petits pieds, des racines crevassaient l'humus et sortaient de terre pour lui bloquer la route… Il sautait, contournait les obstacles, roulait sous les palmes et se remettait à courir. Un craquement, dans la canopée, lui fit lever la tête. Des branches hautes se détachaient des arbres au-dessus de lui, elles allaient l'assommer. Il se jeta dans un buisson pour se protéger, se fraya un chemin au travers, tandis que des araignées infimes s'égaillaient devant ses pas. Quand il en sortit, d'un coup il se retrouva devant un mur gigantesque, gris clair et parfaitement lisse. Son cœur battit plus fort, à en crever sa poitrine brune. Ce mur était le mur d'enceinte. Le Sylvain était arrivé au fond du jardin.

Après une seconde de fascination, le minuscule s'approcha, posa une main sur la paroi. Quelle sorte de construction, quelle pierre était-ce là ? Elle semblait comme polie, sans aspérité aucune, presque un miroir. Bien qu'elle fût érigée en pleine jungle, aucune mousse ne venait la verdir, aucun lierre ne s'y accrochait. Comment escalader ? s'interrogea le minuscule. Comment passer de l'autre côté ? De toute évidence, il ne réussirait pas de manière traditionnelle. Il prit une profonde inspiration, qui souleva les inclusions de son torse d'écorce. Il se planta dans la terre jusqu'aux chevilles, le dos contre le mur.

Il se concentra sur la plante de ses pieds, laissa pousser ses radicelles. Puis il plaqua ses bras contre la paroi, commença à sécréter de la résine. Peu à peu ses bras se craquelèrent, s'étirèrent et se mirent à croître le long du mur. Peu à peu le Sylvain se changeait en une chimère végétale difforme, deux immenses et très fines ramures s'élançant de son corps atrophié. Il poussait, il poussait toujours… La résine tenait assez mal sur l'étrange mur lisse. Il s'épuisait à en exsuder sans cesse davantage. Il n'avait que peu de temps, avant qu'*elle* ne le rattrape. Enfin sous sa main droite il sentit le haut de l'enceinte. Il tâtonna, encore incrédule. Mais oui, le mur s'arrêtait là. Plus qu'à y amener sa main gauche.

Quelque chose secoua les buissons devant lui. Sa gorge se serra. *Elle. Elle* le rattrapait, précédée d'une aura menaçante et lourde comme celle des grands fauves. Le Sylvain transmit toute son énergie dans sa main gauche. Mais juste avant d'atteindre le mur, sa croissance s'arrêta. Il avait beau pousser, s'acharner, ses branches n'allaient pas plus loin. *Ses doigts*, comprit-il alors. C'étaient ses deux doigts noirs et morts qui le bloquaient, ceux qu'il avait sacrifiés pour sauver Enoch. Ceux-là ne bougeraient plus.

Hécate écarta les buissons, s'accroupit près du Sylvain immobilisé, dont le petit cœur battait la chamade. Elle le cueillit comme on cueille une fleur, et ses branches inutiles se détachèrent avec un bruit de succion de la paroi.

24

Aedon connaît une défection

Avec un éclat de terre cuite, qu'il avait réussi à cacher à ses geôliers, Orodès le Parthe gravait patiemment son histoire sur les murs de sa cellule, quelque part dans le Château d'Oubli. Parfois, quand le vent soufflait du sud, il avait l'impression d'entendre l'océan cogner au-dehors, contre le détroit d'Ormuz, pendant que l'air se chargeait d'embruns et de senteurs iodées. Lui, le cavalier du Caucase, n'avait contemplé l'océan qu'une fois dans son existence, quand on l'avait amené ici. Il avait du mal à compter les jours, mais on devait être à la fin de l'été.

Tout était allé de mal en pis depuis la bataille dans le Caucase. Harcelé par ses ennemis, il avait perdu son *dizpat*, il avait été capturé alors qu'il se terrait dans la montagne. Sans même un procès de la part des Sassanides, il avait été enfermé dans le Château d'Oubli, séparé par quelques cellules de son souverain légitime, Khosrov IV, dont la rumeur disait qu'il était devenu fou. Les gardes plaisantaient là-dessus dans les couloirs, Orodès surprenait leurs conversations quand ils passaient devant sa porte. Leurs rires gras le meurtrissaient plus que les coups de fouet des bourreaux sassanides. C'est pour cela qu'il avait décidé d'écrire son histoire, pour rétablir la vérité. Mais le morceau de terre cuite s'effritait trop vite, le mur était trop dur. Le prisonnier craignait de n'en voir jamais le bout. Et même s'il parvenait à achever son récit, personne ne serait là pour le lire. Sauf si le prochain occupant de sa geôle déchiffrait le grec…

Son stylet improvisé se cassa entre ses doigts. Il jura, jeta dans un coin les morceaux inutiles, tourna un instant comme un lion en cage puis alla s'affaisser dans un coin. Des pensées noires le gagnaient. Il les repoussait d'ordinaire. Aujourd'hui il n'en avait cure. Il les laissa le submerger. C'est alors que le mur d'en face s'ouvrit.

Au début il n'y eut qu'une longue lézarde, à peine discernable de la pierre crasseuse, mais qui courait quand même du sol jusqu'au plafond. Orodès cligna des paupières, crut qu'il avait mal vu. Puis la lézarde s'agrandit, parut repousser la matière de la paroi pour la remplacer par une nuit piquetée d'étoiles. Orodès crut qu'il devenait fou, que le Château d'Oubli rongeait sa raison comme il l'avait fait pour son roi déchu. Enfin, deux hommes passèrent par l'ouverture. Le premier était petit, assez vieux – et assez laid, jugea Orodès –, avec une capuche jaune. Le second était plus jeune, plus grand, plutôt altier. Il aurait paru délicat, sans le pli dur et froid au coin de ses lèvres, les cernes creusés sous ses yeux. Lui était vêtu à la mode romaine, une longue tunique blanche, des sandales hautes. Une cape pourpre bordée d'or retombait sur son épaule avec une élégance désinvolte. Il semblait l'avoir emportée sans trop réfléchir, plus par habitude que par un choix conscient. Cependant, Orodès savait très bien ce que ce pan de tissu symbolisait, dans cette couleur. Le jeune Romain portait la pourpre des Empereurs.

Le nouveau venu observa les lieux avec un semblant d'intérêt, remarqua avec une moue :

— Voilà donc ce fameux Château d'Oubli. Décidément, toutes ces prisons sont pareilles. Croupir ici doit être d'un ennui…

Orodès s'était remis debout, par prudence il colla son dos contre la pierre. Luttant contre un tic nerveux qui faisait tressaillir sa main droite, il se défendit de son mieux :

— C'est un honneur d'être ici, aux côtés de mon souverain légitime.

— Ah, oui, le dément…

— Il n'est pas fou, répliqua le Parthe, il a énormément souffert.

— N'est-ce point notre lot à tous, pauvres mortels ? répondit le Romain en étouffant un bâillement. Moi aussi, j'ai beaucoup souffert. Si tu savais comme mon père me traitait, quand j'étais enfant…

L'enchaînement déstabilisa Orodès. Il répliqua de son mieux :

— Mon père est mort sur le champ de bataille, quand j'avais trois ans. Je ne l'ai pas connu.

— Ah oui ? relança Aedon, sur un ton d'intérêt poli. Quelle chance… Moi j'ai dû faire tuer mon père… Enfin, c'est loin, maintenant, tout ça…

Orodès comprenait de moins en moins où son interlocuteur voulait en venir. Était-il réel, au moins ? Ou bien les pires craintes du Parthe se réalisaientelles ? La folie le rattrapait-elle, la démence qui rampait dans les couloirs du Château d'Oubli ?

— Que me veux-tu ? demanda-t-il à l'apparition vêtue de pourpre.

— Oh, je ne veux rien de toi, répondit le Romain sur ce ton dégagé qui vrillait déjà les nerfs du Parthe. Non, au contraire, je suis venu t'apporter mon aide.

— Ton aide ? Pourquoi ? Pour libérer mon roi ?

Non. Autant te le dire tout net, je n'éprouve aucun intérêt pour les querelles de succession parthes. Et ne me dis pas qu'il s'agit de justice ou de devoir, ces notions-là aussi m'indiffèrent.

La journée d'Orodès s'assombrit davantage. Il croisa les bras devant la poitrine.

— Si tu ne peux rien pour mon roi, alors tu n'as rien à m'offrir.

— Mais si, voyons, répondit Aedon sans se laisser démonter. Ta liberté, déjà. Il te sera plus facile de mener ta petite guerre dehors, au grand air, que coincé ici entre ces quatre murs. Et une vengeance, ensuite.

— Une vengeance ? Contre qui, contre l'usurpateur ?

— Là tu brûles les étapes, mon bon ami. Non, déjà je te propose de te venger de celle qui a provoqué ta ruine.

— Une femme ? s'étonna Orodès.

— Plutôt une gamine. Une petite Romaine agaçante. Maigre, le visage ingrat, des cheveux noirs, de grands yeux verts. La rencontrer ne t'a pas trop réussi, n'est-ce pas ?

— Comment sais-tu… ? s'étrangla le Parthe.

— Disons que j'ai des agents, et qu'ils me tiennent bien informé.

— Alors ils t'ont dit que je n'ai plus de *dizpat*, plus de chevaux, plus rien…

— Tu as encore des partisans, enfin, ta cause en a. Je t'aiderai à les rassembler. Ensuite tu les convaincras que vous devez vous venger de cette fille, que c'est nécessaire pour… bon, tu te débrouilleras sur ce point, tu les connais mieux que moi…

— Attends, l'interrompit Orodès, attends un peu… Tu me demandes d'aller tuer une fille que je connais à peine, qui se trouve… j'ignore où, d'ailleurs…

— Dans le Khorasan, répondit obligeamment Aedon. Sur la Route de la Soie, ou peut-être dans le désert, dans le Dasht-e Kavir.

Orodès ricana. Cette fois, c'était certain, il perdait la raison.

— Mais bien sûr, railla-t-il, je vais m'échapper du Château d'Oubli pour aller chevaucher en plein Empire sassanide, dans le nid de mon ennemi.

Un sourire froid passa comme un fantôme sur les lèvres du Romain.

— Si tu parviens à déstabiliser les Sassanides au passage, ça ne nuira pas à mes affaires.

— Ils penseront sans doute que le coup vient de Constantinople. Et si vous venez de Rome, les Byzantins sont vos alliés…

Aedon s'étira, alla humer l'air marin par l'unique fenêtre. Il s'amusait avec le Parthe, ce guerrier redoutable qu'un rien de magie rendait faible et tremblant comme un enfant malade. Jusqu'où le mettre dans ses confidences ? À quel point allait-il le choquer ?

— Nous sommes alliés… aux yeux du monde…

lâcha-t-il enfin avec un soupçon de gourmandise. Mais en vérité il ne peut y avoir qu'un Empire romain. Et c'est celui de Rome.

Le Parthe hoqueta :

— Tu… tu veux provoquer une guerre ouverte entre les Sassanides et Constantinople ?

— Disons que ce n'est pas mon but premier, mais ça ne me déplairait pas, en effet.

— Qui es-tu ? s'exclama Orodès. D'où viens-tu, toi qui prétends retracer la carte du monde ?

— Moins fort, sourit Aedon. Tu vas alerter les gardes.

Un instant, le Parthe se demanda si ce ne serait pas préférable, s'il ne ferait pas mieux d'appeler les gardiens, plutôt que de continuer à écouter ce sorcier… ce magicien vêtu de pourpre… Puis il sentit le vent. Pas le vent de la mer, non, un souffle d'air plus froid, plus sec, qui s'infiltrait par la faille dans le mur, qui sifflait dans la bouche d'ombre. Il apportait des senteurs de pins et de neige, de granit et de glacier. Le parfum du Caucase. Les montagnes l'attendaient là, juste de l'autre côté de la porte. Orodès se détacha de la paroi sur laquelle il s'appuyait, s'approcha du miracle d'un pas hésitant.

— Tu as peur, héros parthe ? cingla le Romain. Que peut-il t'arriver de pire que de moisir ici jusqu'à la fin de tes jours ?

Orodès se retourna vers lui, déclara, le regard noir :

— J'ai peur de t'être redevable.

Les yeux vifs d'Aedon étincelèrent.

— Ne t'inquiète pas pour ça. C'est moi qui aurai une dette envers toi. Et je prends soin de mes amis.

Orodès n'avait pas très envie de le suivre, mais avait-il encore le choix ? Le Romain avait raison, tout valait mieux que de mourir ici, dans cette cellule. Il retint son inspiration et se jeta d'un coup dans la porte de nuit.

Après son départ, Aedon remarqua :

— C'est presque trop facile…

Culsans enleva sa capuche, pour laisser respirer son second visage.

— Pourquoi ? demanda-t-il.

Le jeune Empereur lui jeta un regard étonné.

— Pourquoi fais-tu tout cela ? reprit le dieu.

Aedon remonta sa cape, alla s'appuyer contre la fenêtre grillagée. Le soleil au travers du treillis de fer dessinait un damier d'ombre sur son visage.

— Je veux mettre Thya à terre, déclara-t-il, la mâchoire crispée. Que tous ceux qu'elle a connus, tous ceux qu'elle a croisés, meurent ou se retournent contre elle. Qu'elle se retrouve acculée, sans soutien, sans ressource…

— Est-ce vraiment ce que tu souhaites ? insista Culsans.

Aedon se buta :

— Je ne comprends pas.

— Tu as tout ce que tu as toujours désiré, et davantage même. Regarde-toi ! l'exhorta le dieu. Compare ta situation aujourd'hui avec tes rêves de jeunesse… Tu es empereur, tu règnes à Rome, et tu étends l'Empire romain d'Occident pour la première fois depuis la grande partition. Les peuples barbares plient devant tes armées, les généraux t'obéissent et les patriciens ont même renoncé à t'assassiner, alors que le meurtre de leurs dirigeants était devenu une de leurs coutumes. Que désires-tu de plus ?

Aedon s'humecta les lèvres. Les mots du dieu touchaient un point sensible.

— Ma sœur… commença-t-il.

— Ta sœur ne t'a jamais intéressé, avant. Oh ! tu as sans doute jalousé l'affection que lui portait votre père, mais de loin, il y a longtemps. Et ne prétends pas qu'elle menace ton Empire, elle, une vagabonde, seule et perdue dans des terres hostiles, occupée à fuir ses propres démons…

— Assez de détours, vieux monstre, gronda Aedon d'une voix sourde. Qu'est-ce que tu veux me dire ?

— Qu'Hécate te manipule, lâcha Culsans de sa seconde bouche. Que ton obsession morbide pour ta sœur vient d'Hécate, et non de toi.

Aedon pâlit, posa une main contre la grille.

— Comment oses-tu… ?

— Je la connais, la Reine des Cauchemars, poursuivit le dieu peu intimidé. Je la vois agir depuis des siècles. Elle est experte dans l'art de manipuler les sentiments, les émotions et les désirs obscurs des hommes. Elle m'a convaincu de t'aider, rends-toi compte, d'ouvrir une porte vers l'Enfer en plein Sénat…

— Justement, pourquoi as-tu continué ensuite ? Si tu crois qu'elle me manipule, pourquoi ouvres-tu de nouveaux passages pour moi ?

Le dieu renifla, fit quelques pas dans la cellule.

— Au début, admit-il, je pensais que sa cause était la mienne. Que tout ce qu'elle voulait, c'était le retour des anciennes religions, des anciens dieux.

Mais depuis que tu as pris Rome, c'est à peine si une poignée d'églises sont redevenues des temples. Certes, les païens ne sont plus pourchassés, les *christoforos* ne brûlent plus nos livres ni nos statues, c'est encourageant, mais pour le reste… Hécate ne fait rien pour rétablir nos cultes, cela lui importe peu. Non, elle ne veut que Thya, depuis le début. Mais pourquoi ? Dans quel but ?

— Je l'ignore, rétorqua Aedon, je ne lui ai jamais demandé.

— Oui, persifla le dieu, elle sait bloquer les questions qui dérangent…

Le Romain nerveux racla les barreaux du bout de l'ongle.

— Non, ce n'est pas… Je ne lui ai pas demandé parce que je n'en ai pas eu l'occasion, voilà tout.

— Demande-lui, alors, le défia Culsans. Et prête attention à la réponse, parce que je pressens…

Un pli soucieux barra ses deux fronts. Son second visage, le plus sévère, se durcit jusqu'à évoquer un diable de pierre. Il conclut en sourdine :

— Je pressens quelque chose de terrible…

Aedon l'avait parfaitement entendu. Il gratta plus fort la rouille. Le métal s'oxydait plus vite ici qu'à Rome, à cause du sel de l'océan tout proche. Tout s'effritait en ces lieux, la raison, le courage… la loyauté aussi… Culsans doutait, il allait bientôt le quitter. Le trahir. Et Aedon, depuis sa prime enfance, détestait par-dessus tout qu'on le trahisse. Il savait pourquoi le dieu avait choisi de lui parler ici, dans le Château d'Oubli. Pour qu'Hécate ne puisse pas les entendre. Culsans trahissait déjà, il ourdissait déjà des plans contre sa reine…

Aedon se cassa un ongle sur la grille, une goutte de sang se mêla à la rouille. Le jeune Empereur se mordit la lèvre, s'efforça de respirer lentement, profondément, de se calmer au moins en apparence. Quand il se retourna vers Culsans, il avait recouvré sa nonchalance coutumière.

— Allons, mon dieu fripé, déclara-t-il avec entrain, je vais interroger Hécate. Et ensuite, nous aviserons.

D'un geste détendu, il lui passa un bras sur l'épaule. Culsans tressaillit, mais trop tard. Car Aedon lui avait déjà planté la pointe d'une de ses bagues dans l'omoplate, une pointe enduite de somnifère. Le dieu perdit connaissance. Aedon le souleva dans ses bras, et traversa la porte juste avant qu'elle ne se referme.

De l'autre côté, il retrouva son camp militaire, l'un de ses nombreux camps pour être précis. Celui-ci s'étendait au pied du Caucase, dans cette friche désertique où, par une ironie du Destin, s'élevait la Tour du Silence qui avait recueilli Enoch quelques mois plus tôt. Certes, la friche se situait en territoire sassanide, Aedon n'avait aucun droit d'être là. Mais avec Hécate il était si simple de se faire discret… et de dissimuler une légion au complet comme s'il s'était agi d'une bande de chasseurs.

Aedon réapparut entre deux tentes rouges. Les légionnaires sur place le saluèrent avec diligence. Quelques mois plus tôt, ces *Ave Imperator* auraient suffi à illuminer sa journée. À présent il était blasé. Il laissa Culsans inconscient rouler au sol.

— Surveillez-le ! ordonna-t-il aux soldats.

La dose de drogue qu'il avait injectée à son allié bicéphale aurait assommé un cheval, et sans doute tué un homme ordinaire. Cependant, dans le corps d'une divinité ses effets s'estomperaient assez vite, Aedon ne nourrissait pas d'illusions à ce sujet. Par chance, Hécate avait amené de Rome des liens capables de retenir un dieu. Aedon alla les chercher dans la tente de commandement. En y entrant, il eut l'agréable surprise d'y retrouver la magicienne. Et elle était seule.

Dans le camp, elle adoptait l'apparence de la pseudo-Thya, visage en ovale d'ivoire, grands yeux verts innocents, lourdes boucles de cheveux noirs. Et un parfum délicat de pomme mûre, un arôme frais, à peine acide, délicieusement piquant. Le pouls d'Aedon s'accéléra. C'était la première occasion… la première fois depuis des mois qu'il se retrouvait seul avec elle. Absolument seul, sans esclave, sans garde, sans fêtard ni homme de main. Depuis des mois elle le tenait à distance, elle tenait son rôle de sœur modèle. Le moindre geste équivoque entre eux deux aurait pu faire naître des soupçons. Ils ne pouvaient pas se le permettre, les enjeux étaient trop importants, elle le rappelait chaque fois qu'il était tenté de… S'ils n'avaient pas couru de tels risques, laissait-elle sous-entendre, bien sûr ils auraient été ensemble, depuis longtemps… Et aujourd'hui, ils étaient enfin seuls sous cette tente. Aedon noua les cordons de la porte pour s'assurer que personne n'entrerait. Ses doigts tremblaient légèrement. Il s'approcha d'elle, la prit par la taille et voulut l'embrasser. Elle se déroba, oh, tout en douceur…

— Pas maintenant, souffla-t-elle. Pas ici.

Aedon resta un instant interdit.

— Pourquoi ? lâcha-t-il.

— Tu sais pourquoi, dit-elle, et elle alla se servir une coupe de vin.

Son humeur égale le poussa à bout.

— Non, cracha-t-il. Je ne comprends pas. Personne ne peut entrer, personne ne peut nous voir…

Il avait chaud soudain, sa cape lui pesait, sa pourpre inutile qui ne lui donnerait jamais Hécate, qui n'effacerait jamais les cicatrices de son enfance, qui ne lui procurerait jamais la force, la fermeté de Thya. Les paroles de Culsans lui revenaient en mémoire, tout ce qu'il avait dit sur la magicienne. Il arracha le pan de tissu pourpre et le jeta au sol.

— C'est Thya que tu veux, depuis le début, accusa-t-il. Je n'ai été… je ne suis toujours qu'un moyen… une façon de parvenir jusqu'à elle.

— Allons, mon bel éphèbe, dit-elle en levant sa coupe, tu dois bien reconnaître que notre association t'est profitable. Plus qu'à moi, pour l'instant.

Elle rattrapa du bout de la langue une goutte de vin qui glissait sur ses lèvres. Aedon s'embrasa.

— Qu'est-ce qu'elle a que je n'ai pas ? dit-il, tous ses sens au supplice.

— Tu n'es pas content de moi ? répondit-elle, mutine.

Il la haïssait. Il n'avait plus ressenti une telle impuissance depuis des années, depuis les heures troubles de son enfance. Il la détestait et il l'adorait à la fois, il perdait pied… Tout en se maudissant pour sa lâcheté, il abdiqua.

— Si, bien sûr, dit-il. Je suis très content.

— Ah, tu vois ! s'exclama-t-elle avec un grand sourire heureux.

Il aurait fait n'importe quoi pour elle, n'importe quoi pour la voir sourire. Soudain, un doute affreux le reprit. Son amour pour elle était-il réel, ou bien n'était-ce qu'un effet de son pouvoir à elle, de cette faculté à tromper les hommes contre laquelle Culsans l'avait mis en garde ? *Culsans !* se rappela-t-il soudain. Il l'avait oublié. Pourvu qu'il ne soit pas trop tard… Il ressortit de la tente à la hâte.

— Tu t'en vas déjà ? lança dans son dos une Hécate moqueuse.

Il ne prit pas le temps de répondre. Il se rua jusqu'à l'endroit où il avait laissé le petit dieu, tomba nez à nez avec les soldats déconfits. Culsans n'était plus là, évidemment.

— Que s'est-il passé ? hurla-t-il, même s'il le savait déjà.

Les légionnaires terrorisés lui racontèrent que le prisonnier avait ouvert les yeux, puis juste après il avait ouvert une porte d'ombre, comme celle par laquelle il était arrivé un peu plus tôt avec l'Empereur. La porte l'avait avalé, les soldats n'avaient rien pu faire. Ils n'auraient rien pu faire, de toute façon. Aedon en était convaincu. Cela ne l'empêcha pas d'ordonner leur arrestation. Il réfléchissait déjà à des châtiments exemplaires. Il avait besoin de passer sa rage sur quelque chose, ou quelqu'un. Sans compter qu'il allait devoir annoncer la mauvaise nouvelle à Hécate… Ce qu'il appréhendait déjà.

25

La fête à la fin de la nuit

La tête encore lourde, ses deux bouches pâteuses et le corps engourdi, Culsans observa le lieu où sa porte venait de l'amener. Une forêt, constata-t-il, un bois de feuillus clair et ensoleillé. La lumière dans la futaie créait un vitrail vert au-dessus de lui. Un cours d'eau chantait non loin. Culsans décida que se tremper la figure, ou plutôt les figures, lui ferait beaucoup de bien. Il se dirigea vers la rivière.

Les derniers effets du somnifère se dissipaient peu à peu. Son cerveau se réveillait. Il en profita pour réfléchir. Il n'avait pas donné d'ordre spécifique à sa porte, cependant elle ne l'avait pas déposé ici sans raison. Cette forêt lui évoquait de vagues souvenirs. Il avait vécu dans la région, il en était quasi certain. Des saules centenaires trempaient leurs branches dans le courant. Le dieu s'agenouilla sur la rive, puisa de l'eau dans sa main en coupe. De son second regard, dans son dos il perçut un mouvement dans les saules. Un frémissement dans les longues feuilles qu'on aurait pu confondre avec une légère brise. Culsans fit mine de n'avoir rien remarqué, but une gorgée d'eau fraîche tout en guettant le saule du coin de l'œil. Une silhouette élégante se dessina furtivement dans les branches.

— Qui es-tu ? chuchota le dieu de sa voix la plus rassurante. Et de quoi as-tu peur ?

Nouvelle ondulation des feuilles. Culsans tiqua. Il avait l'impression que le saule cherchait à communiquer avec lui. Il se redressa très lentement, comme s'il apprivoisait un animal sauvage.

— Je ne suis qu'un petit dieu, continua-t-il sur le même ton. Un dieu très diminué, je serais incapable de te faire du mal, quand bien même je le voudrais…

Il tendit une main vers l'arbre, la paume vers le ciel. La silhouette se coula le long du tronc en suivant les nœuds de l'écorce.

— Je me nomme Culsans, je suis… une sorte de portier… poursuivit-il toujours aussi bas. Tu n'as rien à craindre d'un portier, n'est-ce pas ?

L'entité hésitait, une légère vibration dans l'air autour du tronc trahit à nouveau sa présence. Culsans sourit gentiment de son premier visage. L'air parut prendre une consistance, et bientôt une splendide sylphide se matérialisa devant le dieu. Ses longs cheveux mêlés d'arabesques végétales passaient devant son profil telle une pluie verte et douce. Elle regarda le dieu au travers, avec une crainte incongrue chez une princesse des prés et des bois. Culsans se sentit gagné par son appréhension.

— Qu'est-ce qui se trame ici ? demanda-t-il. Et où sommes-nous, d'ailleurs ?

— La rivière s'appelle la Dorononia, répondit-elle dans un souffle, non loin de la ville humaine qu'on nomme Varatedo.

Bien sûr, se souvint le dieu à l'énoncé des noms. Il se trouvait en Gaule aquitaine, il avait rencontré Thya l'Oracle non loin. Il poursuivit :

— Ce sont les humains qui… ?

— Non, le coupa la sylphide.

Son cœur palpitait un peu trop vite sous son sein couleur d'herbe.

— Non, répéta-t-elle en ondulant sa chevelure. Dionysos… lâcha-t-elle. Dionysos est revenu.

De face, Culsans présentait toujours une figure égale à la sylphide. Mais son second visage, dans son dos, s'assombrit. Ainsi, Dionysos était ici, en Aquitania. Dionysos qui pouvait le meilleur comme le pire, qui était la vie et la violence, la joie et la folie.

— Il donne une fête, dit la sylphide avec un tremblement nerveux. Dans l'ancienne villa, dans la clairière. Il avait des fidèles là-bas avant le Christ, et il a encore de l'influence sur les lieux…

— Elle dure depuis quand, cette fête ? interrogea le dieu, pragmatique.

— Depuis le printemps. Plusieurs de mes sœurs se sont épuisées là-bas. Et moi, chaque soir, chaque nuit, je ressens davantage l'appel de la bacchanale.

Sa voix s'étrangla dans sa gorge comme un oiseau blessé. Elle baissa la tête et conclut :

— Je ne résisterai plus longtemps.

Elle se recroquevilla entre les racines du saule. Culsans enleva sa cape et la posa sur ses épaules. Elle agrippa les pans du tissu de ses fins doigts verts. Un peu de lumière vivante courut le long de ses poignets, souligna le dessin de ses veines. Culsans cogitait à toute allure. Était-ce la raison de sa présence ici ? La bacchanale du dieu dément ? Était-il censé y mettre un terme ? Il s'imaginait mal dans la peau d'un héros, et pourtant… Il demanda à la sylphide :

— Il n'y a rien d'autre d'étrange, dans la région ?

— À part la bacchanale ? s'étonna la fille des prés. Non, pourquoi ?

— Pour rien. Où donc se trouve cette villa, déjà ? questionna-t-il d'un ton anodin.

— Tu veux te rendre à la fête ? s'exclama-t-elle dans un frisson.

— Je dois y aller, oui, je crois.

— Tu n'auras même pas besoin de guide, répondit-elle du bout des lèvres. Attends juste le crépuscule. Alors la fête t'appellera. Mais… mais tu ferais mieux de ne pas lui répondre.

Ses doigts se crispèrent sur la cape.

— Pars, reprit-elle d'un timbre plus sourd. Pars tant que tu ne les as pas entendus… les sistres dans la clairière… Tu es… Tu es gentil, ta place n'est pas là-bas.

Il la rassura de son mieux.

— J'ai encore quelque ressource. Et puis, ajouta-t-il, il y a trop longtemps que je n'ai pas dansé.

Son premier visage sourit à la sylphide. Le deuxième, celui qu'elle ne pouvait pas voir, plissait le front, le regard soucieux. Le soleil était encore haut dans le ciel, les ombres courtes sur la rive. Culsans s'installa sur une souche à côté de la sylphide et il attendit la nuit.

L'après-midi lui parut interminable. En fin de journée, la sylphide regagna les branches du saule. Culsans récupéra sa cape, remit son capuchon en place. Il devait cacher son second visage pour ce qu'il comptait faire cette nuit.

Bientôt le crépuscule s'étira sur l'Aquitania, un de ces longs crépuscules de fin d'été où le jour semble avoir du mal à finir, mais qui recèle déjà en son cœur les rouges vineux et les ors de l'automne à venir. Culsans épousseta la terre sur sa tunique, il allait dans le grand monde après tout. Il retira du bout de l'ongle quelques brins d'herbe de sa cape. Alors il entendit résonner les sistres. Cela commença par un tintement aérien. S'il n'avait pas prêté l'oreille, il l'aurait manqué. Mais maintenant qu'il l'avait perçu, il ne pouvait plus y échapper. Le rythme que marquaient les petits ronds de métal était entraînant, impertinent, allègre. Culsans retint un pas de danse. Son sang coulait plus vite, son pouls s'accélérait. Il se sentit soulevé par un désir intense, un formidable élan de vie. Comme s'il n'y avait rien de plus désirable, rien de plus beau au monde que la fête qui l'appelait. Bien sûr ce n'était pas réel, c'était l'un des effets de Dionysos, des effluves de sa bacchanale que le sistre portait jusqu'à la rivière. Culsans refréna son enthousiasme, resserra le col de sa cape, et se mit en chemin.

Dans les bois rouges du couchant, le dieu à deux visages suivit la ligne de musique. Elle aurait dû le conduire tout droit jusqu'à la villa en ruines, et pourtant il avait la nette impression de multiplier les tours et détours. Le sistre s'amusait avec lui, l'égarait de manière délibérée. C'était bien l'un des tours de Dionysos, songea Culsans. On aurait pu croire qu'un fils de Zeus ne s'adonnerait pas à de telles gamineries, mais non, même l'avènement du Christ n'avait pas rendu le seigneur du vin raisonnable…

La forêt aussi se prenait au jeu. Les arbres se déplaçaient derrière son passage, les chemins se tordaient selon des courbes impossibles. Culsans avait l'impression de marcher depuis des heures, pourtant le crépuscule s'éternisait toujours, les derniers rais de soleil se refusaient à disparaître. Ce n'était pas qu'une plaisanterie, comprit le maître des portes. Dionysos lui brouillait les sens, altérait ses perceptions, pour qu'il ne sache pas refaire le chemin inverse. C'était une invitation à sens unique, en quelque sorte. Culsans s'en moquait, il n'avait pas prévu de se montrer particulièrement poli avec son hôte.

La musique montait, s'enrichissait à mesure qu'il s'approchait de la fête. Au son du sistre se mêlèrent les arpèges des flûtes de Pan, le cuivre éclatant des cymbales, les notes mélodieuses des cithares. Enfin la nuit le rattrapa. Le ciel et le bois s'assombrirent, virèrent au violet et au mauve. Des lampions s'allumèrent dans les frondaisons, des arômes d'alcool capiteux enivraient les mésanges et les écureuils. Enfin les troncs noirs s'écartèrent et la villa apparut.

Culsans s'était préparé à voir des bâtiments en ruines, pourtant la villa était à nouveau debout. Les colonnes doriques qui en ceignaient les murs se couvraient de chèvrefeuille et de vignes aux raisins mûrs. Des satyres cornus se hissaient sur leurs pattes fourchues pour cueillir les plus belles grappes. Près de la porte, un lutin juché sur une chèvre tentait d'en faire autant. À l'entrée, deux jeunes femmes, des Ménades en robe rose, accueillirent le nouveau venu avec des sourires aguicheurs, lui servirent une coupe de vin. Refuser aurait paru suspect, Culsans accepta donc le breuvage, mais se contenta d'y tremper les lèvres, alors que ses charmantes hôtesses s'échappaient dans une farandole.

Il vida discrètement sa coupe dans un pot en terre cuite. Évitant les danseurs, il passa dans le péristyle. Ici la fête battait son plein, reproduite en trompe-l'œil sur les peintures des murs, si bien que du premier coup d'œil on ne distinguait pas clairement où s'arrêtait la fresque et où commençaient les libations. Danseurs et danseuses en tenues légères tournoyaient en rondes harmonieuses parmi les échansons, les satyres chargés des plateaux de fruits, les musiciens et les dîneurs. La musique était joyeuse, mais pas stridente. Hormis quelques silènes chenus, qui apportaient une touche de respectabilité à la scène, tous les participants ici étaient jeunes, très beaux, les corps déliés, les cheveux souples. Dans la pénombre sous les arches, sur des banquettes de velours, des convives discutaient poésie, philosophie, astronomie… Parfois un éclat de rire jaillissait de derrière une statue antique, au marbre blanc ourlé de guirlandes de fleurs. Le végétal et la pierre semblaient s'épouser en de parfaites noces. Des tapis de mousse verte recouvraient le sol par endroits, masquant des pans de mosaïque. Des vignes vierges écarlates festonnaient les auvents de tuile. Des lucioles piquetaient les feuillages en milliers de joyaux vivants. Des ballets de phalènes pâles tournoyaient autour des lampions. Le brouhaha joyeux des conversations, des mélodies, des rires s'élevait par le plafond ouvert vers le ciel nocturne, vers la voûte céleste où les étoiles ce soir semblaient être placées exprès pour rendre la fête plus belle. Culsans dut prendre sur lui pour rester insensible face à autant de charme.

Évitant les danseurs, il chercha du regard le maître de cérémonie. Dès qu'il le vit, il le reconnut. Certes, il l'avait déjà croisé, au cours de sa longue existence. Mais surtout, personne n'aurait confondu le dieu du vin avec un vulgaire noceur.

Dionysos était alangui sur une banquette, sur une estrade au bout du péristyle. Il était vêtu d'un simple pagne, sa couronne de vigne légèrement de travers. Une tenue bien moins chatoyante, bien moins riche que celles de ses hôtes, pourtant c'était de lui qu'émanait toute la vitalité, toute l'ardeur de la fête. Des courants chauds presque palpables s'échappaient de son trône, traversaient le banquet et les danses puis convergeaient vers lui à nouveau. L'or de son siège paraissait terne contre l'ambre de sa peau nue. La sueur qui huilait ses cheveux bouclés luisait plus que les flammes des lampes, et ses yeux… ses iris jaunes vibraient d'une verve féroce. L'Ondine était étendue contre lui, le sourire vague, les paupières mi-closes. Culsans craignit un instant qu'elle le reconnaisse, abaissa davantage sa capuche sur son front. Mais il s'était inquiété pour rien. La fille des eaux était plongée dans un semi-coma où rien ne semblait l'atteindre. À quelques pas d'elle, le Faune jouait une sarabande sur son fifre de roseau. Ses sabots battaient la cadence. Culsans s'approcha de lui à pas feutrés, dissimulé par une statue, le tira brusquement vers lui. Le Faune lâcha son flûtiau, hoqueta :

— Seigneur Culsans ? Qu'est-ce que tu fais ici ?

— Et toi, gronda le dieu étrusque, tu n'as rien de mieux à faire qu'à boire et à danser avec ce rejeton inconséquent d'une cuisse divine ?

— Ne t'inquiète pas, répondit le Faune, en lui soufflant son haleine avinée en plein visage. C'est moi qui l'ai invoqué, il va m'aider à retrouver l'Oracle…

— Ah oui ? répliqua Culsans d'une voix grinçante. Et il t'a demandé quoi, en échange ?

— Juste de participer à sa fête. Juste cette nuit.

Culsans fronça les sourcils. Tout ça n'annonçait rien de bon.

— Il t'a demandé ça quand ?

Le Faune se gratta l'oreille.

— Hier soir, pourquoi ?

— Quelle lune ? insista Culsans. En quelle saison ?

— Eh bien, nous sommes au début du printemps, donc…

Culsans serra le bras du Faune à le broyer, retint les reproches qui lui montaient aux lèvres. Comment le coureur des bois avait-il pu être aussi inconscient ? Aussi crédule ? Pourquoi les êtres comme lui accordaient-ils tant de confiance aux dieux ? La fête durait depuis le début du printemps, depuis plus d'une saison… Dans quel état les noceurs se trouvaient-ils ? Culsans corrigea : dans quel état se trouvaient-ils *réellement* ?

Il lâcha le Faune. Le coureur des bois recula, regarda son bras endolori, puis Culsans, sans comprendre. Le dieu bicéphale admira une dernière fois la bacchanale. Il n'avait pas assisté à pareilles agapes depuis longtemps, pas depuis la fin des temps païens.

Une nostalgie inattendue lui serra la gorge. Un instant, il fut tenté de retarder l'échéance, de se griser lui aussi au son des musiques anciennes. Mais c'était une pente glissante. Et puis il savait bien ce que la fête recouvrait en réalité. Il avait passé l'âge de s'enivrer d'illusions.

Un goût amer sur la langue, il abaissa son capuchon, ouvrit son second regard, ses yeux plus durs et plus froids, qui observaient et jugeaient sans concession le monde. Alors il vit la scène telle qu'elle était vraiment.

Il vit la villa en ruines, les chenilles, les loirs et les scolopendres se nourrissant parmi les mousses visqueuses et les champignons vénéneux. Il vit les danseurs et danseuses, hâves, épuisés, la peau sur les os, les pieds en sang à force de farandoles, tenir encore debout par la seule volonté du dieu dément. La musique criarde et stridente les menait comme des galériens au supplice. Les fifres aux lèvres crevassées et suintantes soufflaient dans leurs instruments autant de bave rouge que d'air. Les doigts des joueurs de cithare étaient couverts de cloques et d'ampoules crevées, un sourire exagéré leur tirait le visage en un masque grotesque. Leurs mains martyrisées pinçaient à une vitesse inhumaine les cordes, obligeant les danseurs à accélérer le rythme, à accélérer toujours plus… À ce jeu cruel, certains trébuchaient dans les ornières de la mosaïque, ils se relevaient aussitôt pour reprendre la gigue, parfois avec une cheville foulée, un genou démis… Les Ménades rattrapaient ceux qui sortaient des rondes, les Ménades échevelées, la peau percée de ronces, les vêtements lacérés, des griffes à la place des ongles… Les victuailles à moitié mangées pourrissaient sur les plateaux ternis, grouillaient de mouches et de vermine. Presque tous les lampions s'étaient déjà consumés. Culsans ne distinguait plus les dîneurs sous les arches, seulement leurs silhouettes dans l'ombre, et celles-ci n'étaient plus tout à fait humaines. Des grognements et des couinements animaux montaient des banquettes au lieu des conversations d'esthètes. Culsans se détourna par compassion, leva sa seconde paire d'yeux vers l'estrade, vers Dionysos en majesté. Le dieu du vin s'avachissait sur sa banquette tachée de sauces et de liqueurs, son charisme flamboyant l'avait quitté, sa peau flasque et grise plissait au-dessus de son ventre bedonnant, autour de son cou épais. Sa figure se révélait couperosée et bouffie. Sa bouche lippue, ses bajoues pendantes lui donnaient un air crapaudin, qu'accentuait encore son regard, ses yeux qui étaient désormais entièrement jaunes, sauf la pupille noire, horizontale et large. Des yeux d'amphibien.

L'Ondine contre lui n'était plus qu'un corps desséché, son épiderme délicat se craquelait, ses longs cheveux blancs s'en allaient par poignées, elle respirait à peine. Le Faune avait les sabots rabotés et cassés, le mufle fendu…

— Cesse ce supplice, Dionysos ! lança Culsans. Mets fin à cette fête.

— Non, coassa le dieu du vin d'un timbre alourdi par l'alcool. Ils ont promis.

— Ils ont promis de danser avec toi jusqu'à l'aube, je sais. Et ils ont tenu leur promesse. Ils ont largement profité de ton hospitalité, et ils t'en sont reconnaissants. Maintenant, il est temps de les laisser partir.

— Mais ils m'ont appelé…

— Et tu les as bien reçus, reconnut Culsans.

— Je ne veux pas que la fête s'achève, implora le dieu crapaudin.

Il posa sa pogne épaisse sur l'épaule frêle de l'Ondine, qui gémit faiblement sans bouger.

— Regarde, dit Culsans, l'aube se lève.

Dionysos baissa la tête, secoua le menton en faisant trembloter les replis de sa graisse.

— Je ne veux pas rester seul…

Au fond, le ciel se teintait de rose. Les rossignols chantaient dans les forêts d'Aquitaine. Culsans et Dionysos étaient les seuls à voir le jour se lever, les seuls à entendre les oiseaux saluer le soleil. Le dieu étrusque fit un pas vers l'estrade.

— Nous sommes seuls, lui confia-t-il. Tous orphelins d'un monde mort, d'un passé dont la mémoire s'étiole peu à peu. Ce n'est pas en épuisant nos ultimes fidèles que nous changerons cela. La trame du Destin se tisse quoi qu'il advienne, et nul ne peut la défaire, nul ne peut revenir en arrière, ni les humains ni les dieux.

— Je n'ai plus assez de forces… répondit Dionysos.

— J'en aurai pour toi, le rassura Culsans.

Il se retourna vers le Faune.

— Prends-moi la main, lui dit-il, et vois avec mes yeux.

Le coureur des bois obéit. Le dieu étrusque tendit son autre main à l'Ondine.

— Toi aussi, ma belle.

Elle lui frôla les doigts. Alors, elle et le Faune découvrirent le véritable aspect de la fête. L'Ondine manqua d'air, le coureur des bois s'écroula sur la mosaïque détruite, Culsans le releva. Le soleil apparut au-dessus des forêts. Un instant son éclat obligea les trois rescapés à cligner des paupières. Quand ils purent regarder autour d'eux à nouveau, les ruines de la villa avaient retrouvé leur calme sans âge, les participants à la fête nocturne avaient regagné les fresques, ou les songes d'un dieu déchu. Ne subsistaient de la bacchanale que les plaies de l'Ondine et du Faune. Et un adolescent roulé en boule sur son estrade brisée, parmi les mousses et le chèvrefeuille. Culsans confia l'Ondine au Faune.

— Porte-la jusqu'à la Dorononia, elle a besoin d'eau.

Le coureur des bois obéit. L'Ondine sur son épaule, il clopina vers la rivière. Le dieu étrusque pria pour qu'il tienne jusque-là. Puis il se tourna vers l'adolescent aux yeux jaunes, au corps ambré mince et fragile.

— Mes amis sont arrivés ici avec un rouleau de manuscrits. Où est-il ?

— Derrière cette estrade, en sécurité, assura le jeune Dionysos.

Pour prouver sa bonne foi, il tira le rouleau de sous les mousses. Culsans s'en saisit aussitôt. C'était bon de le retrouver.

— Bien, dit-il. Autre chose : tu as promis d'aider à retrouver l'Oracle. Où est-elle ?

— Je l'ignore, avoua l'adolescent avec un petit air coupable.

— Alors que tu as prétendu…

— Je n'ai jamais dit que je savais où elle était, se révolta-t-il. J'ai simplement proposé d'aider… Et puis, murmura-t-il d'un ton pitoyable, il y avait si longtemps qu'on ne m'avait invoqué…

Culsans se radoucit :

— Bon, que proposes-tu ?

— Apollon. Lui vous dira où est l'Oracle. Après tout, les devins sont sous sa responsabilité. Il ne répond plus aux invocations ni aux prières depuis un bon siècle déjà, mais je sais où il est. En Colchide. Et je connais quelqu'un qui vous mènera jusqu'à lui.

— Je peux ouvrir une porte… remarqua Culsans.

— Non, répondit Dionysos. Il ne vaut mieux pas. Apollon…

Il hésita, arracha quelques vrilles à la vigne, les suçota tout en cherchant comment bien présenter les choses.

— Nous avons tous été assez… éprouvés, depuis l'avènement du Dieu unique, déclara-t-il enfin. Nous sommes devenus bizarres, plus ou moins. Mais Apollon… Apollon a été particulièrement frappé. Il a un comportement très étrange. Si tu ouvres une porte vers sa tanière, j'ai peur… j'ai peur qu'il te renvoie dans le Néant.

Culsans soupira. Si Dionysos lui-même, qui pourtant avait des goûts assez particuliers, trouvait Apollon *très étrange*, le pire était envisageable. Mais il n'avait d'autre choix que d'aller de l'avant. Comme il l'avait dit lors de la fête, on ne remontait pas le fil du temps.

26

Une plage en Colchide

Grâce à un négociant en vin, une relation de Dionysos, Culsans, l'Ondine et le Faune trouvèrent un capitaine de bateau, une barque légère à deux voiles, qui les emmena de l'autre côté de la *Mare Scythicum*, la mer des Scythes, que les Grecs appelaient Pont-Euxin, et dont les flots, disaient les marins, se teignaient de noir durant les tempêtes. Toutefois, grâce à la présence de l'Ondine, qui apaisait les dieux des flots, leur traversée se déroula sans encombre. Ils mouillèrent dans une crique sur les rivages de Colchide, non loin d'Apsaros et de Trébizonde.

La Colchide avait été une terre de magiciennes et d'amazones autrefois, un royaume dont les richesses fabuleuses étaient matière à légendes. À présent, c'était une province excentrée de l'Empire de Constantinople, où les vieilles forteresses romaines croulaient lentement sous le lierre.

L'approche des côtes rendait le Faune nerveux. Pour commencer, la mer lui donnait la nausée, la navigation n'était pas son élément naturel. Et surtout il n'était pas revenu en Colchide depuis plus de mille ans.

Il avait été heureux ici, un jeune faune de quelques siècles à peine, au temps où régnaient les anciens dieux. Il avait rencontré une magicienne alors, elle aimait changer les gens en animaux en les amenant boire à certaines sources de la montagne. À cause d'elle, il avait fui, vers la Grèce puis vers le nouvel Empire de Rome. C'était si loin tout ça. La magicienne était morte depuis longtemps, pourtant il n'avait jamais osé revenir. Une crainte quasi superstitieuse l'avait tenu éloigné de la Colchide. Crainte de retrouver ses souvenirs trop vifs, et que ceux-ci le fassent souffrir à nouveau. Ou peur de s'apercevoir que le pays de sa jeunesse avait disparu, que les lieux avaient tellement évolué, qu'il le ne les reconnaissait plus.

Toutes ces angoisses s'envolèrent dès qu'il posa un sabot sur la plage. Le vent coulait dans sa fourrure brune, les odeurs familières des dunes lui chatouillaient les narines. Le sable était chaud sous son sabot, mais le soleil, ici, se révélait plus doux et plus agréable qu'ailleurs. Le Faune s'ébroua dans la lumière dorée. Derrière lui, Culsans rappela :

— Nous sommes venus rencontrer Apollon. Dionysos nous a assuré qu'il s'est établi dans la région.

— Dans la région, mais où ? La Colchide est vaste…

— Il y a des gens sur la plage, remarqua l'Ondine. Nous pourrions leur demander s'ils l'ont vu.

— Il ressemble à quoi, Apollon ? interrogea le Faune en se grattant l'oreille.

— Il est… solaire… répondit Culsans. Très beau,

très blond, comme couronné de lumière. Il usait et abusait de sa séduction et, quand il n'obtenait pas ce qu'il désirait grâce à elle, il abusait de son pouvoir. Ah, et il a toujours eu des relations compliquées avec les devins…

À l'énoncé de ce portrait, l'Ondine frissonna, serra davantage la cape bleu indigo sous laquelle elle dissimulait sa pâleur irréelle de créature des eaux.

— Allons, dit Culsans, haut les cœurs ! Nous sommes sortis indemnes d'une bacchanale, et de plusieurs siècles chrétiens. Nous survivrons encore. Et puis c'était quand il chassait avec Diane, sa sœur, qu'Apollon était le plus cruel. Or Diane a disparu depuis près de deux cents ans.

Le Faune plissa le nez, peu rassuré. Il racla le sable sous ses sabots. Il aimait de moins en moins fréquenter des dieux.

Culsans en tête, car c'était lui qui avait l'air le plus humain, les trois voyageurs se dirigèrent vers le petit groupe qu'ils apercevaient plus loin. Alors qu'ils approchaient, le Faune dressa les oreilles. Il capta des bribes de paroles, des mots que s'échangeaient les inconnus. Une femme évoquait d'une voix sourde son mari qui l'avait abandonnée, qui l'avait trahie pour une autre. Cependant, il n'y avait pas de tristesse ni de chagrin dans son timbre. Que de la colère, et de la rage. Le Faune s'arrêta, se dit qu'il devrait prévenir ses compagnons. Puis il entendit une deuxième personne.

— *Non*, disait-elle. *Non, ce n'est pas mal, mais il faut plus de retenue. Sa folie est plus intérieure.*

Le Faune sourit. Du théâtre. Il n'en avait pas vu

depuis tellement longtemps. Aujourd'hui, le public romain n'avait d'yeux que pour les jeux du cirque, les gladiateurs et les courses de chars. Les rares comédiens encore en activité étaient accusés d'immoralité, persécutés par l'Église du Christ. Le Faune se remit en marche d'un pas plus guilleret.

La troupe répétait une tragédie sur Médée, une princesse de Colchide, une magicienne aussi. Elle avait aidé Jason à récupérer la Toison d'or. Ensuite, comme le racontait la pièce, Jason l'avait épousée, puis trahie. Alors Médée s'était vengée. Et une vengeance de magicienne… Rien que d'y songer, le Faune en avait la fourrure qui se hérissait… En tout cas, il était content de retrouver du théâtre. Autrefois, quand il vivait en Grèce, il aimait se glisser aux abords des amphithéâtres, jeter un coup d'œil du haut des gradins, assister aux pièces qu'à l'époque des acteurs masqués et en cothurnes jouaient au cours des fêtes religieuses.

Le soleil, le théâtre, les fantômes dorés de sa jeunesse… le retour du Faune chez lui s'annonçait mieux qu'il n'aurait osé l'espérer. Ainsi ragaillardi, il en venait à penser que peut-être… peut-être que même Apollon ne serait pas si mauvais…

Les acteurs étaient au nombre de sept, trois hommes et quatre femmes, dont celle qui incarnait Médée. Grande, brune et hiératique, le visage anguleux, en voiles sombres et bijoux d'or, elle focalisait toute l'attention sur elle. Le dramaturge qui dirigeait tout ce petit monde se tenait en retrait, assis sur le sable, avec ses tablettes sur lesquelles était écrite la tragédie.

Culsans salua la troupe de son sourire le plus amène, *son sourire presque humain*, songea *in petto* le Faune. Avec son capuchon jaune, le dieu étrusque pouvait passer pour un vieux berger ou un marchand d'olives.

— Je m'en veux de vous interrompre, dit-il d'un ton assez humble. Mes compagnons et moi sommes étrangers en ces terres, et nous cherchons quelqu'un… Une connaissance…

— Il n'y a que des villages de pêcheurs ici, répondit Médée en abandonnant son ton de tragédienne. Et quelques oliviers avec des ruches dans les collines. Votre ami est un marin ? Un paysan ?

— Ma foi, réfléchit Culsans d'un ton bonhomme, nous ne l'avons pas vu depuis si longtemps… Je serais bien en peine de deviner quel métier il exerce aujourd'hui.

— Dans ce cas, sourit la comédienne, il ne va pas être facile à trouver.

Elle rajusta d'une main les voiles sur ses épaules. Ses bracelets roulèrent le long de ses bras minces. Ils étaient en or pur, remarqua Culsans, très lourds et de facture ancienne. Comment une troupe aussi peu argentée, au vu de leurs costumes et de leur lieu de répétition, pouvait-elle s'offrir un trésor pareil ?

— Vous n'avez pas d'ennuis avec les prêtres ? demanda le dieu incidemment, pour créer un lien de connivence avec les acteurs.

— Ici ? s'étonna Médée. Non, la plage est assez isolée, et les capitaines qui accostent dans la crique sont de notre côté. Et nous sommes discrets, nous nous produisons chez des particuliers, des gens de goût…

— Dites-moi, reprit Culsans, il n'est rien arrivé d'inhabituel dans le coin, ces derniers temps ?

— Non, pourquoi ?

— Parce que notre… ami… attire l'inhabituel. Une sorte de don.

— Je suis le mieux placé pour vous aider, lança le dramaturge, et il se leva en secouant le sable de sa tunique. Je vis ici depuis plus longtemps que les autres, reprit-il, et je connais tous les gars du coin. Venez, allons à ma cahute. Et vous, dit-il aux comédiens, reposez-vous, nous reprenons dès que je reviens.

Sous ses dehors anodins, l'homme devait posséder une certaine force de conviction, car Culsans, l'Ondine et le Faune le suivirent sans discuter.

Il vivait dans une cahute en bois d'épave derrière les dunes. Il avait installé une table et des bancs à l'extérieur. Il invita les voyageurs à s'asseoir, leur servit des anchois et du lait. L'Ondine effleura le bord de son gobelet sans oser le boire. Culsans se demandait de plus en plus ce que signifiait une telle affabilité. Il avait du mal à cerner le dramaturge. C'était comme si ses traits échappaient à la description. Un homme d'âge moyen, au physique ordinaire… Et qui paraissait trouver très normal qu'un trio en longues capes débarque sur une plage isolée de Colchide à la recherche de…

— Que cherchez-vous, à propos ? demanda-t-il après les politesses d'usage. Je n'ai pas très bien saisi…

— Un ami de longue date, répondit Culsans. Plutôt bel homme, et qui aime séduire.

— Ma foi, cela pourrait s'appliquer à tous mes comédiens, plaisanta le dramaturge. Mais ils l'auraient dit, s'ils vous avaient reconnus…

— C'est un homme bizarre, ajouta l'Ondine en douceur.

— Bizarre, à quel point ?

Culsans avait la nette impression que leur interlocuteur les testait, les mettait à l'épreuve. Il tenta une nouvelle approche :

— Ma belle amie trop délicate ne boit jamais de lait. Aurais-tu un peu d'eau pour elle ?

— Bien sûr, dit-il avec gentillesse, et pendant une seconde, Culsans s'en voulut de le soupçonner.

L'homme repartit vers sa cahute pour chercher de l'eau. Dès qu'il eut le dos tourné, Culsans enleva sa capuche, darda sur lui son second regard, celui auquel on ne pouvait mentir. La lumière que dégageait le dramaturge l'éblouit, il jura à voix haute. L'homme se retourna.

— Je me demandais combien de temps cela te prendrait, mon vieux Culsans, pour me percer à jour !

Le dieu étrusque grimaça, se protégea les yeux avec son bras en visière.

— Tu brilles plus qu'à notre dernière rencontre…

— Tu vas t'habituer, lui assura le dramaturge.

— Tu peux te montrer à mes amis, aussi. Ils ont fait un long chemin pour te voir.

— Très bien.

L'homme alla se rasseoir, étala ses longues jambes sous la table et abandonna son camouflage. L'Ondine battit des cils, le sang lui monta aux joues, elle rougit comme une pivoine. Le Faune dressa la queue, s'ébroua, se frotta les paupières. Devant eux se tenait le plus beau dieu qu'ils aient jamais rencontré, avec un corps parfait, des traits réguliers, un profil droit à faire pâlir d'envie les sculpteurs d'Athènes, et des cheveux qui se terminaient en rais de lumière. Apollon, dieu du soleil, des oracles et des arts, les salua d'une main vague.

— Je ne sais pas qui vous a révélé mon repaire…

— Dionysos, répondit obligeamment le Faune.

Il était plutôt gentil, d'habitude, mais il éprouvait un ressentiment tenace envers le dieu du vin pour tout ce qu'il leur avait fait subir, à lui et surtout à l'Ondine.

— Mon demi-frère ivrogne, commenta Apollon. Bon, je ne vais pas prétendre que ça me surprend. Quoi qu'il en soit, Culsans, j'ignore dans quelle aventure tu comptais m'entraîner, mais je vais t'épargner de la salive : je ne te suivrai pas.

Évidemment, Culsans ne s'arrêta pas à ça.

— Qu'est-ce qui te rend si sûr de toi ? relança-t-il, sans paraître accorder trop d'importance à la question.

Apollon sourit.

— Je sais ce que cherchent presque tous les dieux, de nos jours. Renverser l'ordre des choses. Faire revenir les anciennes religions, les temps heureux du paganisme…

— N'est-ce pas ce que nous voulons tous ? remarqua Culsans, et il avala une gorgée de lait.

Apollon s'étira, et l'Ondine piqua un fard.

— Non, répondit-il au vieil Étrusque. Tu te trompes. Je ne souhaite pas le retour de nos fidèles. Je préfère de beaucoup mon existence aujourd'hui.

Plus de prières, ou si peu, plus de responsabilités, de jeux de séduction, de pouvoir… Je ne torture plus de mortels, je n'offre plus de dons, je ne chasse plus les amants infidèles avec Diane… Ici, en Colchide, je ne suis plus un dieu, je suis libre. Je fais du théâtre, de la musique, de la poésie…

Il se pencha au travers de la table, fixa Culsans bien en face.

— Alors non, je ne regrette rien. Je ne veux surtout pas revenir en arrière. Je n'ai plus envie d'être un dieu.

Il se releva sur ces mots, avec une souplesse splendide.

— Vous pouvez rester ici pour la nuit. Moi je dois retourner sur la plage. J'ai une pièce à répéter.

Il s'en allait déjà entre les dunes, quand Culsans lui lança :

— Hécate veut la dernière oracle. Elle la cherchait du côté du Khorasan.

Apollon se figea. Un instant, le soleil de ses cheveux s'aviva, ondoya contre l'azur du ciel.

— Du côté des déserts ? répéta-t-il sans se retourner.

— Je crois, oui. Pourquoi, c'est mauvais ?

Le dieu du soleil revint s'asseoir, fit tourner entre ses doigts un verre vide, lâcha enfin :

— Il y a quelque chose, au fond des déserts… ça va te rappeler ton passé, mon vieux Culsans. Quelque chose d'aussi ancien que toi, peut-être plus…

Culsans s'assombrit. Il goûtait peu la tournure de cette conversation. L'Ondine observait les deux déités en essayant de comprendre ce qui se jouait entre eux, entre Culsans petit et brun et Apollon grand et clair. Le Faune se gratta l'oreille, nerveux.

— Ils ne voulaient pas que je les trouve, reprit Apollon. Ils s'étaient retirés dans le désert du Vide, depuis des siècles déjà, quand je les ai entraperçus. J'étais pris dans... une histoire avec une jeune oracle grecque à l'époque, dans une cité d'Ionie qui s'appelait Éphèse, et qui a disparu aujourd'hui. Elle était très belle, l'oracle, pas la ville, et pour l'impressionner je reculais sans cesse les brumes dans nos visions, je l'emmenais en esprit au cœur des plus profonds mystères. C'est comme ça que nous les avons trouvés.

Il avala une gorgée de lait d'un geste mécanique. Il regarda sans les voir les herbes des dunes que froissait le vent marin. Il était si loin en pensée, loin du soleil de Colchide. Il poursuivit :

— Un temple... Un temple dans la nuit avec des colonnes blanches et lisses, ni grecques, ni crétoises, ni étrusques même. La terre sèche et craquelée alentour, comme si l'édifice avait drainé toute la vie de ce lieu. Un mauvais pressentiment me disait de reculer, de ne pas chercher à entrer là. Mais l'orgueil n'est pas réservé aux mortels. Je suis entré, j'ai vu... Des voiles, des tissus fins et pâles qui se gonflaient au rythme d'une respiration silencieuse. Derrière, des silhouettes bougeaient et se frôlaient en théâtre d'ombres, des formes humaines, ou divines. J'ignorais où j'étais, cependant je savais dans mes tripes qu'il était défendu de soulever ces voiles, que si quelqu'un les écartait les conséquences seraient terribles. Malgré tout, je n'ai pas pu m'empêcher de jeter un coup d'œil de l'autre côté, par une fente entre deux pans. Et un visage s'est tourné vers moi, une figure si vieille que la peau s'était collée contre les os du crâne. Les yeux s'étaient enfoncés au fond de leurs orbites, et pourtant ils voyaient toujours, ils luisaient au plus profond de leur puits d'ombre. Ils m'ont regardé et j'ai été jeté hors de la scène, avec une violence inouïe. Mon esprit est revenu au présent, à Éphèse. Mais juste avant mon retour, j'ai eu le temps de voir… dans l'œil du dieu, dans sa prunelle noire… quelque chose de pire que de la cruauté, que de l'ambition… Une indifférence glaciale, presque impossible. Un détachement de nature à détruire la matière même du monde. Tu me connais, Culsans, je suis peu impressionnable, mais ce jour-là j'ai tremblé. Je tremblais de tous mes membres. En hoquetant, je ressortis du sanctuaire d'Éphèse, où la séance de divination avait eu lieu. Je n'y suis jamais retourné. Quelques années plus tard, j'ai appris que les collines environnant la cité devenaient stériles, les alluvions obstruaient les fleuves, les champs se ravinaient et ne portaient plus de grain. Puis les navires de commerce ont contourné le port, la ville s'est dépeuplée, elle est tombée dans l'oubli. Je n'ai pas pu m'empêcher d'y voir un lien avec mon aventure. Je crois qu'un peu de Vide est revenu avec mon esprit du désert, qu'il a sapé lentement les fondations d'Éphèse. Et c'est cette puissance qu'Hécate veut sans doute réveiller aujourd'hui.

— Mais pourquoi a-t-elle besoin de Thya ? s'exclama le Faune. Pourquoi une oracle ?

Apollon termina son verre.

— Là, je l'ignore, avoua-t-il. Mais je suis peu familier des Dieux Voilés. Ce ne sont pas mes dieux, c'étaient ceux des Étrusques.

Il se tourna vers Culsans, lui demanda :

— Toi, tu sais… ?

— Guère plus que toi, avoua le maître des portes. J'en ai oublié beaucoup, au fil des siècles. Et le peu de mémoire que j'ai gardé, je doute qu'il soit bien fiable. Par moment, je doute même avoir incarné le Chaos primordial.

Il se resservit à boire.

— Tout ce dont je me souviens, reprit-il, ce sont des rumeurs, des contes qui couraient dans les terres étrusques, avant la venue de Rome. Elles disaient que les Dieux Voilés étaient plus anciens que l'Étrurie, qu'ils étaient adorés au sein du premier grand royaume de la *Mare Nostrum*, sur l'île d'Atlantide où la première civilisation des hommes aurait été fondée. Ces dieux étaient le Temps avant que les Parques ne filent les jours, le Destin avant que les Devins ne l'interrogent, la Vie avant que les mortels ne vivent.

Le Faune dressait les deux oreilles. Il était tout ouïe.

— Et Thya ? insista-t-il. Que vient-elle faire dans cette histoire ?

Apollon prit le relais de Culsans, réfléchit à voix haute :

— Les dons des oracles étrusques ne venaient pas de moi, pas comme ceux des ioniens ou des grecs. Certains prétendent qu'ils leur avaient été apportés aux premiers âges de l'Étrurie par un peuple venu de la mer. Par les adorateurs de Dieux Voilés, peut-être… Peut-être que les oracles étrusques sont les seuls à pouvoir parler avec les Dieux du Vide.

— Pas tous les oracles étrusques, corrigea Culsans. Thya. La dernière. Les Sybilles ont prédit que la dernière oracle allait changer le monde. Et si c'était là son moyen d'y parvenir?

— En s'alliant avec les Dieux Voilés… comprit Apollon.

Culsans hocha la tête.

— L'indifférence des Dieux Voilés, celle qui fait leur force, les empêche aussi d'agir. Ils n'ont pas de motivation pour ce faire.

— Mais Thya, elle, en aura une.

— Et Hécate veut se servir d'elle pour contrôler le pouvoir des Dieux.

— Alors nous devons l'arrêter.

— Arrêter Hécate? railla Culsans. Mais bien sûr! Moi je vais ouvrir une porte, et toi tu vas lever une armée de deux devins. La Reine des Cauchemars en tremble déjà…

— Que proposes-tu? rétorqua Apollon. De laisser l'Oracle invoquer le Vide?

Culsans hésita. Son premier visage prit un air pensif, tandis que l'autre fronçait les sourcils. Il remarqua :

— Hécate voulait se servir de Thya pour que les temps anciens reviennent, pour nous rendre le monde. Ce n'était pas une si mauvaise idée, au fond. Elle l'a simplement dévoyée…

Les rayons d'Apollon s'avivèrent.

— Non, réfuta-t-il, ce n'est pas une bonne voie.

— Oui, c'est vrai, persifla Culsans, toi tu es très heureux ici…

— Vouloir aller contre le cours des choses, répliqua Apollon, c'est de l'*hybris*, c'est un orgueil démesuré qui mène à la folie.

— Que vas-tu faire alors? Nous tourner le dos et

retourner à ta répétition, et prétendre que tu ne nous as jamais vus ?

Les deux dieux se défièrent en silence, Culsans râblé, renfermé et sombre et Apollon éblouissant dans sa colère, ses rayons irradiant si fort que le Faune et l'Ondine détournèrent les yeux.

— J'aurais aimé que tu ne sois jamais venu, lâcha le seigneur solaire d'une voix rauque. Je souhaiterais qu'aucune divinité ne croise plus jamais ma route. Mais je ne peux pas laisser Hécate mettre la main sur l'Oracle.

— Dis-nous seulement où la trouver. Le reste, je m'en charge.

— Non, répondit Apollon.

— Non ? s'étonna Culsans.

— Je ne te fais pas confiance. Tu es comme les autres, comme tous les autres dieux. Ah, je ne te blâme pas, je vous ressemblais, autrefois… Non, nous allons l'envoyer, *lui*, prévenir l'Oracle.

Du menton, il désigna le Faune. Celui-ci mit quelques secondes à se rendre compte que c'était de lui qu'on parlait. Lui qu'Apollon désignait pour aller prévenir l'Oracle, en personne, du danger qui la menaçait. Il en frissonna, sa fourrure ondula sous sa cape. Il allait voir l'Oracle, mieux, il allait se présenter à elle, enfin la regarder en face, lui qui l'avait si longtemps contemplée de loin, dans l'ombre. Qui ne l'avait approchée qu'une fois, alors qu'elle était endormie…

— Lui ? reprit Culsans avec une moue. Je le vois mal tenir tête à la Reine Magicienne.

— Toi non plus, ô maître des portes, tu ne ferais pas le poids contre elle, répliqua Apollon un rien moqueur. Et puis, ajouta-t-il, il sera aussi capable que toi de parler à l'Oracle.

Culsans prit son temps pour répondre, il ne voulait pas céder trop vite. Mais au fond de lui, il savait qu'il avait perdu. Apollon était plus puissant que lui. Apollon pouvait voir n'importe quel devin, où qu'il soit. Et Culsans n'allait pas ouvrir des portes en aveugle dans tout le Khorasan en espérant tomber sur Thya, pas s'il voulait la retrouver avant Hécate.

— J'accepte, déclara-t-il à contrecœur.

— Parfait, conclut Apollon en se relevant. Je vais chercher de l'eau et des vivres, au cas où. Tu m'accompagnes ? lança-t-il au Faune.

Le coureur des bois jeta un regard à Culsans. Celui-ci hocha la tête. Cette permission accordée, le Faune suivit Apollon dans sa cahute.

L'intérieur était tout aussi rustique que l'extérieur, quelques meubles, quelques victuailles sur des étagères branlantes, un bouquet de fleurs séchées, un filet de pêche au mur… Des tablettes recouvertes d'une fine écriture penchée s'entassaient sur un coffre en bois patiné. Apollon les enleva, les chargea d'autorité dans les bras du Faune.

— Tiens-moi ça, dit-il à voix basse.

Le Faune obéit, interloqué. D'un mouvement rapide, le dieu ouvrit le coffre, en tira un paquet enveloppé de chiffons.

— Qu'est-ce que c'est ? demanda le Faune en soufflant – les tablettes pesaient un bon poids.

— Chut, pas si fort, lui dit Apollon à l'oreille. Culsans ne doit pas t'entendre.

Apollon déballa l'objet caché dans les haillons. Le Faune tressaillit, manqua de laisser tomber son fardeau.

Ce que le dieu venait de dévoiler, c'était un *xiphos*, une courte épée grecque, ancêtre du *gladius* romain, dotée d'une lame qui s'évasait légèrement en son centre comme une feuille de laurier. Les *xiphos* ordinaires étaient en bronze, celui-ci semblait forgé d'un tout autre alliage. Son tranchant blond était comme parcouru de miroitements d'or liquide, par une vie lumineuse et légèrement inquiétante.

— Viens, murmura Apollon, pose les tablettes et prends-le.

Le Faune s'exécuta, non sans une pointe de réticence. Il se méfiait toujours de la magie des dieux. Cependant, dès qu'il eut refermé les doigts sur la garde, il n'eut plus envie de la lâcher. Rien qu'à la tenir, il sentait une vigueur, une adresse nouvelle couler le long de ses muscles, de ses nerfs, dans les veines de son poignet, de son bras. Il mima quelques coups dans le vide. Le *xiphos* était d'un équilibre et d'une légèreté irréels, tout en donnant une impression de robustesse, de solidité rassurante.

— Il appartenait à Orion, expliqua Apollon toujours très bas. Un chasseur que ma sœur aimait.

— Et qu'est-il arrivé à ce chasseur ? demanda le Faune.

Il essayait de détacher son regard de la lame, de prendre du recul par rapport à l'attraction que l'épée exerçait sur lui. Mais c'était difficile, bien plus qu'il n'aurait cru.

— Ma sœur l'a tué, répondit Apollon dans un murmure, avec émotion parce qu'il pensait à elle.

Elle l'a criblé de flèches, puis elle l'a changé en constellation. Il brille au firmament chaque nuit.

Le Faune tendit précipitamment la lame à Apollon. Le *xiphos* l'effrayait soudain.

— Non, garde-le, dit le dieu.

Il lui prit la main, celle qui tenait le *xiphos*, se plaqua contre son dos et lui fit enchaîner quelques passes rapides.

— Cache-le sous ta cape, poursuivit-il tout en l'entraînant, et emmène-le avec toi dans le désert du Vide. Si les choses tournent mal, poignarde l'Oracle avec, et tous les sortilèges d'Hécate ne réussiront pas à la ramener d'entre les morts.

Le Faune frémit. Le souffle tiède d'Apollon lui ébouriffait les poils sur la nuque, la haute stature du dieu l'empêchait de reculer, ses doigts le forçaient à serrer toujours plus fort la garde. Des fourmillements dorés sur la lame l'attiraient, l'aimantaient et le tétanisaient à la fois.

— Un coup net, dit Apollon à son oreille, et il le fit plonger en avant, comme s'il empalait un ennemi imaginaire – *Thya*, comprit le Faune.

Comment avait-il été assez stupide pour faire confiance à un dieu ?

27

L'homme dans le feu

Au moment où le Faune traversait la *Mare Scythicum*, Aedon rentrait au palais d'Heydeh, ou d'Hécate, près de Samarcande. Il ramenait un prisonnier, une proie importante qui, il l'espérait, adoucirait l'humeur de sa belle. Pour plus de discrétion, il avait contourné la cité, et il se présenta à une porte écartée du palais. Un serviteur lui ouvrit, le fit entrer sans un mot. De toute façon, Aedon ne parlait pas sa langue.

Poussant le prisonnier devant lui à la pointe de son glaive, le jeune Empereur monta les étages de l'immense édifice jusqu'aux appartements particuliers d'Hécate. Deux colosses lourdement armés en défendaient l'entrée.

— Le mot de passe, déclara l'un d'eux dans un latin si mal prononcé qu'il était à peine compréhensible.

Aedon soupira. C'était l'une des multiples petites mesquineries d'Hécate pour l'humilier, le forcer à montrer patte blanche comme un vulgaire domestique, ou comme l'un de ces nobles trop maquillés qui venaient la voir en procession depuis Samarcande.

Enfin… venaient-ils vraiment pour elle ? Ou pour *l'autre*, pour l'homme dans le feu ? Aedon frissonna. Il était peu impressionnable, et pourtant voir cet homme… savoir que c'était Hécate qui l'avait réduit à un tel état, alors qu'il possédait autant de pouvoir… eh bien, cela affectait les nerfs les mieux trempés.

— *Ante mare, et terras, et quod tegit omnia caelum*, récita Aedon d'un trait.

Avant que n'existent les mers, et les terres, et le ciel qui recouvre toute chose. Le premier vers du premier chant des *Métamorphoses* d'Ovide, le chant du chaos. Mais ces butors ne le comprenaient sûrement pas… Ils en reconnurent la prononciation par contre, car ils s'écartèrent pour laisser le Romain entrer.

Prenant une profonde inspiration, Aedon pénétra dans l'antre de la déesse, remonta le long d'un couloir sombre. Les rideaux de velours devant les fenêtres étaient presque entièrement fermés, ne permettaient qu'à de fins traits de lumière de s'aligner sur le dallage en nacre, en or et en jade blanc. Le prisonnier jetait des coups d'œil intrigués au décor. Il ne s'attendait pas à être conduit en pareil lieu. Il devait se demander, aussi, s'il n'y avait pas moyen de s'échapper. Il n'était pas homme à accepter facilement la défaite, Aedon le savait. À cet instant encore, le captif devait soupeser ses chances de s'en sortir vivant s'il tentait de lui fausser compagnie. Mais avec les poings liés, un *gladius* appuyé contre sa colonne vertébrale, et les deux colosses au bout du couloir, lesdites chances étaient faibles. De plus, l'influence d'Hécate, de la magicienne au fond du corridor, engourdissait son esprit, endormait sa résistance. Certes, il en faudrait plus pour abattre un guerrier de sa trempe. Mais les ressources de la magicienne étaient plutôt étendues.

Avant d'entrer dans la salle d'audience au fond du couloir, Aedon marqua le pas, ralentit malgré lui. Il éprouvait toujours une légère gêne à l'approche de cet endroit. Il préférait de beaucoup quand il se trouvait dans son camp, avec ses légionnaires. Mais Hécate, il le pressentait, n'y reviendrait plus. Ou pas avant d'avoir mis la main sur Thya. Allons, se gourmanda le Romain, il ne servait à rien de retarder l'échéance. Du bout de sa lame, il piqua le dos du prisonnier. Celui-ci tressauta, passa au travers du rideau de perles qui masquait l'entrée de la salle. Aedon le suivit.

À l'intérieur, l'obscurité était plus profonde encore. Dans la pénombre se dessinaient des statues de démons gigantesques, des Pazuzus aux ailes raides en V inversé. Ils encadraient une longue allée jusqu'à un trône installé au sommet d'un escalier de marbre. Hécate siégeait là, vêtue d'une ample robe sassanide, ses longs cheveux d'argent tressés brillaient tels des serpents de lune dans la nuit de son repaire. Le Sylvain était suspendu près du trône, dans une cage en fer forgé. De temps en temps, la magicienne donnait une pichenette dans les barreaux, la cage se balançait et donnait mal au cœur au minuscule. Ce jeu arrachait à Hécate un rictus inquiétant et glacé. Ici elle semblait si lointaine, si différente de la belle jeune femme aux yeux verts, avec qui Aedon avait conquis le pouvoir à Rome. Ils étaient si complices à l'époque. Terrifier le Sénat, mettre les généraux à leurs pieds, voilà ce qui les amusait alors. Et ils jouaient la partie ensemble.

Aedon ignorait ce qui se passait en ce moment à Rome et dans son Empire. Son pouvoir partait à vau-l'eau sans doute, l'armée et les sénateurs commençaient déjà à comploter contre lui. Le socle de son autorité était encore fragile… Il reposait, pour beaucoup, sur la peur qu'il inspirait à ses rivaux. Et l'on a moins peur d'un absent.

Pourquoi s'obstinait-il à rester ici, dans le pays d'Ērān ? Hécate ne le forçait à rien, n'exigeait rien de lui. Depuis des semaines qu'elle n'avait plus pris l'apparence de la pseudo-Thya aux yeux verts, au doux visage ovale, la femme qui l'avait séduit… Pourtant, il restait cramponné à elle, ou plutôt il s'accrochait à son entourage, même s'il n'avait plus qu'un statut de deuxième ou de troisième lieutenant auprès d'elle, alors qu'à Rome il était empereur. Il se méprisait, mais il ne pouvait s'empêcher de revenir vers elle. Ses pouvoirs ténébreux le fascinaient toujours autant, peut-être davantage qu'avant. Lui avait fait des essais de magie, mais il n'était qu'un gamin naïf à côté d'elle, à un point qui l'humiliait.

Il poussa son prisonnier jusqu'au bas des marches, le força à s'agenouiller sous le regard rouge d'Hécate.

— Il s'appelle Moshen, ma reine, déclara-t-il, et ses mots retentirent entre les statues de démons. C'est un Afshâr, et une sorte de mentor ou de supérieur d'Ādur, l'homme à la cicatrice qui accompagne Thya.

Un silence. Puis la magicienne prononça, d'un timbre désincarné :

— Où peut-on trouver l'Oracle ? Parle, chien de la Route. Tu sais comment meurent les gens qui me résistent, et leurs familles aussi.

Moshen leva les yeux, la défia d'un regard où, de ce qu'en discernait Aedon, ne se lisait presque aucune crainte. Pour un peu, le Romain l'aurait admiré.

— Eh bien, qu'attends-tu ? lança Hécate, cinglante, et le Sylvain dans sa cage se boucha les oreilles.

— Les Afshârs ne plient ni devant les mages ni devant les puissants, rappela le prisonnier sans ciller.

— Oui, reconnut Hécate, vous êtes un peuple assez borné. Mais si vous ne pliez pas devant les hommes, vous obéissez quand même à vos dieux.

— Vous n'êtes pas ma déesse, cracha Moshen.

— Non, mais le Feu est ton dieu. Et le Feu brûle pour moi.

Elle leva la main. En réponse, une silhouette contre son trône, une forme humaine noire qui était jusque-là dissimulée dans l'ombre, s'embrasa brusquement, se changea en torche bleu azur. D'un coup les faces hideuses des statues s'éclairèrent. Dans la lumière mouvante, leurs bouches trop larges semblaient se tordre, leurs yeux sans pupilles rouler dans leurs orbites de pierre… Un élan de terreur religieuse secoua le corps de Moshen. Le guerrier afshâr, qui jusqu'alors avait fait bonne figure, blêmit au fur et à mesure que l'entité flamboyante descendait les degrés de l'escalier.

— Qui es-tu ? demanda-t-il dans un souffle alors que l'homme en flammes arrivait près de lui.

— Je suis le Feu, déclara l'inconnu d'une voix

inhumaine, grésillante et dépourvue de la moindre émotion, une voix de brasier et de cendres.

— Le Feu n'obéit à personne, répliqua le guerrier, qui malgré tout n'avait pas perdu l'envie de combattre.

— Je suis l'allié de la Reine. Je soutiens sa cause. Et toi aussi, tu la suivras. En mon nom.

Sa voix gronda comme feu qui ronfle. Il se pencha en avant et saisit Moshen à la gorge. Le guerrier tétanisé sentit des flammes caressantes s'enrouler autour de sa gorge, remonter le long de sa mâchoire. Elles ne le brûlaient pas, pas encore. Elles étaient tièdes et presque amicales. Enoch retira sa main humaine, ne laissant plus que les flammes pour étreindre l'Afshâr. Celui-ci retenait son souffle. Le feu lui enveloppait les épaules, le torse… Enoch se détourna, comme s'il l'abandonnait dans sa gangue d'azur. Puis il claqua des doigts et Moshen s'enflamma aussitôt, le feu lui mordit la peau, son épiderme se gonfla de cloques, sa barbe se changea en brandon, il hurla… Aedon s'écarta de manière imperceptible. Pas que le supplice de l'Afshâr le dégoûtât, il avait lui-même infligé bien pire à des gens moins coupables. Non, ce qui l'irritait de plus en plus, c'était le pseudo-dieu d'Hécate, ce prince aux couleurs de ciel qui avait pris sa place aux côtés de sa reine.

Juste avant que les dégâts ne deviennent irréversibles, Enoch rappela ses flammes. Moshen se recroquevilla sur le sol en geignant. Il fumait, son caftan à moitié brûlé, ainsi que sa chemise. Enoch revint vers lui, abaissa légèrement l'intensité de son propre cocon de flammes. Il s'accroupit à côté du pitoyable corps martyr.

— Maintenant, murmura-t-il, comprends-tu que tu dois me suivre ?

Il éteignit ses doigts, prit Moshen par le menton, le força à le regarder. Moshen venait de traverser une épreuve comme il n'aurait jamais cru en vivre. Pourtant, plus que le feu, plus que les menaces, c'est ce qu'il vit dans les yeux d'Enoch qui le glaça. Les iris du jeune homme étaient d'un bleu plus pâle, plus terne que ses flammes, et surtout, ils ouvraient une fenêtre, non pas sur son âme, mais sur un néant, un vide sans esprit, sans pensée et sans cœur. En les fixant, Moshen eut l'impression terrifiante qu'un peu de ce vide s'insinuait en lui, le gangrenait de manière insidieuse… Pour que cela cesse, il promit :

— Je vais vous dire où est Ādur. Dans le Dasht-e Kavir. Et je sais où il va, je vous montrerai où…

Aedon tourna la tête. Il supportait de plus en plus mal ces moments où l'homme du feu brisait la volonté des plus farouches. Il ne se reconnaissait plus. Il s'attendrissait par contraste, par rejet de ces pratiques aussi. Il se demanda s'il tiendrait encore longtemps.

28

Thya dans le désert

Thya passa la langue sur ses lèvres déshydratées. Sa gorge était si sèche qu'elle avait l'impression d'avoir avalé du sable. Avec sa peau brunie par le soleil, ses joues creusées par la vie errante, elle ressemblait de moins en moins à une jeune Romaine, de plus en plus à une Afshâr. Le vent rabattait des crêtes de sable au sommet des dunes, le vent du désert qui portait en lui la voix des djinns, un long chant coulé qui accompagnait les nomades, emplissait le Dasht-e Kavir autour d'eux. Ādur menait le cortège. Les chevaux assoiffés marquaient le pas, les dernières étapes avaient été longues.

— Là ! s'exclama soudain le chef des nomades. Là-bas, c'est l'oasis !

Thya pressa sa monture affaiblie pour le rejoindre, plissa les yeux pour discerner la mince tache verte au loin. La couleur semblait vibrer dans la trop forte lumière.

— Tu es sûr… ? demanda-t-elle.

— … que ce n'est pas un mirage ? compléta-t-il avec un sourire, son fameux sourire en lame de couteau. Une seule façon de le savoir…

Il prit le cheval de Thya par les rênes, l'entraîna avec lui vers le havre. Un instant, la jeune oracle craignit que l'oasis ne s'efface, qu'elle ne disparaisse à leur approche. La veille, quand elle avait sondé l'avenir, elle s'était perdue dans les multiples possibles. Elle ignorait alors s'ils survivraient au désert. Mais aujourd'hui encore, la chance était de leur côté. La chance, ou le charme des fées Paris, celui-là même qui semblait protéger Ādur de la colère des dieux.

Les Afshârs volaient de victoire en victoire depuis que Thya perçait pour eux les brumes de l'avenir. Ils échappaient aux pièges de leurs ennemis avec une aisance miraculeuse. Les fontes de leurs chevaux débordaient d'ambre et d'épices, de musc et de soie de contrebande. La légende d'Ādur grandissait. Elle avait depuis longtemps dépassé les abords de la Route de la Soie.

Les gens de l'oasis accueillirent les Afshârs en héros. Ils partageaient un même goût pour la liberté, un même combat contre l'hégémonie des Sassanides. Ils accueillirent les rebelles avec des cris de joie, décidèrent de préparer un grand repas en leur honneur, un vrai festin autour d'un agneau entier rôti.

Les Afshâr descendirent de cheval et ceux qui tenaient encore sur leurs jambes allèrent puiser de l'eau aux *khanats*, ces puits étroits et profonds creusés jusqu'aux couches humides des sables, qui alimentaient les canaux d'irrigation de la palmeraie et les quelques parcelles cultivées de l'oasis. Thya allait leur prêter main-forte, quand Ādur l'arrêta d'un geste.

— Laisse, dit-il, je m'en charge. Garde ton énergie pour tes visions.

La jeune fille n'insista pas. Elle s'assit au bord d'un des puits, jeta un coup d'œil à l'intérieur. Le blond des parois s'assombrissait dans les profondeurs. Chez elle, en Gaule, les puits menaient parfois au monde surnaturel. Un puits qu'elle avait bien connu, en tout cas. Mais était-ce vraiment *chez elle*, cette Gaule si lointaine où, au fond, elle avait surtout vécu une vie de recluse ? Elle prit ses genoux entre ses bras. Son regard se perdit dans la contemplation des dunes, au-delà des troncs souples des palmiers dattiers. Quand elle n'était encore qu'une adolescente solitaire, enfermée dans la villa d'Aquitania, elle n'aurait jamais imaginé voyager aussi loin, ressentir autant de choses, parler autant de langues, non pas avec ses professeurs, mais avec des hommes et des femmes de tous les pays qu'elle avait traversés. Pour la première fois depuis la mort d'Enoch, elle comprit qu'elle avait au moins gagné cela. Malgré les remords, malgré la douleur et le deuil, elle était heureuse d'avoir autant vécu, autant aimé. Elle en ressentit une pincée de culpabilité, de se retrouver presque sereine, alors qu'Aylus avait disparu. Alors qu'Enoch n'était plus. Mais elle était reconnaissante aujourd'hui de les avoir connus, elle était reconnaissante, elle ne savait pas envers quoi ou envers qui, pour tous les moments qu'Enoch et elle avaient partagés, depuis leur rencontre bizarre dans la forêt d'Aquitania jusqu'à leur dernière étreinte dans le *dizpat* d'Orodès, en passant par ce matin à Varatedo où il l'avait habillée et coiffée pour la première fois. Ce matin qui, elle s'en apercevait avec le recul, avait été comme une seconde naissance. Grâce à Enoch. Une unique larme glissa le long de sa joue sableuse, souligna le tracé de sa pommette. Était-ce un effet du désert, de la paix immuable des dunes? Était-ce parce qu'elle approchait de la fin du voyage? Aujourd'hui elle pleurait Enoch. Elle lui disait adieu.

Elle avait fait reculer son horizon plus qu'elle ne l'aurait cru possible. Et aujourd'hui enfin, elle se libérait de sa colère, de ses peurs. Son cœur se gonfla de soulagement. Les longues feuilles d'un palmier dattier au-dessus d'elle la rafraîchissaient de leur ombre. Elle ôta son vieux bonnet phrygien, ses longs cheveux coulèrent sur ses épaules.

Ce bonnet, elle l'avait gardé depuis le Caucase. Elle portait toujours ses vêtements parthes, sa tunique à franges, son pantalon d'équitation et ses bottes courtes. Certes, ils étaient plutôt en mauvais état, désormais. Mais ils l'avaient protégée tout ce temps, et pas seulement du froid et du vent. Ses *loques parthes*, comme Ādur les appelait, formaient une carapace autour d'elle, poussière et trame du tissu mêlées. Elles lui avaient donné une illusion de force quand elle faiblissait, une apparence de volonté quand elle allait à vau-l'eau. Elles l'avaient bien servie. Elle lissa un pli invisible sur la grosse toile crasseuse du bonnet. Ādur revenait avec un seau d'eau. Elle se surprit à lui sourire. Une infime partie d'elle se considérait encore comme son otage, mais au fond c'était surtout une fable qu'elle aimait se raconter. En fait, ils étaient de plus en plus proches l'un de l'autre, ils étaient si semblables… Ādur, sous son turban d'Afshâr, était un guerrier, un soldat dur au combat et à la douleur, comme les héros romains de son enfance. Comme Mettius, le vétéran de la Légion qui l'avait protégée quand elle était encore fragile. Comme son père, le bon côté de son père du moins. Comme elle. À leur manière, ils étaient chacun le miroir de l'autre, Ādur et elle. Ils se comprenaient sans se parler, ils n'avaient pas besoin d'amabilités, de politesses. Il s'arrêta à côté d'elle.

— Tu pleures ? s'inquiéta-t-il.

— Ce n'est rien, dit-elle en s'essuyant la joue. C'est la lumière. Le ciel est si bleu ici.

Il la rassura :

— Tu t'y habitueras.

L'idée lui plut. Soudain, elle souhaita que les mots du guerrier soient une prémonition, un présage. Oui, elle pourrait s'habituer à vivre ici. Ādur remplit un gobelet d'eau pour elle.

— Bois, dit-il. Tu as les lèvres sèches.

Elle but. Il ajouta :

— Les chevaux sont fatigués. Nous devrons camper ici deux jours, trois peut-être.

— Je n'ai pas eu de vision claire ce matin, mais je ne pense pas qu'un danger immédiat nous menace. Je vérifierai demain matin.

Il hocha la tête.

— Très bien. Je vais transmettre mes ordres aux hommes.

Au crépuscule, les gens de l'oasis mirent l'agneau à rôtir sur une broche au-dessus d'un grand feu, à l'extérieur, devant leurs maisons basses. Le fumet de la viande et des épices, les langues dorées des flammes montaient haut vers le ciel. Dans sa tente,

Thya démêlait tant bien que mal les nœuds de ses cheveux, quand Ādur s'annonça.

— Je peux entrer ? demanda-t-il.

— Bien sûr.

Il souleva le pan de tissu qui servait de porte. Thya posa son peigne et se tourna vers lui. Il portait dans ses bras une longue robe de soie, une robe sassanide ample et plissée, avec une taille haute et une jupe évasée. Il avait l'air embarrassé, presque timide, avec ce fardeau si peu guerrier. Thya ne l'avait encore jamais vu ainsi. Avec une maladresse touchante, il déposa la robe sur le lit de la jeune femme, étala de son mieux les plis du tissu.

— Tiens, déclara-t-il brusquement, c'est pour toi. Les gens d'ici préparent une vraie fête en notre honneur, et cela… cela leur ferait très plaisir si tu étais… si tu étais élégante.

Sa tirade terminée, il resta debout bras ballants. Thya s'assit au bord du lit, fit glisser la soie entre ses doigts. Elle était épaisse et légère à la fois, moelleuse comme du duvet et fluide comme une rivière d'eau pure. Dans la trame du tissu, les artisans avaient capturé toutes les nuances du couchant, du rose pâle jusqu'au pourpre le plus riche, en passant par du rouge de sanguine et de l'orange et or. Des fleurs d'argent rehaussaient encore cette splendeur, brodées au bas de la jupe, sur le corsage et sur les manches.

— Oui, répondit Thya, je vais la porter.

C'était la première fois depuis qu'elle avait perdu Enoch que quelqu'un lui offrait une robe, et cela ne lui paraissait pas trop difficile de l'accepter, pas autant qu'elle l'aurait cru. Il était peut-être temps.

— J'ai du fard aussi, proposa Ādur.

— Non, refusa-t-elle gentiment.

Elle ne voulait pas se maquiller. Cela, c'était réservé à Enoch. C'était un morceau de ses souvenirs, quelque chose qui n'appartiendrait qu'à Enoch et elle, et c'était mieux ainsi.

Ādur n'insista pas, la laissa se préparer. Elle quitta ses haillons parthes comme un serpent abandonne une mue. Dès qu'elle enfila la robe, la douceur de la soie sur sa peau la fit frissonner. Elle avait oublié cette sensation, comment un simple vêtement pouvait la rendre subtilement différente, légèrement *autre*. La coupe de la robe était quasi parfaite, son ampleur floutait et flattait sa silhouette frêle, l'ourlet frôlait le sol et cachait ses bottes râpées. Le corsage était un peu large, elle le resserra avec sa broche d'argent en forme de colombe, celle qu'Enoch lui avait rendue dans une ruelle de Gaule. Ainsi, un peu de lui serait encore avec elle, cette nuit.

Elle tournoya sur elle-même, seule dans sa tente, et la robe s'évasa autour d'elle en une corolle de couleurs chaudes. Elle se sentait légère, prête à s'envoler. Elle avait oublié tellement de choses depuis qu'Enoch était mort. Mais ce soir, elle revenait à la vie. Enoch serait fier d'elle s'il la voyait.

Lorsqu'elle arriva sur le lieu du festin, tous les regards convergèrent vers elle, et pas parce qu'elle était oracle. C'était rafraîchissant, ça aussi. Ādur l'invita à s'asseoir près de lui, sur des tapis posés à même le sable. Il la contemplait avec un mélange de timidité et d'admiration qui était… *intéressant*, jugea-t-elle. Ils dînèrent d'agneau grillé et de galettes de céréales. Après le repas, un musicien de l'oasis sortit un *barbat*, un instrument à cordes originaire de l'ancienne Perse, d'avant les Sassanides. Il commença à jouer une musique mélancolique, puis le tempo s'accéléra, des danses s'improvisèrent. Thya ramena ses genoux entre ses bras. La musique était joyeuse et pourtant sa tristesse lui revenait. Les danses ramenaient à la surface tant d'émotions, de souvenirs. Une autre nuit, un autre bal, d'autres accords d'instruments plus rustres... En esprit, Thya se retrouva en Germanie, un an plus tôt. Un an déjà. Et Enoch était avec elle, Enoch souriait au milieu des Nodes et des restes de viande. Dans sa mémoire, Enoch se levait de table, traversait le cercle de ses admiratrices pour l'inviter à danser. Dans le présent Ādur se leva et lui tendit la main. Elle secoua la tête.

— Je ne sais pas danser.

Il sourit.

— Moi non plus.

Elle voulut refuser. Mais dans ses souvenirs pétillaient les yeux clairs d'Enoch. Le maquilleur lui tendait la main. C'était lui qui l'invitait à danser aussi, au-delà du temps, au-delà de la mort. Il l'invitait à vivre. Elle accepta. Elle se leva et salua son cavalier d'une révérence mutine.

Ādur la fit tourner au rythme du *barbat*. Thya appréhendait ses premiers pas sur la musique. Mais cette nuit, Enoch dansait avec elle, au travers d'elle, lui apportait une grâce, une souplesse qu'elle n'avait jamais eue. Sa robe virevoltait autour d'elle. Ses bottes parthes frôlaient le sable, les doigts d'Ādur pressaient les siens, le soir s'étirait sur le désert, ses jupes semblaient découpées dans un grand pan du ciel. Quand le dernier rai rouge s'effaça derrière les dunes, elle s'arrêta à bout de souffle, le cœur battant la chamade. Ādur alla lui chercher un gobelet d'eau. Elle le but à petites gorgées. Sans s'en rendre compte, ils s'étaient écartés du cercle des danseurs. Plus personne ne prêtait attention à eux. Profitant de la fraîcheur, ils s'éloignèrent de l'oasis. L'Enoch de ses songes abandonna Thya au bras d'Ādur. Il la laissa partir avec le guerrier afshâr, en paix avec ses souvenirs.

— Où allons-nous ? demanda Thya à Ādur, alors qu'ils dépassaient les limites du campement.

— Je ne sais, répondit-il.

Sa silhouette mince et altière se découpait sur un fond scintillant d'étoiles. La lueur des constellations soulignait le contour acéré de son profil, le dessin de sa cicatrice. Thya la redessina du bout des doigts. Ādur frémit sous son toucher.

— D'où te vient-elle ? demanda la jeune fille.

— D'une purge ordonnée par l'Empereur sassanide contre les chrétiens, quand j'avais six ou sept ans. J'ai perdu mes parents ce jour-là, et moi j'ai failli mourir, abandonné dans le campement en cendres. Ce sont les fées qui m'ont sauvé.

— C'est pour ça que tu te bats contre les Sassanides ? Pour te venger ?

— Non. Pour être libre.

Il lui prit les doigts, les porta à ses lèvres.

— Ni toi ni moi ne sommes faits pour la vengeance, Thya, ajouta-t-il en déposant un baiser sur sa main.

Ses lèvres étaient rêches et craquelées par le désert. Elles râpaient un peu la peau, mais ce n'était pas désagréable, au contraire. Thya retint son souffle. Des frissons remontèrent jusque sur son épaule, sur sa nuque.

— Tu as froid ? demanda-t-il.

— Un peu, dit-elle.

Il la serra dans ses bras. Elle appuya la tête contre ses côtes saillantes, contre son torse dur et maigre. Ils restèrent enlacés face à la mer des dunes, unis sous le firmament, face à l'horizon, à l'infini.

— Viens, rentrons, murmura-t-elle enfin sans le lâcher.

Ils retournèrent ensemble sous la tente d'Ādur. Dehors la fête se poursuivait toujours, avec la musique du *barbat*, les danses et les rires. Ils s'embrassèrent à en perdre la respiration, leur étreinte avait un goût d'évidence, un goût de désert et de sable, de vent et d'infini.

Cette nuit-là, Thya rêva du feu azur. Une vague de flammes roulait au travers des dunes, dans le désert à l'aube, illuminait d'un bleu incandescent le rose pâle du ciel. Tous les sens de la jeune oracle s'avivèrent. C'était cette vision qu'elle avait approchée des semaines plus tôt, dans le camp des Afshârs, dans le foie de la colombe. Ce brasier qui lui avait brûlé la mémoire, et qu'inconsciemment elle cherchait à revoir depuis, à chaque séance de divination, chaque nuit, dans chaque rêve. Elle laissa la muraille de feu venir à elle. Le brasier ne pourrait pas la brûler ici, pas dans un songe, elle le savait. Pourtant, elle avait l'impression que la chaleur déjà lui roussissait la peau, que le souffle ardent rejetait ses cheveux en arrière.

Bientôt elle distingua des silhouettes dans les flammes, des cavaliers qui menaient des fantassins en armes, si nombreux qu'elle ne parvenait pas à les compter au travers du rideau bleu. Un héraut dans cette armée fit sonner une corne. L'un des cavaliers se détacha du groupe, galopa devant la troupe en éclaireur. Quand il émergea du brasier, Thya le reconnut, avec un sursaut de surprise. C'était Aedon. Son frère l'avait retrouvée, ici, dans le désert. Il la traquerait donc toujours ? Son pouls s'accéléra. Aedon leva son pilum, exhorta son armée au courage. Le ronflement des flammes couvrait à moitié ses paroles, mais Thya en saisit le sens général. Il poussait ses soldats au carnage. Quiconque ferait preuve de clémence serait dévoré par le feu. Thya ne l'avait jamais vu ainsi. Il était blafard, presque inhumain, on aurait dit un corps sans âme. Quand il eut terminé sa tirade, la clameur d'un millier de gorges lui répondit.

Thya se réveilla en sursaut, en sueur. Son cœur cognait si fort qu'elle s'étonna qu'Ādur à côté d'elle ne se soit pas réveillé. Elle prit le temps de se calmer, s'efforça de respirer plus lentement. Elle avait dormi dans les bras du guerrier afshâr, et le contact de son torse maigre et couturé contre son dos la ramena à la réalité. Les couvertures en peau de chèvre qui les protégeaient du froid de la nuit dégageaient un parfum entêtant de suint et de cuir. Elle était en sécurité, pour le moment du moins, dans une tente au bord de l'oasis. Le feu azur n'arriverait pas cette nuit. Elle avait le temps de se retourner, et pour… pour le reste… elle n'allait pas laisser ses émotions la déstabiliser.

Quand son pouls eut ralenti, elle s'extirpa du lit en dérangeant le moins possible les couvertures. La fraîcheur nocturne lui donna la chair de poule. Derrière elle, Ādur s'étira, serra son oreiller, soupira sans ouvrir les yeux. Elle se frictionna les épaules, chercha ses sous-vêtements à tâtons, puis enfila une chemise et une veste sombre qui appartenaient à Ādur. Ses habits parthes étaient restés dans sa tente à elle, et sa robe de la veille lui paraissait trop délicate pour cette nuit.

Ādur était très grand par rapport à Thya, la tunique tombait sur les mollets de la jeune oracle, et elle la resserra avec deux tours d'une ceinture de cuir. Puis elle passa ses vieilles bottes, noua ses cheveux sur sa nuque, et se faufila discrètement hors de la tente.

Dehors, avec la nuit, des geckos remontaient de leurs cachettes diurnes, couvraient les murs des maisons basses, se chauffaient sur les pierres exposées au soleil tout le jour. Hormis ces lézards et un guetteur endormi, on ne voyait pas âme qui vive. Tout en se frictionnant les épaules, Thya grimpa au sommet de la plus haute des dunes entourant l'oasis. Le sable croulait sous ses semelles.

Depuis la crête, elle avait une vue dégagée sur le désert. Elle balaya du regard l'océan de sable, trouva très vite, trop vite, ce qu'elle cherchait. Ce qu'elle appréhendait, aussi. Une luminescence bleu pâle soulignait le modelé des dunes, au loin vers le nord, sous la constellation des Sept Bœufs. Et ce n'était certainement pas l'aube qui pointait. Thya serra les poings. Elle entendit un crissement dans son dos.

Elle se retourna. C'était Ādur, les cheveux ébouriffés, vêtu en tout et pour tout d'une des couvertures en peau de chèvre, qu'il s'était enroulée autour de la taille. Tout à ses réflexions, elle ne l'avait pas entendu arriver. Il s'approcha, la prit dans ses bras, contempla la lueur azuréenne avec elle. Vu d'ici, le péril qui les menaçait donnait une beauté supplémentaire à l'orée du jour, un éclat splendide et cruel.

— Tu sais ce que c'est ? lui demanda-t-il.

Elle hocha la tête, s'assombrit à nouveau.

— Mon frère, répondit-elle. Une muraille de feu surnaturel l'accompagne. Et une armée.

— Et... Tu as de bonnes relations avec ton frère ?

— Non.

Elle prit une profonde inspiration. Elle sentait le parfum musqué du guerrier afshâr dans son dos, à peine masqué par l'odeur forte de la couverture. Il se disait protégé par les fées, elle avait fini par le croire. Mais à présent, la colère des dieux le rattrapait. Elle ne le devinait que trop bien, il ne survivrait pas au jour qui se levait, il allait mourir à cause d'elle comme Sethre, comme Enoch... Elle s'accrocha à son bras, si fort qu'elle enfonça ses ongles dans la peau nue. Il ne parut pas s'en rendre compte, la serra plus étroitement contre lui.

— Il ne fera pas la différence entre vous et moi, dit-elle. Nous devons partir tout de suite.

— Nous ne pouvons pas, ma belle, souffla-t-il à son oreille. Les montures sont trop fatiguées, elles ne tiendront pas deux jours dans le désert.

— Si nous restons, nous n'avons pas une chance. Je n'ai pas vu qui chevauchait avec Aedon, mais il a un mage avec lui, peut-être plusieurs. Et ses soldats sont bien plus nombreux que les tiens.

— Alors toi, tu vas partir, décida Ādur.

— Tu crois que si je m'en vais, ils vous laisseront en vie ? Tu te trompes lourdement.

— Tu vas partir, insista-t-il. Tu vas prendre mon cheval, c'est le seul encore en état de porter quelqu'un. Et les fées te conduiront là où tu dois aller.

— Et toi ? Et les hommes ?

— Nous nous battrons, répondit-il avec calme. Quel autre choix nous reste-t-il ? Avec un peu d'adresse, nous retarderons les autres. Nous t'achèterons un peu de temps.

Le jour effaçait les étoiles. Thya ne se résolvait pas à lâcher Ādur, à ce qu'il paye pour elle. Un long frisson la secoua.

— Tu n'as rien à te reprocher, lui murmura-t-il. Je l'ai su depuis le début, que tu étais dangereuse. Et pourtant, je t'ai gardée à mes côtés.

— Pourquoi ?

— Parce que le danger m'attire. Le danger nous attire, toi et moi, c'est ça aussi qui nous a rapprochés. Tu le regrettes ?

— Non, répondit-elle très vite. Bien sûr que non.

— Et maintenant, poursuivit-il, il est temps que nos chemins se séparent. J'ai déjà été égoïste, en te retenant avec moi aussi longtemps.

— Je ne veux pas fuir.

— Tu ne vas pas fuir, dit-il d'une voix vibrante. Tu vas poursuivre la route.

Elle tourna la tête vers lui. Ses traits acérés lui étaient devenus si familiers qu'elle ne parvenait pas à croire qu'elle ne les reverrait jamais. Ses yeux sombres luisaient d'une volonté farouche.

— Il faut que tu restes libre, promets-le-moi, ma belle. Sois libre pour nous deux.

— Je te promets, dit-elle.

Sans réveiller ses hommes, Ādur sortit son cheval de l'écurie, le sella tandis que Thya rassemblait quelques provisions dans son sac et remplissait sa gourde au khanat.

— Je vais me changer, dit-elle avant de monter en selle. Je vais te rendre ta veste.

— Non, reste comme tu es. J'en trouverai une autre. Tu es jolie comme ça.

Un silence. La nuit s'éclaircissait imperceptiblement, annonçant l'aube à venir. Ils n'avaient plus beaucoup de temps. Thya ravala une boule de tristesse qui lui montait à la gorge. Ādur se racla la gorge.

— Tiens, dit-il, tu as oublié ça sous ma tente.

Il sortit un petit objet des plis de sa couverture, un bijou qui étincela d'un éclat d'argent sous les étoiles. Sa broche en forme de colombe.

— Garde-la, dit-elle. Porte-la pour moi.

— Je le ferai.

Elle se haussa sur la pointe des pieds, l'embrassa brusquement, gravant dans sa mémoire le moindre détail de ce dernier baiser, la chaleur de ses lèvres rugueuses, son souffle tiède se mêlant au sien, le sable se creusant sous leurs pieds… Puis elle monta en selle et partit sans se retourner. Ādur la suivit des yeux jusqu'à ce qu'elle eût passé la crête de la dune. Ensuite il partit réveiller ses hommes. Ils allaient se battre aujourd'hui.

29

Le dernier caravansérail

Le caravansérail semblait avoir été là depuis des siècles, au bout du Dasht-e Kavir, à la frontière du Dasht-e Lut, le désert du Vide, dont les étendues craquelées évoquaient ce que devaient être les royaumes des Enfers ou de la Lune. Le caravansérail, une petite auberge et ses dépendances avec un puits et un palmier, s'élevait telle une vigie à l'orée de ce royaume de la soif et du soleil. Dans la journée, les bâtiments aux fenêtres étroites paraissaient vides. Les palmes de l'arbre unique ployaient sous la chaleur. De l'humidité s'évaporait du puits pourtant fermé. En fin d'après-midi, parfois, un chat caracal trompé par le calme des lieux venait rôder autour des écuries, et quelques chameaux nerveux blatéraient à l'intérieur. Ce n'était qu'avec le soir que la porte s'ouvrait enfin avec un grincement de fauve qui bâille. Alors le tenancier des lieux s'étirait sur le seuil, pas trop vite pour ne pas réveiller sa vieille blessure à la hanche. Il repoussait en arrière ses cheveux blancs, qu'il portait assez longs, à la mode sassanide, et allait tirer un seau d'eau au puits.

Le caravansérail avait été installé là, aux portes du Dasht-e Lut, il y avait bien cinq cents ans en effet. Cependant, faute de voyageurs, faute de passage dans ce coin perdu du désert, il avait été abandonné. Il s'était écroulé peu à peu sous l'assaut du vent et du sable, son puits s'était obstrué lentement. Puis Aylus et la Mère de la Route s'étaient installés ici. À l'aide d'un peu de magie, ils avaient remis les bâtiments en état, avaient dégagé le puits et ravivé le palmier desséché. Ils ne vivaient ici que depuis quelques semaines, mais le temps se déroulait différemment dans le désert. Aylus avait l'impression qu'il appartenait à cet environnement, à la terre sèche et au soleil impitoyable, depuis bien plus longtemps, qu'il s'était accroché là comme une bernique à un rocher marin.

Un soir où, comme souvent, ils n'avaient pas de clients, la Mère rejoignit Aylus au bord du puits. C'était un de ces jours où sa hanche le faisait particulièrement souffrir. Il ralentissait en tirant sur la corde du puits. Pourtant, il refusait l'aide de la sorcière. Il voulait s'en sortir seul. Il finit par remonter un seau plein avec un ahanement. Il dut s'appuyer contre l'arbre, en se tenant la taille. La Mère récupéra le seau.

— Un jour, tu ne pourras plus bouger, remarqua-t-elle d'un ton égal.

— Je ne sers à rien si je ne peux même plus puiser d'eau, répondit-il.

Il essuya de sa manche son front en sueur. La Mère n'insista pas. Elle savait de quoi il parlait vraiment. *Je ne sers plus à rien depuis que je n'ai plus de visions.*

Elle ne pouvait rien contre ça. Elle se tourna vers le désert, du côté du Dasht-e Kavir. Elle déclara :

— Thya se rapproche. Les djinns ne parlent que d'elle, ceux qui vivent dans les sables du nord, qui chantent dans les dunes avec leurs voix de rhombes.

— Tu les entends jusqu'ici ?

— J'ai l'ouïe fine, lui rappela-t-elle avec un sourire ambigu.

Aylus lui rendit son sourire. Il avait toujours aimé les sorcières. Si l'on faisait abstraction de ses sombres pressentiments, il avait été heureux ces dernières semaines, dans le caravansérail avec elle, comme cela ne lui était pas arrivé depuis longtemps. Cependant, il savait que cela ne durerait guère plus. Bientôt Thya serait ici, et il devrait la convaincre de ne surtout pas poser un pied dans le Dasht-e Lut, de s'éloigner le plus possible des Dieux Voilés. Ce n'était pas gagné, vu le caractère obstiné de sa nièce. Mais il y arriverait. Et ensuite il partirait à la recherche d'Enoch. Puisqu'Enoch était encore en vie.

La Mère rentra allumer une lampe. Aylus jeta un dernier coup d'œil vers l'horizon, comme s'il s'attendait à voir apparaître sa nièce sur le fond du crépuscule. Mais les regs caillouteux restaient vides. Le devin soupira et, sa vasque à la main, rejoignit la sorcière à l'intérieur.

Après avoir dîné, tandis que la Mère de la Route préparait des baumes dans la cuisine, Aylus, dans la chambre, alluma une lampe à huile, sortit de son coffre un bloc d'encre du pays des Hans, et un rouleau de papyrus acheté à un marchand égyptien égaré loin de sa terre natale. Enoch était encore en vie, le devin en était certain désormais, cependant il ignorait s'il le reverrait, dans quelles circonstances.

Alors il avait décidé de lui écrire une lettre. Le papyrus avait du mal à se dérouler. Le devin posa une rose des sables sur chaque bout pour le maintenir à plat. Puis il écrasa un fragment du bloc d'encre dans une coupelle, ajouta de l'eau, mélangea. Il trempa dans la pâte ainsi obtenue un pinceau en poils de chèvre, se mit à écrire. *Aylus filio suo s.d.*, commença-t-il. *D'Aylus à son cher fils*, selon la formule consacrée. Il releva son pinceau, se demanda par où continuer, où commencer son histoire.

Au même moment, un voyageur tapa à la porte de la cuisine. La Mère de la Route s'essuya les mains et alla lui ouvrir, non sans s'assurer qu'elle avait toujours un couteau courbe dissimulé dans ses jupes. Dans le désert ne vivaient pas que des anges.

Les craintes de la sorcière retombèrent dès qu'elle aperçut le voyageur. Il était hâve, épuisé, les lèvres craquelées de soif, avec ce regard fou de ceux qui ont erré trop longtemps sous trop de soleil.

— À boire… lâcha-t-il d'une voix rauque, avec un accent que la Mère ne connaissait pas.

— Viens, répondit-elle, assieds-toi.

Il s'affala sur un banc contre la table. La Mère lui servit un bol d'eau. Il l'avala d'une traite, le tendit à son hôtesse, avec des yeux suppliants. Elle le remplit à nouveau.

— Il faut que tu manges aussi, déclara-t-elle.

Il hocha la tête sans s'arrêter de boire. Elle lui apporta une assiette de légumes dans du bouillon froid. Les légumes étaient mous et spongieux, l'homme les avala goulûment.

— Pas trop vite, le prévint la Mère, ou tu vas tout rendre.

Il ralentit un peu la cadence. Quand il eut terminé son assiette, il avait repris des couleurs. Il lâcha enfin un :

— Merci…

— Tu t'es perdu ? demanda la Mère.

— J'ai perdu mes hommes, répondit-il avec une rage sourde. Avalés, un à un, par ce maudit pays. Pourtant, l'Empereur m'avait promis… Il m'avait juré que tout irait bien. Il m'avait aidé à rassembler mes partisans, il nous a donné des chevaux, des armes… Mais les chevaux sont tombés dans les dunes du nord. Et mes hommes aussi, le sable a recouvert mes hommes… Ils dorment avec les djinns à présent…

La Mère ne comprenait pas toute l'histoire du voyageur, et son accent n'arrangeait rien. Mais l'homme ne parlait pas pour être entendu, pas vraiment. Il voulait avant tout se décharger de sa tristesse, de sa colère.

Dans la chambre, Aylus avait écrit quelques lignes, avec une lenteur effrayante. Chaque mot, il avait l'impression de l'arracher de ses entrailles. L'encre stagnait dans sa coupelle. Il décida d'aller chercher de l'eau et de se dégourdir les jambes. Il passa dans la cuisine, d'où provenaient des bruits de conversation. Quand il entra dans la pièce, le voyageur se releva d'un coup, tira son poignard.

— Orodès ! s'exclama Aylus.

Le Parthe se jeta sur lui avec un rugissement, sa hargne suppléa à ses forces défaillantes, il bondit par-dessus la table. Aylus n'eut que le temps de saisir un plateau en métal pour parer le coup. Il repoussa son adversaire avec un ahanement. La Mère lança son couteau vers Orodès. La lame se ficha dans l'épaule du Parthe sans le ralentir. Aylus lui flanqua un coup de plateau dans la tempe. Le Parthe sonné recula jusqu'à la table. Mais le choc avait réveillé la vieille blessure du devin. La douleur le clouait sur place. Il hoqueta, à moitié paralysé. Orodès revint à l'assaut et lui enfonça son poignard dans l'estomac. Aylus s'écroula en bavant du sang. Le plateau qu'il avait lâché frappa le sol sec avec un bruit clair. Orodès gargouilla, blêmit, porta la main à sa gorge. Il ouvrit la bouche comme un poisson hors de l'eau, un étonnement sans bornes se peignit sur son visage. De la salive mousseuse lui monta aux lèvres. Il bascula en arrière, les yeux révulsés. Bientôt, il cessa de respirer. La Mère de la Route empoisonnait toujours ses lames.

Tout s'était passé si vite que, quand le calme retomba, la Mère resta un instant interdite, appuyée contre le mur. Ses châles avaient glissé sur son épaule sans qu'elle pense à les remonter, son cœur cognait à lui meurtrir la poitrine. Dans la pièce d'à côté, dans la chambre, le vent qui se levait avec la nuit se glissait par la fenêtre étroite, amenait quelques grains de sable sur la lettre abandonnée par Aylus.

Le lendemain, à l'aube, Thya qui chevauchait au travers du désert aperçut une longue fumée tachant le bleu du ciel. Avant midi elle arrivait au caravansérail. La Mère de la Route l'attendait sur le seuil. La sorcière affichait un visage sombre, mais tout à ses pensées Thya n'y prêta pas attention. Après un bref salut, la jeune femme demanda :

— Mon oncle est là ?

— Suis-moi, répondit simplement la Mère.

Thya descendit de cheval. Cette fois elle commençait à s'inquiéter. La mère l'emmena derrière les bâtiments bas.

Là, face au Dasht-e Lut, deux estrades de pierres sèches avaient été dressées. Un corps était étendu sur chacune d'entre elles. Le premier brûlait déjà, c'était de là que venait la fumée qui avait attiré Thya vers le caravansérail. Et le second. Thya s'avança d'un pas heurté, ses jambes flageolaient, il fallait qu'elle le voie, elle devait le voir, et pas dans une vision, dans le monde réel. Quand elle reconnut le visage de son oncle, elle tomba à genoux. Les pouvoirs de la Mère maintenaient le cadavre en assez bon état, pour l'instant, cependant il n'y avait pas moyen de nier l'évidence. Le devin aux cheveux blancs était mort.

La Mère s'accroupit à côté de la jeune oracle, la prit par les épaules. Dans l'odeur de musc et d'épices de ses châles, ce parfum qui rappelait tellement celui d'Ādur, Thya lâcha un long sanglot silencieux.

— Je t'attendais, lui dit la Mère. Je t'attendais pour lui dire adieu.

Elles mirent ensemble le feu au cadavre. Grâce à la magie de la sorcière, les flammes s'élevèrent très vite, très haut dans le ciel, sans qu'il y eût besoin de bois pour les alimenter. La chaleur était étouffante. Thya entra à l'intérieur, à l'ombre. Les bras ballants, l'esprit vide, elle erra de pièce en pièce, croyant parfois apercevoir la silhouette altière d'Aylus au détour d'une porte, avant de se souvenir soudain qu'il était mort, qu'il ne reviendrait plus désormais.

Dans la chambre, sur une table, elle trouva un papyrus tendu entre deux roses des sables. À côté, dans une coupelle, de l'encre séchée pelait en fins copeaux. Il y avait quelques lignes écrites en latin sur la feuille jaune pâle. Une lettre, comprit Thya. Une lettre inachevée. L'ultime message d'Aylus. La jeune femme le déchiffra, la gorge nouée. Elle était adressée à Enoch.

« *Aylus filio suo s.d.*, disait-elle. *D'Aylus à son cher fils.*

Enoch, ta mère était déjà enceinte quand je l'ai rencontrée, et pourtant j'ai toujours pensé à toi comme à mon enfant. Le Destin nous a séparés quelques jours après ta naissance, mais pendant toutes les années qui ont suivi, j'ai gardé gravé dans ma mémoire le moindre de tes regards, de tes sourires, de tes étonnements sur le monde, pendant ces précieux jours-là. Et je t'imaginais grandir, j'étais certain que tu ressemblerais à ta mère, et j'avais raison, dès que je t'ai retrouvé je l'ai revue à travers toi. Je me persuadais que tu vivais heureux, aussi, et j'avais tort. Il y a bien des choses que je regrette, bien des choses que je n'ai pas vues, pas voulu voir, même après t'avoir retrouvé. Les devins sont les premiers aveugles. L'avenir nous empêche de voir le présent. Mais si j'ai une nouvelle chance de te parler à nouveau, je voudrais te dire… »

La lettre s'arrêtait là, de manière abrupte. Thya renifla.

— Il était persuadé que son fils était vivant, déclara la Mère dans son dos. Enoch.

Thya dressa l'oreille. *Enoch vivant.* Elle avait du mal à le croire. Et pourtant, elle avait la lettre sous les yeux. Aylus, le Aylus qu'elle connaissait, était trop pragmatique pour écrire à un mort. Son cœur battit plus vite.

— Il avait eu des visions ? demanda-t-elle sans se retourner. Il avait recommencé à interroger les augures ?

— Non, dit la Mère. Il le savait, voilà tout. Comme il savait que tu ne dois pas aller dans le Dasht-e Lut. Tu ne dois pas parler aux dieux.

Elle se rapprocha dans un cliquetis de breloques, un froissement de jupes et de châles.

— C'est ma décision, répliqua Thya. Pas la sienne.

— Et ça ne change rien pour toi, demanda la Mère, qu'Enoch soit vivant ?

La jeune oracle cilla, se reprit. Elle crispa la main sur une des roses des sables. Si elle renonçait pour Enoch, dans le seul espoir de le revoir, serait-elle encore digne de lui ? Enfin, Aylus était persuadé que son fils avait survécu, certes, mais n'était-ce pas une ruse ultime du Destin ?

La Mère prit Thya par l'épaule. La jeune oracle se dégagea. Cette fois, elle irait jusqu'au fond des choses. Elle ne se déroberait pas, et elle ne fuirait plus.

— Laisse-moi partir, dit-elle.

Dans sa main, elle serra le cristal de sable, assez gros pour assommer quelqu'un. Si la sorcière essayait de l'arrêter…

Mais la Mère se retira, sortit de la chambre en emportant avec elle ses parfums d'épices et de musc, ces senteurs qui désormais rappelaient Ādur à Thya, et les semaines passées dans les campements afshârs, des jours étranges où, elle s'en rendait compte à présent, elle avait presque cru échapper aux dieux. Elle repoussa la rose, récupéra le papyrus, le roula serré et le rangea sous sa veste. Elle le donnerait à Enoch, s'ils se revoyaient.

Thya n'avait quasiment pas dormi depuis qu'elle avait quitté Ādur deux jours plus tôt. Elle avait traversé les dunes et les regs de pierres sèches, guidée par son cheval ou par les fées invisibles, les deux peut-être. À bout de forces, les jambes tremblantes, elle s'assit au bord du lit. Un pinceau de soleil se faufilait dans le clair-obscur et traçait une ligne éclatante sur le mur. Même à l'intérieur de la chambre, la chaleur montait. De l'extérieur filtrait une odeur de cendres. Thya se laissa tomber en arrière. Elle ne partirait pas maintenant, pas en plein midi. Autant en profiter pour se reposer. Elle se roula en boule sur la paillasse, s'endormit avec son poignard sous l'oreiller.

Elle se réveilla lovée dans la veste trop grande d'Ādur, et pendant quelques secondes, dans cet état intermédiaire entre le sommeil et la veille, elle imagina qu'elle était encore dans les bras du guerrier afshâr, que les deux derniers jours n'avaient été qu'une illusion, un mirage dans le désert. Puis elle ouvrit les yeux, et tout redevint réel. Elle se trouvait dans la chambre d'Aylus – d'Aylus et de la Mère sans doute, et Aylus avait brûlé dehors. Elle s'assit et repoussa en arrière ses cheveux noirs en désordre, rajusta la ceinture qui retenait ses vêtements trop larges. Entre sa chemise et sa veste, la lettre s'était un peu pliée pendant sa sieste. Elle la défroissa au travers du tissu. Elle s'étira et alla dans la cuisine, prit une coupelle d'eau dans un seau, but à longues gorgées. Son esprit était froid et net, en surface en tout cas. Elle se concentrait sur la tâche à accomplir. Le reste, les émotions, les souvenirs, le deuil… elle le remettait à plus tard. Elle grignota quelques restes de fromage, sortit dans le crépuscule. Dehors, son cheval déjà sellé l'attendait. La Mère lui tendit une gourde pleine.

Pour que tu ne meures pas trop vite dans le désert.

— Tu avais promis de me guider, lui rappela Thya.

— Je ne t'empêcherai pas de partir, répondit la Mère. Ne pousse pas davantage ta chance.

— Et comment suis-je censée m'orienter dans le désert ?

La Mère haussa les épaules, remonta d'une main élégante ses châles.

— Ce n'est pas mon combat… Ādur est mort, ses troupes ont été massacrées, voilà ce que m'ont rapporté les djinns des sables. Quels que soient les serments que je t'ai faits autrefois, plus rien ne nous lie désormais.

Sans un adieu, la Mère rentra dans le caravansérail.

Thya prit une profonde inspiration, enfourcha sa monture. Devant elle s'étendait le désert du Vide, une étendue de terre craquelée et grise, qui virait au blanc à la lueur de la lune ascendante. Un monde sans repères et sans bornes, dans lequel ses dons d'augure, même si elle avait pris le risque d'y recourir, ne l'auraient certainement pas aidée.

Elle se redressa sur sa selle. Allons, elle n'allait pas se laisser abattre, pas après tout ce qu'elle avait traversé. Elle s'apprêtait à s'élancer en aveugle, quand elle entendit une voix derrière elle.

— Oracle, disait-elle, permets-moi de te guider.

Elle se retourna. Son regard pour la première fois croisa celui du Faune, ses yeux d'or sauvage où se lisait un profond respect.

— Nous nous sommes déjà rencontrés ? demanda-t-elle.

Elle était presque certaine que non, et pourtant, elle avait l'impression de le connaître. Le coureur des bois s'inclina en une profonde révérence. Sa cape glissa sur son épaule et sa fourrure ondoya en houle d'argent sous la lune. Il avait peine encore à croire à ce qu'il vivait. Il était près de son Oracle, il lui parlait, elle lui répondait et elle semblait à peine surprise, pas décontenancée par sa silhouette hybride.

— Approche, dit-elle.

Elle lui tendit la main. Il s'avança d'un pas souple, gracieux malgré ses sabots bruns. De sous sa cape, il tira un rouleau de cuir qu'elle reconnut aussitôt. C'était son rouleau de manuscrits étrusques, celui qu'elle avait perdu il y avait si longtemps.

— Merci, dit-elle. Mais je crains qu'ils ne me servent plus beaucoup.

— Oh non, au contraire, s'exclama le Faune. Ils vont nous servir. Culsans m'a montré comment faire.

Thya ne perdit pas de temps à demander qui était Culsans, ou comment ses manuscrits avaient fini entre ses mains.

— Montre-moi, dit-elle simplement au Faune.

— Oui, Oracle.

Il dénoua l'attache du rouleau de cuir. Le lin des manuscrits réfléchissait les rayons de lune. Le tissu palpitait, se gonflait doucement entre ses doigts bruns, tel le poitrail d'une colombe, d'une hermine ou d'un lièvre des neiges. Le texte avait vécu bien des aventures. Malgré les précautions de l'Ondine, de l'eau s'était infiltrée au travers du cuir du rouleau, l'encre avait bavé, et par endroits les lettres n'étaient plus que des taches grises, rendant certains mots impossibles à déchiffrer. Le Faune prit une profonde inspiration, qui creusa sa poitrine velue. Sous le regard de Thya, il se mit à défaire la trame, avec une légère hésitation tout d'abord. La jeune fille fut tentée de l'en empêcher. Mais elle comprit, elle le laissa faire.

Le fil libéré brilla d'une lumière intense, pointa vers le sud tel un fin bras d'étoile. Dans un état second, le Faune continua sa besogne, le fil s'élança au travers des terres vides, traçant un parcours étincelant au-dessus du sol aride. Thya et lui n'avaient plus qu'à le suivre.

Lorsque Thya eut disparu, au caravansérail la Mère rassembla ses affaires, roula ses couvertures et fixa ses paquets sur le dos de son chameau. Elle allait refermer une dernière fois la porte derrière elle, même si elle se doutait que l'endroit ne survivrait pas longtemps à son départ.

Elle allait rejoindre la Route, retrouver les campements des nomades, reprendre sa vie d'avant… tandis qu'ici, dans le désert, l'unique puits du caravansérail s'obstruerait, le palmier sécherait et les bâtiments redeviendraient ruines. La Mère les contempla une dernière fois. Elle fit tourner autour de son poignet le bracelet d'argent gravé de runes, qui avait appartenu à Aylus. Il était un peu large pour elle, elle le ferait reprendre par un bijoutier de Samarcande pour qu'il soit à sa taille, elle ne voulait pas le perdre. C'était un souvenir d'Aylus.

30

Au-delà du vide

Dès qu'elle aperçut le temple, Thya le reconnut. Il était tel que dans ses rêves, archaïque et éternel, avec ses colonnes épaisses et lisses, ses murs nus sans fenêtre. Les craquelures noires au sol semblaient converger vers lui, vers la volée de marches qui menait à l'entrée, une simple ouverture carrée. Thya descendit de cheval au bas de l'escalier, monta les marches avec le Faune. De temps à autre, elle jetait un coup d'œil vers son compagnon d'aventure. Elle ne le connaissait pas et pourtant, elle était contente qu'il soit avec elle. Il avait quelque chose de familier, quelque chose qui lui rappelait son enfance, les forêts d'Aquitania, et tout ce qu'elle avait quitté.

Juste avant de rentrer dans le temple elle croisa son regard. Ses yeux d'or brillaient de confiance. Elle décida d'y voir un signe encourageant. Elle prit une profonde inspiration et pénétra dans le temple.

À l'intérieur il n'y avait qu'une pièce. Elle était éclairée par une lueur bleu azur, une torche de forme humaine, et en l'apercevant Thya retint son souffle. C'était le même feu qui avait illuminé la dernière aube d'Ādur, qui avait brûlé la mémoire de la jeune oracle dans le campement afshâr. Pourquoi le retrouvait-elle ici ? Elle glissa une main vers le couteau sacrificiel qu'elle dissimulait dans les plis de sa veste trop large. Cependant, la flamme ne l'attaquait pas. Elle semblait attendre. Thya fit un pas en avant, un deuxième. L'entité ne bougea pas. Elle crépitait doucement. Derrière, sur une estrade, de longs voiles se balançaient sans un souffle de vent. Et au-delà… Thya avança encore, le cœur battant, les mains moites. Au-delà se mouvaient des silhouettes vagues. C'étaient donc là ces dieux terribles, songea Thya, ces êtres plus anciens que Rome, que les cités étrusques… À présent qu'elle se tenait face à eux, ils ne lui paraissaient plus aussi impressionnants que dans ses visions. Ils étaient surtout très distants et très vieux. Elle rassembla ses cheveux en chignon sur sa nuque.

— Pourquoi ? lança-t-elle à haute et intelligible voix. Pourquoi m'avez-vous poursuivie jusque dans mes songes ?

— Parce qu'ils ont peur de toi, répondit quelqu'un dans les ténèbres.

Thya tressaillit, sur le qui-vive.

Une autre femme sortit de l'ombre. Elle portait une *stola* couleur de nuit, sa chevelure noire coulait en lourdes vagues d'encre sur ses épaules, et ses yeux verts immenses illuminaient son visage d'ivoire. *Elle me ressemble*, constata Thya avec un léger malaise. *Ou plutôt elle ressemble à ce que j'aurais dû être, pour correspondre aux codes de la haute société romaine.*

— Qui es-tu ? demanda-t-elle.

— Une alliée, répondit la femme d'un ton doux et modulé.

La nuque de Thya se hérissa. *Une magicienne*, comprit-elle.

— C'est toi qui contrôles le feu azur, n'est-ce pas ? demanda-t-elle. Comment peux-tu te dire mon alliée, après ce que tu as fait aux Afshârs ?

— Ma querelle avec les nomades n'a rien à voir avec toi, ma belle. Ils ont irrité un de mes amis, voilà tout.

— J'aimais Ādur, répliqua Thya sans ciller, et tu l'as tué.

— Non, corrigea la magicienne. C'était Enoch que tu aimais, et en gage de ma bonne foi… je te l'ai rapporté.

D'un geste, elle commanda à l'être incandescent de baisser l'intensité de ses flammes. Il obéit et Thya discerna enfin les traits de son visage. Le souffle lui manqua. Le sol se mit à tanguer sous ses pieds. Incroyable, impossible. Enoch. C'était Enoch. Mais son expression, son regard était si morne, si vide.

— Que lui as-tu fait ? accusa-t-elle en se retournant vers la magicienne.

— Il avait déjà un pied dans le royaume des morts quand je l'ai recueilli. Il en a gardé quelques séquelles. Mais cela reste un beau cadeau, tu ne trouves pas ?

Thya ne sut quoi répondre. La tête lui tournait. Elle avait envie de s'élancer vers Enoch, de le serrer dans ses bras, et en même temps de forcer cette femme à lui répondre. Et puis il y avait les dieux, immobiles derrière leurs voiles au fond du temple. Par quoi commencer ?

— Tu peux détruire les dieux, lui expliqua obligeamment son double. Tu n'as qu'à déchirer leurs voiles et leur temple s'écroulera, leur pouvoir disparaîtra. Mais tu peux aussi…

— Quoi ? demanda Thya. Parle.

— Tu peux te servir d'eux.

— Comment ?

— Ils te permettront de remonter dans le temps, si tu le souhaites. De défaire la trame du passé, de rendre le monde aux dieux anciens, aux thaumaturges, aux oracles… L'époque que nous vivons est si laide. J'ai beau me battre, je suis consciente que nous sommes voués à disparaître. Tout ce qui demeurera de nous, bientôt, ce seront des mythes et des légendes. Sauf si tu nous sauves, Thya. Promets-moi de nous sauver…

Thya se détourna. Elle ignorait quoi faire avec toutes ces révélations, c'était comme un fardeau trop lourd, trop encombrant pour elle… Tuer des dieux, défaire la trame du temps, était-ce vraiment possible ? Était-ce souhaitable ? Bien sûr c'était tentant. Revenir en arrière, sauver Ādur avant qu'il n'atteigne l'oasis, Aylus avant qu'il ne meure dans le désert, son père avant qu'Aedon ne l'assassine… Sauver Enoch. Elle secoua la tête avec violence, se dirigea d'un pas heurté vers l'estrade au fond du temple. Non, elle ne devait pas penser à ça. Elle ne devait surtout pas réfléchir ainsi. D'abord, parce que cela lui ferait encore plus mal, quand elle se rendrait compte comme c'était probable que tout cela n'avait été qu'une illusion. Et surtout parce qu'elle se doutait bien que si par extraordinaire cela se révélait possible, ce ne serait pas moral. Ce serait égoïste, criminel même, de défaire la trame du temps pour ses petits intérêts particuliers. Pour mettre fin à sa douleur. Ce serait pire, bien pire, que de tuer le Destin et ses dieux.

Elle passa devant Enoch sans lui accorder un regard. Si elle le regardait, elle se laisserait attendrir. Malgré tout, elle sentit la tiédeur de ses flammes lorsqu'elle le dépassa. Il n'esquissa pas un geste vers elle. La reconnaissait-il au moins ? Elle ravala une boule de tristesse qui lui montait à la gorge, concentra son attention sur l'estrade.

Celle-ci n'était pas bien haute, de quelques pouces à peine. Les voiles qui la masquaient frémissaient doucement sans que personne ne les touche, pourtant dans le temple il n'y avait pas de vent. Derrière on devinait, en transparence, les silhouettes émaciées, faméliques, des dieux. Thya leva les yeux vers eux. Elle s'était attendue… Elle ne savait pas à quoi elle s'était attendue. Un ensemble plus majestueux, plus irréel sans doute. Pas cette simple scène de pierre, avec ces rideaux qui, en apparence du moins, semblaient tissés de lin grège, pas de soie ni de quelque fil d'arachne comme dans les légendes. Les dieux, derrière, n'étaient pas plus grands que des humains ordinaires. Était-elle déçue ? Décontenancée, plutôt. Elle aurait cru qu'en les rencontrant, elle se sentirait différente, écrasée ou incroyablement puissante au contraire. Mais elle était toujours la même, avec ses interrogations, ses doutes, son chignon qui croulait sur sa nuque et le papyrus plié qui la grattait sous sa veste trop large. Était-elle immunisée contre toute la fascination, toute l'influence qu'ils auraient pu exercer sur elle ? Était-elle protégée parce qu'elle était oracle ?

Elle était si près de l'estrade maintenant, qu'en tendant le bras elle aurait pu toucher les voiles. Elle pouvait les écarter si elle le désirait, révéler ce qui se terrait derrière. Elle n'avait qu'à faire un geste… Elle avait à peine formulé cette pensée sous son crâne qu'elle entendit la voix des dieux.

— Tu peux nous détruire si tu le souhaites, Oracle, déclamèrent-ils, leurs timbres mêlés en un seul à la façon d'un chœur antique. Cependant, avant que tu ne tendes le bras, avant que tu ne nous renverses, nous avons un cadeau pour toi.

— Je vous écoute, répondit-elle.

— Le Temps est un fil infini, lui dirent-ils, constitué de milliards d'autres, une tresse d'une myriade de fils de vie qui se déroule dans un néant de ténèbres. Par endroits l'un de ces fils infimes pointe hors de la tresse, et son extrémité se balance, livrée aux vents de la grande nuit. Chacun de ces accidents est un oracle. Une vie un peu plus libre, un peu moins liée au Temps que les autres. Et si ce fil est assez fort, assez solide pour qu'on le tire en arrière, alors grâce à lui on peut défaire une part de la tresse, défaire le présent, le passé. Revenir en arrière. Remonter le Temps.

— Je ne vous crois pas, dit Thya d'une voix blanche.

Mais c'était un mensonge, une pitoyable tentative de défense. Car elle les croyait. L'histoire qu'ils lui racontaient, elle ne l'avait jamais entendue auparavant, et pourtant elle lui était familière, comme ce temple, cette estrade… Tout cela faisait partie d'elle, autant que sa mémoire, que sa chair, que son sang.

— Écoute-les, lança son double dans son dos. Change le passé, crée un monde qui nous accepte, qui accepte les gens comme toi. Un monde où les oracles n'auront plus à se cacher ni à fuir.

Thya déglutit. La tentation était si proche, si forte qu'elle en devenait douloureuse. Des visages, des sourires revenaient la hanter, Mettius, Aylus, Ādur, son père… Enoch tel qu'il était avant. Ils lui manquaient tellement. Leurs morts avaient été injustes. Serait-ce vraiment mal de vouloir réparer ça ?

— Accepte, murmurait son double.

Elle se raidit. Oui, ce serait mal. Car alors elle manipulerait le passé, elle manipulerait l'existence de trop de gens, comme le Destin avait manipulé la sienne.

— Non, dit-elle. Non, je ne veux pas recréer un monde de païens et d'oracles, pas à ce prix. Je veux un monde d'hommes libres.

Et elle tendit la main vers les voiles. Aussitôt Hécate lâcha Enoch sur elle.

Enoch bondit sur Thya et la saisit à la gorge d'une main. Elle tira son couteau, mais ne fut pas assez rapide. De son autre main, Enoch empoigna la lame. Le métal lui entailla la paume, son sang coula sans qu'il desserre le poing. Il augmenta l'intensité de ses flammes autour de l'arme. Le métal plia et mollit sous la chaleur.

— Inutile de te débattre, Oracle, lança Hécate d'une voix déformée par la rage. Il ne sent plus rien.

Accepte le présent des dieux, et je lui dirai de te relâcher. Sinon…

Sinon, Thya avait une idée assez claire de ce qu'elle lui réservait. Les doigts d'Enoch appuyaient sur son cou, mais les flammes ne la brûlaient pas, pas encore. Peu à peu, avec une lenteur cruelle, Enoch augmentait la chaleur. Thya sentit sa peau roussir. La douleur s'accrut. Bientôt elle ne serait plus supportable. Par-delà la barrière de flammes, Thya chercha les yeux d'Enoch. Plus rien d'autre n'avait d'importance, ni le Destin, ni la mort, ni les dieux. Son épiderme grésillait, la brûlure noircissait sa gorge, consumait le col de sa chemise d'homme, gagnait ses maxillaires et ses joues… La fumée l'intoxiquait, déjà elle perdait connaissance. Enoch allait la tuer. Dans leur ultime étreinte, dans leur dernier regard, elle lui livra tout ce qu'elle éprouvait pour lui, tout son amour inavoué, sa peine et ses souvenirs… L'expression d'Enoch changea. Une étincelle oubliée se ralluma dans ses prunelles, un éclat d'intelligence et de vie. Il étranglait toujours Thya, mais la température de ses flammes baissait. Thya respira mieux. Malgré la douleur elle parvint à sourire. Enoch la reconnaissait. Elle l'avait retrouvé enfin. Le soulagement lui fit monter des larmes aux yeux. Soudain il hoqueta, bava du sang. Il la relâcha, son feu s'éteignit d'un coup et il recula en se tenant le ventre. Thya cria :

— Non !

Elle le rattrapa juste avant qu'il ne s'effondre. Ils tombèrent à genoux ensemble, elle l'allongea sur le sol. Il avait les mains pleines de sang, une flaque pourpre souillait sa tunique de soie claire. Thya toussait et pleurait en même temps. Les larmes salées sur ses joues brûlées lui faisaient souffrir le martyre, mais elle s'en moquait. Enoch était allongé devant elle, une lame au travers de la poitrine, un *xiphos* de bronze rougi par son sang.

Cette arme, c'était l'épée d'Orion, celle qu'Apollon avait confiée au Faune dans une cahute en Colchide. Quand il avait vu Thya brûlée par le feu d'Enoch, le coureur des bois s'était élancé à son secours. Et maintenant il restait là, bras ballants, désemparé face à la détresse de son Oracle, à ce désastre qu'il n'avait pas voulu.

Thya prit les mains d'Enoch dans les siennes, mêla leurs doigts gluants et rouges. Le sang qui collait en séchant les soudait l'un à l'autre.

— Thya... prononça-t-il avec effort, et des bulles de salive rose éclatèrent à la commissure de ses lèvres.

— Non, ne dis rien, ne te fatigue pas, répondit-elle en reniflant. Je t'aime, tu sais. Je t'aime, je ne te laisserai pas mourir.

Il tenta de se redresser. Elle lui serra les doigts plus fort, comme si elle avait pu par la seule force de sa volonté le retenir en ce monde. Une ombre de sourire glissa sur le visage hâve du maquilleur, comme un fantôme tendre. Puis sa tête bascula en arrière. Il ne respirait plus.

Thya libéra ses mains, se releva en chancelant et fit face aux Dieux Voilés. Elle n'était pas triste, seulement vide. Vide et froide.

— J'accepte votre présent, dit-elle. Pas pour moi. Pour Enoch.

Dans son dos, Hécate sourit. Le Faune frissonna, aplatit ses longues oreilles. Derrière les voiles Thya crut voir les dieux s'entretenir entre eux. Puis un craquement titanesque déchira le ciel, comme si une corde démesurée se rompait au-delà du temple et de la nuit. Thya cligna des paupières.

Quand elle recouvra la vue, elle était ailleurs.

31

Ailleurs

Elle se tenait sur un sentier de montagne, par un jour gris et frais, sans doute un jour de printemps. L'air embaumait l'herbe après la pluie et la menthe sauvage, qui poussait dans les fossés au milieu des orties. Des pins croissaient sur les pentes, et au-delà des arbres, des sommets érodés se dressaient contre le ciel. Elle était revenue en Gaule, dans le Monte Vosego. Et même si elle n'avait jamais emprunté ce chemin, elle devinait qu'il menait à Brog, à la vieille forteresse où tout avait commencé, avant même sa naissance. Mais Brog à quelle époque? Avant d'avoir pu répondre, elle entendit des pas. Des hommes approchaient. Par prudence elle se plaqua derrière un tronc, releva sa capuche pour dissimuler ses marques de brûlure. Et elle les laissa arriver.

Les nouveaux venus étaient deux, deux hommes, assez jeunes. Le premier portait des vêtements barbares, un bracelet d'argent. Le second, qui marchait deux pas derrière, un uniforme de la Légion. Malgré leur jeune âge, Thya les reconnut. C'étaient Aylus et Mettius, vingt ans plus tôt. Aylus avait déjà les cheveux trop longs pour un Romain, mais ils étaient bruns et pas encore blancs. Mettius était moins buriné, moins tanné, mais déjà tourmenté, en proie à ses démons intérieurs. Soudain, Thya comprit où elle se trouvait, et surtout quand. C'était le chemin où Mettius allait assassiner Aylus, juste avant qu'il ne lui porte le premier coup. En effet le légionnaire tira son glaive de son fourreau. Thya se jeta entre eux deux.

— Non, Mettius ! cria-t-elle. Ne fais pas ça !

L'homme interloqué suspendit son geste. Aylus se retourna vers lui, puis vers Thya. D'une main, elle abaissa le bras du légionnaire. Un torrent d'émotions la submergeait, mais elle s'efforça de paraître calme, apaisante.

— Ne fais pas ça, Mettius, reprit-elle. Tu le regretterais pendant le reste de ta vie. Sois sincère, tu sais au fond de toi que rien ne justifie ce meurtre, et surtout pas la jalousie et l'ambition démesurée de ton général. Et toi, Aylus, ajouta-t-elle, tu as une femme et un fils. Ils ont besoin de toi. Tu n'as pas le droit de sacrifier ta vie.

Un long silence suivit ses mots. Une grive chanta au loin dans la montagne. Mettius baissa les yeux et rengaina son arme.

— Pardonne-moi, Aylus, j'étais lâche.

— Qui es-tu ? demanda le devin à Thya. D'où viens-tu, toi que ne m'ont jamais montrée les augures ? Tu as… juste surgi du néant pour me sauver la vie ?

La jeune femme hésita, puis elle enleva sa capuche. Les deux hommes sursautèrent en découvrant les brûlures sur son visage, et ses yeux verts pareils à ceux d'Aylus et de Gnaeus Sertor. Pour un peu, Mettius se serait signé.

— Je m'appelle Thya et je suis la voix du Destin, dit-elle.

Aucun des deux ne mit sa parole en doute. Aylus prit une profonde inspiration, s'étira en tenant d'une main sa blessure récente à la hanche.

— Tu as raison, Thya, avoua-t-il. Moi aussi j'étais lâche. Je vais retourner à Brog et affronter mon frère. Et je n'abandonnerai pas les miens.

Thya sourit, même si ce sourire tirait sur ses brûlures. L'histoire prenait un nouveau cours, une nouvelle corde de milliards de vies se tressait dans la Grande Nuit, un nouvel espoir naissait dans les ténèbres.

— Tu viens avec nous ? lui demanda Aylus.

— Bien sûr.

Ils repartirent ensemble pour la vieille forteresse. L'histoire ne faisait que commencer, Thya le pressentait. Certes, tout semblait s'arranger au mieux, mais la jeune oracle se doutait que le Destin avait encore de mauvais tours dans sa manche. Elle espéra quand même qu'avant le prochain combat, elle aurait l'occasion d'appliquer un baume efficace sur sa gorge et ses joues brûlées.

DU MÊME AUTEUR

Aux Éditions Scrineo

LA VOIE DES ORACLES :

THYA (Folio Science-Fiction n° 564)

ENOCH (Folio Science-Fiction n° 567)

AYLUS

Aux Moutons électriques, éditeur

PORCELAINE

UN ÉCLAT DE GIVRE

Aux Éditions du Pré aux clercs

LA DERNIÈRE LAME

Composition : IGS-CP à L'Isle-d'Espagnac (16)
Achevé d'imprimer par Novoprint
à Barcelone, le 10 janvier 2017
Dépôt légal : janvier 2017

ISBN : 978-2-07-077357-2/Imprimé en Espagne

297205

FOLIO SCIENCE-FICTION